嘘

北國浩二

PHP
文芸文庫

○本表紙デザイン＋ロゴ＝川上成夫

嘘◆目次

ひとは自分に嘘をつくために他人に嘘をつく。

チャールズ・V・フォード

序章　最後の記憶

気がつくと、硬《かた》くてごつごつしたものの上に、うつ伏せに横たわっていた。暗くて、まわりがよく見えない。唸《うな》るような音が絶え間なく耳に響いている。それが川の音だとわかったとき、全身が濡れていることに気づいた。

草の匂いがした。顔をあげると、暗がりのなかに草むらや土手がぼんやり見えた。川の音に混じって、虫の声が聞こえる。ぼくは腕をつっぱって体を起こそうとした。頭がくらくらして、肩のあたりに痛みが走った。いちど痛みに気づくと、身体《からだ》じゅうのあちこちが痛みはじめた。濡れた髪から水がしたたり、頬《ほお》に冷たい水滴が落ちた。

ぼくは見知らぬ河原にいた。ひとの気配はなく、殺風景な場所だった。こわくて、身が竦《すく》んだけれど、痛みをこらえて立ち上がった。がまんできないほどの痛みじゃなかった。見上げると、月が雲に隠れていた。周囲は山ばかりで、暗闇《くらやみ》にそびえる山影は、まるで巨大な怪物のようだった。

恐怖に背中を押され、急ぎ足で土手のほうへ進んだ。すぐに頭がぐらんと揺れて、よろけて倒れた。ぼくは頭を振って、もういちど立ち上がった。

ごろごろした石の上を歩きだしたとき、片方しか靴《くつ》を履《は》いていないことに気づいた。けれど、靴を探さなかった。一刻もはやく明るい場所に行きたかった。ひとのいるところへ行きたかった。靴を見つけることよりも、ぼくを見つけてほしかった。

土手の上には道があるようだった。草の生い茂る地面に手をつきながら、ぼくは土手をのぼりはじめた。草は夜露《よつゆ》に濡れていて、手をつくたびに、こまかな石や土が手のひらについた。頭がくらくらして、へたり込んでしまいそうだったけれど、がまんして手と脚を動かした。

そうしてのぼっているとき、川の音や虫の声に混じって、地響きのような音が聞こえた。顔をあげると、右のほうがほのかに明るかった。土手の上まであとわずかだった。

ぼくは急いで土手をのぼった。そのあいだにも光は急速に明るくなり、大きくなった。地響きのような音が車のエンジン音だと、はっきりわかった。

土手の上に立ったときには、まぶしくて、光をまともに見ることができなかった。真っ白なまぶしさのなかに、ぼくはすっかり包まれていた。手をあげようとしたとき、頭がぐらんと揺れて、上も下もわからなくなった。

切り裂《さ》くような、こすれるような、悲鳴のような、甲高《かんだか》い音が耳のなかいっぱいに響いた。

第一章　帰郷

1

「どなたかな?」

静かな声で、父が言った。

身を案じて訪れた娘に対してだれかと訊く、その心根の冷たさが憎らしく、また、父らしいと思った。

千紗子《ちさこ》はため息をついて、五年ぶりに会った父をまじまじと見た。黄ばんだランニングシャツに皺《しわ》だらけのスラックス。窓際の作業机に向かって、背中をまるめて座っている。木屑《きくず》にまみれてノミを振るうその姿は、すっかり老人だった。髪は薄く、白髪で、肌はくすんで弛《たる》み、皺も増えた。最後に見たときよりも痩《や》せほそり、まるで、父のなかで生命の泉が干《ひ》からびはじめているようだった。

「なによ、その言い草」千紗子は刺々《とげとげ》しい声で言った。「いきなり嫌味?」

その言葉を無視し、父はノミを動かしつづけた。

感動的な再会など端《はな》から期待はしていなかった。父が認知症であることは聞いていた。だから、わざわざこんな辺鄙《へんぴ》な土地までやってきたのだ。それでも、心がざわついた。胸の奥底で眠らせていた父への憎しみと嫌悪が、目を開き、むくむくと起き上がってくるのを感じた。

「わたしのことがわからないの?」

ノミを動かす父の手は止まらない。千紗子はじりじりした想いで返答を待ち、すぐに待ちきれなくなって、もういちど訊ねた。

「ねえ、なんとか言ったらどうなの?」語気強く、千紗子は言った。「ほんとに、わたしがだれかわからないの?」

父はようやく顔をあげた。しかし、千紗子を一瞥《いちべつ》しただけで、興味なさそうに視線をはずした。すぐにノミを動かしはじめる。

「どこかでお会いしましたかな?」

手を休めずに父は言った。

その声に、悪意の響きはなかった。

認知症の患者は身内の顔さえわからなくなる。そう聞いたことがあった。母の葬式以来、父とは電話で会話することもなく、年賀状のやりとりすらしていない。わたしのことを忘れてしまっても不思議じゃない。千紗子はそう思ったが、反面、一人娘の存在を簡単に忘れてしまう薄情さに、悔しさがこみ上げた。

千紗子の父、孝蔵《こうぞう》は、はやくも彼女がいることを忘れてしまったかのように、一心不乱に仏像を彫《ほ》り進めている。その姿から目をそらし、千紗子は小屋のなかを見まわした。

そこらじゅう木屑や埃《ほこり》まみれで、隅にある大型扇風機がそれらを吹き散らしている。エアコンはなかったが、小屋自体が木陰《こかげ》になっているため、さほど暑くはなかった。中央には大きな木製の作業机があり、鋸《のこぎり》や金槌《かなづち》や砥石《といし》などの道具類、角材や丸めた粘土《ねんど》などが乱雑に置いてある。壁には木の棚があり、木彫りの仏像や素焼きの地蔵がならんでいる。ベニヤの床には、木屑に混じって未完成の木彫り像がいくつも転がっていた。

父がこんな工房を建てていたとは、驚きだった。

母が生きていた頃、夫婦で陶芸《とうげい》の体験教室に行ったという話を、母から聞いたことがある。しかし、父が仏像彫刻《ちょうこく》をはじめたという話題はなかった。おそらく、母の死後はじめたのだろう。母が亡くなってからの歳月を、父は仏像を彫りつづけて過ごした……。

それって、どうよ？

千紗子は鼻で笑った。

母への罪滅ぼしのつもりなのだろうか。たとえ、そうだとしても、死んでからそんなことをしたところで、なんの意味もない。ただの自己満足、自己陶酔《とうすい》。愛するひとの死を悼《いた》んで、せっせと仏像を彫るような人間だと、そういう種類の善人なんだと、自分にも他人にも誇示《こじ》している。自分が善《よ》きひとだという証《あかし》をせっせとつくっている。それだけのことじゃない。ほんとに腹が立つ。生きているうちに大切にしなければ意味も価値もない。仏像彫刻だなんて、わざとらしい。

父への憎しみと嫌悪は、かつての勢いを取り戻していた。千紗子は孝蔵を睨《にら》みつけた。思いつくかぎりの罵《ば》詈《り》雑言《ぞうごん》を投げつけようとしたが、そこでふと思い直した。もう父とは思っていないひとなのだ。そして、このひとも、わたしのことを娘だと思っていない。

このまま、赤の他人でいいじゃない。

どうせ、このひとと過ごすのは一ヶ月ほどなのだ。わざわざ親子だとわからせる必要はない。えらそうに父親づらをされるのも、それをがまんするのも、まっぴらだ。何よりも、いまさら「お父さん」と呼びたくない。

千紗子は、父が認知症であることを好都合だと思った。そして、少し気持ちが楽になった。

「わたし、しばらくあなたの世話をすることになったの。聞いてない?」

孝蔵は彫りものをつづけながら、「世話などいらん」と言った。「ひとりでちゃんとやっている。帰ってくれ」

「そうしたいところだけど、そうもいかないの」

「困る」いきなり大声を出し、孝蔵はきっぱりと言った。その一瞬、かつての厳格な父の姿が、千紗子の脳裡《のうり》によみがえった。

千紗子は怯《ひる》んだが、それを気取られぬよう、「だったら役所の福祉課に電話して、直接言ってよ」と、声を強くして言った。「わたしだって、来たくて来たわけじゃないんだから」

ぷいと父に背を向け、千紗子は大股《おおまた》で戸口へ向かった。工房を出るさいにふり向くと、父は何事もなかったかのように彫刻に没頭《ぼっとう》していた。

2

トタン屋根の小屋を出ると、千紗子は雑草の生える庭を母屋《おもや》に向かった。母屋は木造平屋の古びた小さな家で、家のまえにたくさんの仏像がならんでいる。

それらの仏像はみな庭のほうを向き、まるで陣を張って外敵の侵入を阻止しているかのようだった。素焼きの地蔵や木彫りの仏像で、単体で見れば威圧感のないものばかりだが、数の多さに圧倒されてしまう。見渡せば、広い庭の隅々にも素焼きの地蔵が雑然と置かれている。

夏の太陽は真上にあった。千紗子は照りつける陽射《ひざ》しに目をほそめ、玄関脇の大きな柿の木を見上げてから、すりガラスをはめた引き戸をがたがたと開けた。そこは土間になっていて、靴箱の上にも素焼きの仏像があった。

それは高さ三十センチほどの仏像で、蓮華座《れんげざ》の上に直立し、肩から天衣《てんね》を垂らしている。髪は宝髻《ほうけい》で、宝冠と瓔珞《ようらく》をつけ、後頭部に光背《こうはい》がある。観音菩薩《かんのんぼさつ》のようだが、体はずんぐりと肥えていて、頭でっかちでバランスがわるい。縁側にあるほかの仏像たちと比べると、ひときわ不格好《ぶかっこう》で稚拙《ちせつ》な作品だった。

千紗子は以前、絵本の作画の参考にするため、仏像について調べたことがある。だから、身につけているもので如来《にょらい》か菩薩かの見分けがつくのだ。

如来は仏の最上位にいる存在で、すべての欲から解放されているため、装飾の類は身につけず、衲衣《のうえ》と呼ばれる溥布を一枚まとっているだけの姿だ。いっぽう菩薩は、まだ悟りに至っていないので装飾類を身につけている。観音菩薩は救いを求める声に応え、あらゆる手段で苦しみから救ってくれるという。

それが本当ならすがりつきたいと、切実に思ったことがある。

しかし、そう思う心が甘えなのだと思い直した。救ってくださいとお願いするだけで救われようなどと、身勝手なことを本気で願った自分が赦《ゆる》せず、自己嫌悪に苦しんだ日々があった。それ以降、宗教的な物事とは距離を置くように努めている。

そんな千紗子が、この仏像にはなぜか心惹《ひ》かれた。不格好な菩薩像は、埃っぽい靴箱の上で、まるで人々の心の声に耳を傾けるように、伏し目がちに微笑《びしょう》を浮かべている。まるくて大きな顔は、やさしげな女性の顔だった。表情には稚拙さゆえの愛らしさがあり、どことなくなつかしさを感じた。

土間の正面が台所で、左手が八畳ほどの居間、その奥にもう一部屋、和室があった。土間の右手には板戸があり、戸の隙間からなかを覗《のぞ》くと物置だった。

千紗子はスニーカーを脱ぎ、黒ずんだケヤキ板の上がり框《かまち》に足をのせた。

居間は雑然としていた。座卓の上には湯呑《ゆの》みや菓子袋や新聞紙が放置され、畳の上に衣服や靴下が散らかり、襖《ふすま》はあちこち破れていて、その奥の和室には敷きっぱなしの布団《ふとん》が見えた。

幼い頃、部屋の乱れは心の乱れだと、口うるさく父に叱られたものだった。

それがどうだ、この散らかりようは。千紗子はうんざりした気分と、父の化けの皮が剝《は》がれた爽快感《そうかいかん》を同時におぼえ、落ちつかない気持ちになった。

居間には仏壇《ぶつだん》があり、母の写真と純白のカスミソウが飾ってあった。千紗子は仏壇のまえに立ち、手を合わせた。

父は母を顧《かえり》みなかった。謹厳実直《きんげんじっちょく》な教師だった父は、ほかの教師がやりたがらない部活動の顧問を引き受け、毎日だれよりも遅くまで残業し、週末や祝日も、部活動やら会合やらボランティア活動やらで家を空けることが多かった。母は、ときおり愚痴《ぐち》をこぼすことはあっても、それを当然のごとく受け入れていた。二人とも、古い体質の夫婦だった。父の定年まであと一年というときに、母は急死した。父より六つ年下の母は、五十三歳という若さで世を去った。

千紗子は合掌《がっしょう》を解き、母の写真を見つめた。それから台所へ移動した。すりガラスの窓から弱い陽光が射しこみ、流し台の上のフライパンや薬缶《やかん》をわびしく浮かび上がらせている。シンクのなかは皿や茶碗やコップで溢《あふ》れていた。

千紗子は生活に必要なものを調べた。冷蔵庫、流し台の上の天袋、流し台下の収納、食器棚などを開け、食料品などの買い置きを調べた。食器棚の上に救急箱があったので、その中身も確認した。

アルツハイマー型認知症の処方薬は、流し台の上の水切りかごの横に、袋ごと立てかけてあった。袋にはクリップでメモが留めてあり、〈毎日一回のむこと〉と孝蔵の角ばった字で記されていた。

薬を処方した亀田《かめだ》医師の話では、アリセプトというこの薬が、アルツハイマーの治療薬として現在日本で広く処方されているものだという。病気そのものの進行を抑制するわけではなく、あくまでも症状の進行を遅くする薬だという。

各国でさまざまな研究が進められていて、臨床試験による成果も上がっている。いずれ画期的な新薬が登場するのは間違いない、と亀田医師は言った。しかし、すでに末期に近い父が、新薬の恩恵にあずかることはないだろう。わずかでも希望をもたせようという心遣いはわかったけれど、しょせん関係のない話だと、千紗子は医師の話を聞き流したのだった。

千紗子の父、里谷《さとや》孝蔵は、定年後すぐ、山をくだった奥平《おくひら》地区にあった家を売り、居住者が亡くなって放置されていたこの家を買った。そのとき、引っ越しを知らせるハガキが千紗子のもとに届いたが、千紗子はそれを無視した。ハガキが届いた翌年に千紗子も引っ越したが、孝蔵には新しい住所を知らせなかった。

孝蔵は、この集落に移り住んでからの四年間、ひととのかかわりを避け、厭世的《えんせいてき》に暮らしていたらしい。そうでなければ、早期に認知症が発見されていたかもしれない。

二週間ばかりまえ、孝蔵は徘徊《はいかい》して家に戻れなくなり、奥平にある診療所の近くで保護された。言動におかしな点があり、そのまま診療所に連れていかれたのだ。診療所の亀田医師は奥平の出身で、奇遇にも孝蔵の幼馴染《おさななじみ》だった。都内に住んでいた亀田は、奥平の診療所に赴任してまだひと月も経《た》っていなかった。亀田は孝蔵が認知症だと診断し、それ以降、上山《かみのやま》集落から車で一時間ほどかかる総合病院へ孝蔵を連れていったり、足しげく家へ出向いて世話を焼いたりと、医師としての職務の範疇《はんちゅう》をこえて旧友の面倒《めんどう》をみた。

町の福祉課に連絡したのも亀田だった。身内はいないと孝蔵が言い、親族の連絡先がわかるものも一切なく、それればかりか、仏壇に飾られた写真以外、一枚の写真もなかったのだ。もし野々村久江《ののむらひさえ》が福祉課に勤めていなければ、だれも千紗子の連絡先を突き止められなかっただろう。幼馴染の久江からの電話で、千紗子はやむなくこの家に来ることになったのだった。

台所の左には浴室と洗い場があり、右側に六畳の和室がある。

千紗子はこの和室を自分の部屋にしようと決め、キャリーケースを運びいれていた。裏庭に面する窓から木洩れ陽《こもれび》が斜《なな》めに射しこみ、窓の下に置かれた文机《ふづくえ》がぽつんと古びた姿をさらしている。父の寝室からも、居間からも、土間と台所をはさんでいるので、プライバシーを保つことができるだろう。一ヶ月もこの家で暮らすことになるのだ、ここなら、少しでも父の気配を忘れて過ごせると思った。

介護保険の申請をしてから認定がおりるまで一ヶ月ほどかかる、と久江から聞いた。認定後すぐ孝蔵の入居施設が決まれば、それで元の生活に戻れるが、彼女の話では、認知症患者が入所できる公的な介護保険適用施設は、現状ではどこも空きがないらしい。

民間の高額な施設は経済的に無理だから、公的施設に空きが出ることを祈るばかりだが、もしそれが叶わなければ、多少遠くてもいいから格安の老人ホームを探して、父を放りこむしかない。いずれにしても、久江を頼って、無理やりにでも父を施設に入れようと決めていた。

「なんとかなるわよ」千紗子はひとりごち、不安をふり払った。

これからひと月の生活で必要なものをメモし、車のキーを持って家を出た。

あれだけ仏像彫刻に没頭しているのだから、外に出かけてしまうことはないだろう。千紗子は楽観的に考えた。とにかく、食料品はろくなものがなかったし、それに何より、自分用の布団がなかったのだ。

3

車に乗りこんだ千紗子は前庭を出て、急勾配《きゅうこうばい》の未舗装《みほそう》の悪路をくだった。鬱蒼《うっそう》と生い茂る雑木林のなかを揺れながら進む。

孝蔵の家はまるで隠れ家だった。すっぽりと林に囲まれていて、近くに民家はなく、舗装道路からも見えない。

父から届いた引っ越しの挨拶《あいさつ》状で住所はわかっていた。しかし、じっさい訪ねてみると、番地などあってないような場所だった。先に亀田医師の診療所に立ち寄っていなければ、きっとたどり着けなかっただろう。亀田はわざわざ手書きの地図を用意してくれていた。

「集落からぽつんと離れた場所ですよ。坂も急だし、よほどの用がないと、村人も訪れない。そこが気に入って移り住んだというんだから、あのガキ大将も、歳をとって変わったもんだ」

亀田はそう言って笑った。黙っているといかめしい顔つきだが、相好を崩すと、目尻が下がるせいか、人なつっこい表情になった。

長年、都心の大学病院に勤めていたというが、権威者にありがちな尊大な態度は微塵《みじん》も感じられなかった。父とは中学まで同じ学校にかよい、仲がよかったらしい。権威者然とした態度をつらぬき通した父とは対照的な人物だった。だからだろう、千紗子はこの医師に好感をもった。

亀田は介護保険の申請書を用意してくれていた。審査に日数がかかるから早く申請したほうがいいと気遣ってくれたのだ。千紗子はその場で申請書に記入した。意見書を添えて亀田が役所に提出する手筈《てはず》になっている。

「たった一ヶ月じゃない。あっという間よ」

千紗子は自分に言い聞かせた。楽観的に考えなければ、耐えられないことはわかっていた。

坂を下りて舗装道路に出ると、すぐに小さな隧道《すいどう》がある。照明もなく、真夏の昼でもひんやりしていた。隧道をぬけると、上山集落のさびれた家々が見えた。

鹿沢《しかざわ》地区には集落が七つあり、上山集落は最も標高の高い場所にあった。二十人ほどいる住民はみな老人だった。谷は深く、急な傾斜地に段々畑が広がり、斜めの土地にへばりつくように民家が点在している。家々のトタン屋根は赤錆《あかさび》に侵食され、老朽化《ろうきゅうか》した貧相な姿をさらしている。なかには、おそらく廃屋だろう、土壁の崩れた家や、なかば朽《く》ちた石置き屋根の家も見える。

目をあげれば、青く澄んだ空の下、イヌワシが悠然《ゆうぜん》と舞っている。見渡すかぎりの緑豊かな山々の稜線《りょうせん》が、遠く霞《かすみ》に煙《けぶ》るまで連なっている。この生命力溢れる雄大な眺望との対比のなかで、ひっそりとした上山集落は、その寂《さび》れた佇《たたず》まいをいっそう鮮明に浮かび上がらせているようだった。

杉林のなかをうねうねと曲がりくねる旧村道を、千紗子の運転する車はくだった。道は車一台分の幅員しかなく、対向車が来たら面倒だと思いながら車を走らせたが、ほかの車に出くわすことはなかった。小まわりの利く軽自動車ということもあって、間近に迫る山の稜線や木々の緑を眺めながら、労することなく集落をいくつか過ぎ、鹿見《しかみ》川沿いの県道に出た。

このあたりはダムによってできた奥平湖を中心とした渓谷《けいこく》の地である。大小の渓流が奥平湖に注《そそ》いでいるが、なかでも鹿見川は急峻《きゅうしゅん》な尾根と岸壁に囲まれ、いくつもの瀑布《ばくふ》や甌穴《おうけつ》や深淵《しんえん》から成る、暴れ川の異名をもつ川だ。この川に沿って延びる県道は、父の住む鹿沢地区と、町の中心地である奥平地区を結ぶ唯一の道だった。

もともと鹿沢も奥平も別々の村だった。それが二年前、近隣の栗木《くりき》村、赤岩《あかいわ》村、八ヶ瀬《やつがせ》村も含め、五村が合併して五合《ごごう》町となった。過疎《かそ》化が進む地方都市では、市町村の統廃合はめずらしくない。千紗子が生まれ育った奥平村もその例に漏れなかったのである。

奥平に向かって車を走らせていると、吊《つ》り橋が見えてきた。軽トラックがどうにか通れるほどの幅だが、この橋は集落と集落を結ぶ生活道路で、建設時には地元住民からも多額の寄付を集めたと聞く。

高さ十五メートルほどの橋の下には河原があり、近隣の住民がバーベキューや魚釣りに来ることはあるが、土地の者以外には知られていないため、ふだんはひと気のない場所だった。観光客はみな奥平湖に隣接したキャンプ場か、その付近に二ヶ所あるキャンプ場へ行くから、ここまでやってくる者はいない。

千紗子は一度、この河原で遊んだことがある。小学生の頃、同級生の野々村久江に誘われ、久江の家族とともにバーベキューや川遊びを楽しんだのだ。

なつかしい風景に出会うたび、忘れていた記憶がよみがえる。心を和《なご》ませる想い出もあれば、そうでないものもある。父との想い出は、いやなものばかりだった。父の顔などもう見たくなかったし、ほかに世話をする親族がいないとはいえ、たとえわずかな期間でも、父の介護などしたくなかった。

県道には落石注意の看板が随所にある。今朝、この道をのぼってきたときには、二度も車を降り、路上に散らばる石を道の端へどかさなければならなかった。前日までの台風の影響だった。隣の天峰《あまみね》村へ向かう道は通行止めになっていたから、走行できただけでも幸いだった。それでも、路上の石をどかしたときにできた指のすり傷を見るたび、父への呪詛《じゅそ》の言葉を吐かずにはいられなかった。

猛暑でうだる東京を明け方に発ち、四時間近く車を走らせてこの地にやってきた。それからまだ数時間しか経っていないのに、もう都会の喧騒《けんそう》が実感のないものに変わっていた。

やがて千紗子の運転する車は奥平湖畔を過ぎ、駅前の商業地域にはいった。

平日だが、夏休みということもあって、親子連れの姿がちらほら見える。皆にこやかで、この日の空のように晴れやかな顔をしている。自分にもあんな日々があったのだと、おぼろげな記憶が心をくすぐり、千紗子は親子連れから目をそらした。千紗子は駅前通りにあるスーパーマーケットにはいった。一階で食料品を買いこみ、二階に上がる。ノロアの奥にある寝具売り場へ向かう途中、千紗子の目は引き寄せられるように子供服コーナーに向いた。

いつもそうなのだ。苦しくなることがわかっていながら抗《あらが》いきれない。まるで苦い薬を呑むように、お馴染みの自己嫌悪を呑みくだし、足を止める。男の子用のTシャツやズボンを眺め、手にとってはその感触を確かめる。

一着のパジャマが千紗子の目に留まった。

それは《ドラゴンボール》というアニメの主人公・孫悟空《そんごくう》が描かれた夏物のパジャマで、かつて息子の純《じゅん》にねだられて買ったパジャマに似ていた。そのときの純のうれしそうな笑顔が、瞼《まぶた》の裏によみがえった。純の笑顔に溺《おぼ》れそうになる心が胸を締めつけ、吐き気に似た胸苦しさがこみ上げてきた。

千紗子は逃げるように子供服コーナーをあとにし、寝具売り場に向かった。ようやく動悸《どうき》が鎮まったのは、選んだ寝具の会計を済ませたあとだった。

店員に頼んで駐車場まで寝具を運んでもらい、軽自動車の後部座席を倒して商品をのせ、気のよい店員の笑顔に見送られながら店をあとにした。

運転しながらダッシュボードのなかを左手でまさぐり、タバコを一本ひきぬいて火をつける。肺の奥まで煙を吸いこみ、ゆっくり時間をかけて煙を吐きだした。タバコが半分ほど灰になった頃、ようやく気持ちが落ちついた。

もう五年も経っているというのに……。

この苦しみが消えるとは思えなかった。歳月では癒《いや》されない想いがある。歳月では消せない後悔がある。わたしは一生自分を赦さない。苦しむのは当然の報いなのだ。

これまでどれほど、この言葉を嚙《か》みしめてきたことだろう。この先もずっと、生きているかぎり、この言葉を嚙みしめなければいけないのだと千紗子は思った。


買出しから戻ると、台所と居間、それから「離れ」と名づけた自分の部屋を掃除し、カビだらけで床のタイルがひび割れた風呂場も洗って、浴槽に湯を入れながら夕食の支度にとりかかった。

孝蔵の寝室には手をつけなかった。父との心理的距離を保つためには、自分のプライバシーを守るだけでなく、父の領域にもできるだけ踏みこまないほうがいいと思った。

風呂の湯を止めて台所に戻ると、玄関の引き戸が開いて孝蔵が土間にはいってきた。目が合い、何を言われるかと身構えたが、孝蔵は千紗子に一瞥《いちべつ》をくれただけで何も言わず、居間に上がろうと上がり框に片足をのせた。

「ちょっと待って」千紗子は台所から呼びかけて孝蔵に歩み寄った。「シャツもズボンも木屑だらけじゃない。土間で払い落としてから部屋にはいってよ。せっかく掃除したばかりなんだから」

孝蔵は上がり框から足をおろし、視線を落として自分の姿を眺め、シャツやズボンについた木屑を手で払い落とした。

「お風呂沸いてるから先にはいってちょうだい。あがったらご飯だから」

孝蔵が風呂にはいっているあいだに、千紗子は夕食の支度をすませた。アジの塩焼きと味噌汁、スーパーで特売をしていたゴーヤで野菜炒めをつくった。

魚料理にしたのは、魚がアルツハイマー病によいと亀田から聞いたからだった。熱心に介護するつもりはなかったが、この程度の気遣いはしてもいいだろうと思った。

食器棚から皿を出しているとき、重ねた皿のあいだに、一枚の写真がはさまっていることに気づいた。ぬき出して見ると、写真のなかで父と母が肩をならべていた。

かつて親子三人で住んでいた、奥平の家で撮ったものだ。どうやら正月らしく、注連飾《しめかざ》りのある玄関のまえで、着物姿の母が笑顔で父に寄り添い、スーツを着た父は居心地悪そうに鹿爪顔《しかつめがお》をしている。父母の容貌《ようぼう》からして、自分が家を離れたあとに撮られたものに違いない。こんな場所に写真をしまうはずはないから、認知症になった父が、何かの手違いではさみこんでしまったのだろう。

千紗子は写真をジーンズの尻ポケットに入れ、皿を流し台に運んだ。

皿に料理を盛りつけて居間の座卓へ運んでから、炊きたてのご飯と水を仏壇に供《そな》えた。さっき部屋を掃除したときに、母の写真の隣に純の写真を、母の位牌《いはい》の隣に純の位牌を飾っていた。線香に火をつけて香炉《こうろ》にさし、鈴《りん》を鳴らし、瞑目《めいもく》して合掌する。

「車のあれがない」

その声でふり向くと、ステテコ姿の孝蔵が首にバスタオルをかけて立っていた。

「あれってなに?」

「あれだ、あれ。車の……あの、エンジンをかける……」

「キー?」

「そうだ。キーだ。キーがどこにもない」

「亀田先生から車に乗っちゃダメだって言われてるでしょ」

「車がないと出かけられん」孝蔵は顔をしかめ、白くなった髪を指で掻《か》きむしった。「ちょっとあいつのところへ行ってくる」

「行ってくるって、歩いて行ける距離じゃないでしょ。それに、車のキーはわたしが亀田先生からあずかってますから」

「キーをくれ」

「ダメよ。車の運転はさせません」

いらいらしたように頭を掻く孝蔵を、千紗子は睨みつけた。「ご飯ができてるから、さっさと座って」

二人は言葉を交わすことなく箸《はし》を動かした。父と二人きりで食事をするなんて何年ぶりだろうと思ったが、そもそもそんなことがあったかどうかも定かではなかった。

外はすっかり暗くなり、縁側から吹きこむ風は肌寒いほどで、部屋に漂う蚊取り線香の匂いが、郷愁《きょうしゅう》に似たなつかしさと一抹《いちまつ》のわびしさを千紗子の胸に沁《し》みいらせた。

孝蔵はがつがつと意地汚い食べ方をした。あわててかき込むものだから食べ物を何度もこぼし、ときには咀嚼《そしゃく》しながら口の端から食べこぼした。千紗子はしばらく呆然《ぼうぜん》と、見苦しい父の姿を見つめた。はしたない食べ方を嫌い、眉間《みけん》に皺を寄せて叱った、厳しい父の面影《おもかげ》は微塵もなかった。

「もっとゆっくり食べられないの？」

わざと無視しているのか、聞こえなかったのか、孝蔵はがつがつと食べつづけている。

「いっぱい食べこぼしてるじゃない。汚いからやめてよ」

孝蔵はちらりと千紗子に目をやり、せわしなく口を動かしながら「車のあれがない」と言った。

「なに？」

「車のあれがない」

「いまそういう話をしてるんじゃないでしょ。話をすり替えないでよ」

「あれだ、あの……」

「キーでしょ？」

「そうだ、キーだ。あれがないと……」

「その話はさっきしたでしょ。車の運転は危ないからさせられません。もう、しつこく言わないで。なんでもいいからさっさと食べてよ」

孝蔵はそれ以上言わず箸を動かしたが、やがて、「帰ってくれ」と唐突に言った。

「帰れるものならさっさと帰るわよ。わたしだって、いたくているわけじゃないんだから」

「ひとりでいたいんだ」

千紗子はため息をつき、持っていた茶碗を置いた。「ひとりにさせられないから来たんじゃない」

「だれの世話にもならん。ひとりでちゃんとやっている」

「うろうろ徘徊して、家に帰れなくて、保護されたのはだれ？　おぼえてないの？」

孝蔵はそれには答えず、もぐもぐと口を動かし、焼き魚の身を箸でほぐすのに苦労している。

お父さん、と言いかけて、千紗子はあわてて言い換えた。「あなたは認知症なの。ちゃんと病院で診断されたんでしょ？」

「ひとりにしてくれ」

「ダメよ。わがまま言わないで。もうひとりで生活できないのよ。あなたは施設にはいることになるの。それまではわたしが面倒みるから、いやでもがまんして」

そのあと孝蔵は黙々と食べつづけ、食事がすむと洗面所で歯を磨き、寝室と居間を仕切る襖を閉めて部屋にこもってしまった。千紗子は食器を洗ってから風呂にはいり、冷蔵庫から缶ビールを出して、離れの部屋にはいった。

缶のプルリングを開け、ビールをひと口飲んでから、文机の上の携帯電話を手にとる。電波が届かないのではと危惧《きぐ》したが、液晶画面を見るとアンテナが二本立っていた。幼馴染の野々村久江に電話する。呼び出し音が三度鳴ってから、久江の声が聞こえた。

「ああ、チサ？　ごめんね、連絡できなくて。急にバタバタしちゃってさあ。そっちに行こうと思ってたんだけど……」

「いいのよ、そんなこと」

「で、どう？　久しぶりの親子の対面は？」

呑気《のんき》な声で久江が言う。

「どうもこうもないわよ」

「また喧嘩《けんか》したの？」

「そうじゃないの」

「相手は病人なんだから、労《いた》わってあげなよ」

「そうじゃないのよ」

「じゃあ、何よ？」

千紗子はため息をつき、濡れた髪をかき上げた。

「忘れちゃってるの」

「え？」

「わたしのこと。わたしが娘だってこと、忘れちゃってるのよ」

「マジ？」

久江の声が高くなり、驚いているのがわかった。千紗子はビールを喉《のど》に流しこんだ。

「マジもマジ。わたしに向かって、どなたかな？　だって。もう頭にきちゃって……」

「おじさん、そんなにひどいの？」

「どうしようもないわよ。ねえ、こんなにひどいんだから、公的施設に入所できるでしょ？」

久江は喉の奥で唸《うな》ってから、言いづらそうに口を開いた。

「まず、どういう認定がおりるかだよ。身内の顔も忘れるほど認知症が進行してるんなら、たぶん〈要介護〉になると思うけど、要介護3以上でないと特別養護老人ホームには原則としてはいれないのよ。軽度だとグループホームになるけど、六十五歳以上が条件だからねえ。おじさん、まだ六十四歳でしょ。それに、いまはどこもいっぱいだしねえ。おじさんに共同生活ができるかどうかっていう問題もあるわ。だって、四年間もひきこもって暮らしてたんだしさあ」

「施設にはいれなきゃ、どうしようもないじゃないのよ」

否定的なことばかり言う久江に、千紗子は苛立《いらだ》った。

「そう興奮しないで。とりあえずショートステイを利用して空きを待つとか、できるだけ安い民間の施設を探すとか、手段はあるから、いろいろ検討しないと」

「ねえ、久江。福祉課の職員なんだから、なんとかならないの？」

「無茶言わないでよ」

「親友の頼みでも？」

「無理よ。それに、もしできたとしても、そんなことしたら馘《くび》になっちゃう。女手ひとつで子ども育ててるんだから、路頭に迷うようなことはできません」

千紗子はため息をついた。それが聞こえたのか、久江があわてて言葉を継いだ。

「ごめん、チサ。そういうつもりで言ったんじゃないのよ」

久江は子どものことを口にしたのが、ため息の原因だと勘違いしたようだった。ひとり息子を失ったショックからまだ立ち直っていないことを知っての配慮《はいりょ》だったが、そうした配慮が、よけいに千紗子を苦しめることには思い至らない。久江の善意はその程度の底の浅いものだった。

それでも長年友だちでいられたのは、裏表のない開けっぴろげな性格が信用できることと、おっちょこちょいで快活、少し間のぬけたところが、肩から力がぬけるような安堵《あんど》感をあたえてくれるからだった。

久江は明日の夕方に行くと言って電話を切った。千紗子は携帯電話を文机に置き、ショルダーバッグから日記帳とペンケースを出した。

ページを開き、今日の日付を記入する。それは天国にいる息子・純に宛てた手紙であり、欠かすことのない就寝前の日課だった。

純くんへ

ママは今日、ママのお父さん、つまり、純くんのおじいちゃんの家に来ました。これから当分ここで、おじいちゃんと二人で暮らすことになります。

おじいちゃんって言っても、純くん、わからないわよね。会ったことないんだもの。あなたが生まれたことを祝福してくれなかったひと。あなたの顔を一度も見てくれなかったひと。それがあなたのおじいちゃん。いやなひとでしょ？　ママはそんなひとの世話をしなきゃならないの。ほんとに、気が重い。

あなたがいなくなってから、この八月でちょうど五年になります。

もう五年なのか、まだ五年なのか、どういう表現を使えばいいのか、ママにはわからないけど、あなたを失ったつらさは、五年の歳月では癒えることはありませんでした。これからもきっと変わらないだろうと思います。ずっとずっと、口々、この悲しみを胸に抱いて生きていくんだと思います。でもママ、ちゃんと覚悟はできてるから、心配しないでね。

後ろ向きな生き方はよくないって、みんなは言うの。パパもそう言ってたわ。たぶん、あのひとたちが正しいんだと思う。でもママはね、この悲しみを感じなくなってしまうのが、こわいの。それはきっと、純くんへの愛情が消えてしまうことだと思うから。

ママはまだ、あなたを奪った神さまを赦す気にはなれません。そして、神さまにあなたを奪う隙をあたえた、自分を赦す気にもなれません。

神さまから、あなたを取り戻したい。

何かよい方法があったら、純くん、そっとママに教えてね。それがどんな手段でも、ママはきっと、純くんを取り戻してみせるから。笑わないでね。ママ、本気なんだから。

今日も純くんを愛しています。

じゃあね、おやすみ。

ママより

4

翌朝、千紗子は七時前に目覚めたが、寝室に孝蔵の姿はなかった。掛け布団はめくれ上がり、その上にパジャマが脱ぎ捨ててある。

家にも工房にもいなかった。薪小屋のまえを通って裏手に出ると、急な傾斜地になっていて、小さな畑にナスやトマトがなっていた。前方に開けた眺望のなか、遠くまで連なる山々は、真新しい朝の光を浴び、荘厳《そうごん》な静けさを保って息づいているようだった。

千紗子はしばし雄大な光景に目を奪われたあと、急いで引き返し、そのまま前庭から外へ出た。

蟬《せみ》しぐれが降り注ぐなか、雑木林をくだり、隧道をぬけて集落のほうへ出る。段々畑やトタン屋根の家々を見渡し、孝蔵の姿を探して当てもなく歩いた。

集落をひとまわりしたあと、古びた郵便ポストと廃屋のような集会所を過ぎ、桑畑のある坂道をのぼった。山の斜面が崩れて崖《がけ》になった場所があり、その上に小さな仏堂と人影が見えた。崖の壁面に沿って仏堂まで、手摺のついた石段が設《しつら》えてある。

石段をのぼりつめると、木々に囲まれたせまい境内に、数体の石仏と、なかば文字の消えた供養塔がならんでいた。その向こうに、苔《こけ》むした墓がひっそり佇んでいる。枝垂桜《しだれざくら》の枝が長く垂れ、緑の葉が石仏の頭を撫《な》でるように揺れている。

桟瓦《さんがわら》ぶきの古びた阿弥陀堂《あみだどう》のまえで、こうべを垂れて手を合わせているうしろ姿は、まぎれもなく孝蔵だった。千紗子は腕組みをして立ち、老いた父の姿を眺めた。

朝いちばんに仏さまにお参りに来るとは、父はいつからこんなに信心深くなったのだろう。母の死の影響か、それとも、老いてみずからの死を身近に感じるようになったせいなのか。認知症で呆けた頭で、このひとは何を熱心に祈っているのだろう。

孝蔵が頭をあげ、こちらを向く。

「おはよう」

千紗子が声をかけると、孝蔵は「ああ……」と言ったきり、言葉が喉につっかえて出てこないのか、眉を寄せ、唇《くちびる》を尖《とが》らせた。

「徘徊したのかと思って、あわてちゃったわ」

孝蔵はそれには答えず、じっと見つめ返してくるばかりだった。

「そっか。わたしがだれだか、わからない？」

孝蔵は千紗子に視線を向けたまま小首をかしげた。そんな父に苦笑しながら、千紗子は歩み寄った。

「やっぱり思い出さないのね」ため息まじりに言う。「いやなことは都合よく忘れる。ほんと、たいしたひとだわ」

「あんた、なんの話をしてるんだ？」

あんた、という言い方をされ、千紗子は少しむっとした。

「じゃあ、このひとはだれ？」

昨日、食器棚で見つけた写真をジーンズの尻ポケットからぬき出し、孝蔵の顔のまえに突きだして見せる。孝蔵はしばらく写真を見つめたあと、興味なさそうに視線をはずした。

「あなたの奥さんよ。ほら、よく見て。思い出せないの？」

「だれが決めたんだ、そんなこと？　わしは何も聞いてないぞ」

不機嫌そうに言う孝蔵を、千紗子は睨みつけた。

「ほら、あなたと一緒に写ってるでしょ？」

「写真に一緒に写ってたら女房になるのか」

「ひどい……ほんと、サイテー」

「あんたに何かひどいことをしたのか」

「ええ。とってもひどいことをしたわ」

千紗子はぷいと顔をそむけ、階段のほうへ歩きだした。降り口で立ち止まってふり向き、ふたたび孝蔵を睨みつける。

「なにぼーっとしてるのよ。帰るわよ」

孝蔵はしかたないといったふうに歩きだした。

少し前屈《まえかが》みの、すり足のような小刻みな歩き方。それが認知症のせいなのか、老化と運動不足によるものなのか、千紗子にはわからなかった。苛立つ気持ちを抑え、孝蔵のペースに合わせて家路をたどる。

家に戻り、千紗子は玄関からなかへはいろうとしたが、孝蔵はそのまま玄関を過ぎて薪小屋のほうへ向かった。

「ちょっと、どこ行くの？」

「畑へ寄る」

千紗子は孝蔵に付き添って、裏手にある傾斜地の畑へ行き、孝蔵がトマトを二つ捥《も》ぐ姿を見守った。捥いだトマトを大事そうに両手に持ち、背中を丸めて孝蔵が戻ってくる。赤く熟れて艶々《つやつや》した、大きなトマトだった。

「一個はわたしのぶん？」

「そうだ」

「ふーん」

「ふーん、じゃない。ありがとう、と言うもんだ」

「呆《ほ》けても偉そうにするところは変わらないのね」千紗子は眉間に皺を寄せた。

「わたしがあなたの世話をしてあげてるのよ。忘れないでよね」

「わしは世話など頼んどらん」

「あーめんどくさい。とにかく、朝食にしましょう」

朝食をすませると、孝蔵は工房にこもった。

千紗子は食器を洗ったあと、脱衣場の奥にある洗い場で洗濯をした。古い二層式の洗濯機に孝蔵の衣類を放りこみ、脱水をしてから、縁側の物干しに干した。晴れわたる空のもと、爽《さわ》やかな山の風になびく洗濯物は、それが父のものであるとはいえ、見ていて気持ちのよい光景だった。

工房に目をやると、窓を閉めたままでいるので、千紗子はずかずかと工房にはいり、照明をつけて庭に面した窓を開け、部屋の隅にある大型扇風機をつけた。

「木屑が散る」ノミで木を彫りながら、見向きもせず孝蔵が言う。

昨日は自分でつけてたくせに。千紗子は舌を思いきり出したあと、風量を最弱にし、扇風機の角度を上向きにして、自動で首を振るようにした。「勝手に止めないでよね」と言い残し、工房を出る。

工房にこもってしまえば、放っておいてもだいじょうぶだろうと考え、千紗子は散歩に出かけることにした。

隧道をぬけて集落に出て、路傍《ろぼう》に咲くスズランの白やひまわりの黄色に目をやりながら歩いていると、畑仕事をしている老婆《ろうば》と目が合った。軽く会釈《えしゃく》をすると、待ってましたとばかりに老婆が話しかけてきた。見た目とは違い、張りのある声で、口調もしっかりしていた。

「おめさま、どちらのひとだ？」

千紗子が里谷孝蔵の娘だと答えると、老婆は「あんれま、そうかい」と大げさに驚き、意味もなく笑った。老婆の話を聞くと、孝蔵は亀田にばかりでなく、集落の人々にも、自分が身よりのない独り者だと話していたらしい。

「見かけね顔だと思ったら、そうだったかい。いやま、こんなきれいな娘さんがいなさるとはねえ。なんでまた、独りもんだなんて言うんだか」

あきれたように言い、千紗子の顔をまじまじと見つめる。

「父はご近所付き合いをあまりしないと聞きましたけど」

「まっず見かけね。家から出んですもんね、あのひと。仏像彫ってるか、裏の畑にいるか、どっちかですもんね。ときどき車で買い物に出かけたり、製材所へ廃材もらいに行ったりするぐれえでの。たまーに用事で里谷さんちに行くことはあっけど、茶も出さねえし、世間話ひとつしねえ。そういや、こないだ変な時間にうろうろしてて、声かけたけんど、知らん顔して行っちまった。最近はとんと見かけね」

千紗子は孝蔵が認知症になったことを話した。すると老婆は、自分の知り合いにも呆けた者がいると話しはじめた。長くなりそうだったので、千紗子は適当なところで話をさえぎり、暇乞《いとまご》いをした。

「そうかい。しばらくこっちにいるんかい。そりゃ大変だ。そんならせぇ、なんかあったら、いっつでも声かけてくれ。なーんも遠慮《えんりょ》することねから」

「ありがとうございます。あの……これってホクチですよね?」

千紗子は老婆が摘んでいた若葉を指差して訊ねた。すると老婆は、そうだそうだ、と言ってうなずいた。

この地域では、ヨモギの代わりにホクチを餅《もち》に混ぜて食べる。ヨモギの香りとは違った、独特の山の匂いを思い出し、千紗子は母のことを思った。子どもの頃、母がよくホクチで草餅をつくってくれた。それは久しく忘れていた、なつかしい母の匂いでもあった。

千紗子は老婆と別れ、ぶらぶらと散策をつづけた。

舗装道路から脇道にはいると、山の小径にはツリガネニンジンやソバナやシラヤマギクが咲き、エゴノキがシャンデリアのような実を枝にぶらさげていた。目にはいるひとつひとつの光景が美しく、草花や木の匂いに溢れていた。

野鳥のさえずりが降り注ぐなか、木洩れ陽を浴び、やわらかな土の感触を踏みしめて歩く。知らぬ間に鼻歌が洩れ、笑みがこぼれていた。一歩一歩足をまえに運ぶ。ただそれだけのことで、こんなに心が弾むなんて……千紗子はまたひとつ、久しく忘れていた感情を思い出し、軽やかな気持ちになった。

そうめんを茹《ゆ》でて孝蔵と昼食をとったあと、千紗子は居間に画材を運んで、絵本の制作にとりかかった。水彩紙、パレット、チューブ絵具、筆洗、絵具を溶かす小皿が数枚と、絵を乾かすドライヤーなどで座卓はほぼ埋まった。

いま作業している作品は完成間近だった。担当編集者から急かされているわけではないが、絵を描いていると気持ちが落ちつく。絵筆を動かしているあいだは、天国にいる純と心を通い合わせているような気がするのだ。

純は千紗子の描く絵本が好きだった。ママの絵本がいちばん好き、と言ってくれたものだった。

いまつくっている絵本は、事故で昏睡《こんすい》状態に陥《おちい》り、死神に連れていかれそうになった少年の話だった。死神が少年に謎《なぞ》かけ問題を出し、知恵をしぼって死神から逃れ、輝きに満ちた命ある世界に戻ってくる、というお話。主人公の少年の名前は、拓未《たくみ》。みずから未来を開拓する、という意味をこめて名づけた。

千紗子は高校時代、漫画家になる夢を抱《いだ》いていた。当時は《のだめカンタービレ》や《ONE PIECE》を愛読し、二次創作やオリジナルの漫画を描いていた。

いちばんの読者は久江だった。ときに評論家ぶった偉そうなことも言うが、おおむね褒《ほ》めてくれた。母も、漫画ばっかり描いてないで勉強しなさい、と小言を言うものの、夢をもって生きるのは大切なことだと言ってくれた。それで気をよくして、東京にある専門学校の漫画科へ進学しようと決めたが、父の猛反対に遭《あ》い、断念したのだった。

たしかに夢をもって生きることは大切だが、地に足をつけて物事を考えるほうが大事なのだ、と孝蔵は千紗子を諭した。

漫画家になれる才能があるのか客観的に判断してみろ。おまえのような人間は世の中にごまんといる。プロになれるのは一握りの人間だ。その一握りのなかで一流になれるのは、そのまた一握りの人間だ。そこへたどり着ける才能があるのか。その場所をめざして辛苦《しんく》に耐えぬく覚悟があるのか。現実的に考えて、成功する可能性はきわめて低い。みじめな思いをして挫折《ざせつ》しても、後悔しないと断言できるのか。おまえが歩もうとしている道は、そういう道ではないのか。それが並大抵の苦労ではないことを、おまえはどれほど自覚しているのか。

返す言葉がなかった。反論できる自信や決意もなかった。ふつうの女子高生が、ただ漫画が好きだから、描いていて楽しいからという単純な理由で、漠然とした夢やあこがれで選んだ道だったのだから。

絵はヘタではないという自信はあったが、プロ作家のタッチをまねただけで、客観的に眺めれば、個性が光るような魅力はなかった。父の考えを、臆病者《おくびょうもの》の保守的な考えだと非難する気持ちはあった。堅物《かたぶつ》の公務員らしい考え方だと唾棄《だき》する気持ちもあった。いちいちそんな大げさな決意をしていたら、思いきって夢にチャレンジすることなどできやしない。そうは思ったが、父の言葉を撥《は》ね返す力がなかった。

父は専門学校へ行く費用は出さないと明言した。どうしても行きたければ自分で学費を工面して行け、と言い捨てた。そして、ふつうの大学へ行っても漫画は描けるんじゃないのか、と言い足した。そのひと言で、心が折れた。いや、楽になったと言ったほうがいいかもしれない。

千紗子は父に屈した悔しさを肚《はら》に溜《た》めながらも、母のことを考えが甘いとなじった父に反感を抱きながらも、父の助言に従い、都内にある私立大学へ進学した。

大学の漫画研究会にはいり、そこで知り合った一年上の先輩と結婚することになった。そしてそれが、父との決定的な亀裂《きれつ》と相克《そうこく》を生むことになった。

千紗子がふたたび絵筆を持ったのは、純がよちよち歩きをするようになり、絵本に興味を示しはじめた頃だった。育児学級で知り合ったママ友が家に遊びに来たとき、千紗子は何の気なしに、純のために描いた絵本を見せた。それが絵本作家への道を開いたのだった。

彼女は千紗子の絵本を気に入り、出版社が主催する賞に応募するよう勧めた。インターネットから募集要項を印刷して持参するほどの入れ込みようで、千紗子自身はそんなつもりなど毛頭なかったが、彼女の熱意に負けて応募し、入賞したのだった。

千紗子は絵本作家になり、どうにか自分ひとりの生活を作家業だけで賄《まかな》っている。生活に余裕はないが、それでも絵本を描くことだけで暮らしていけるのだから、しあわせだと千紗子は思う。父があれほどの覚悟を強《し》いた道を、少し違ったかたちではあるが、無自覚に、さほど苦労することなく歩むことができたのだから、ざまあみろ、と舌を出したいぐらいの、溜飲《りゅういん》の下がる思いもするのだった。

ガラス戸を開けた縁側から、さらさらした風や蝉の声が流れてくる。物干し台の向こうには、ずらりとならぶ仏像の背中が見える。まるで日向《ひなた》ぼっこをしているように佇む仏さまたちの向こうには、雑草の生えた庭があり、その向こうに、敷地を取り囲む木々が泰然と根を下ろしている。

静かな安らぎがここにはあった。千紗子はまるで世界から隔絶された桃源郷《とうげんきょう》にいるような錯覚に陥った。だが、工房に父がいるのだと考えると、その想いはたちまちしぼみ、現実に揺り戻された。

昨夜の電話で言っていたとおり、夕方、久江がやってきた。時刻は夕方だが、夏の陽は依然として高く、ワゴン車から降りた久江は手でひさしをつくって、日焼けから顔を守ろうと健気《けなげ》な努力をしながら、居ならぶ仏像を迂回《うかい》して縁側までやってきた。

「また仏像増えてない？」開口《かいこう》一番、久江は言った。

「そうなの？　わからないわよ」

「でもさあ、素焼きの地蔵はわかるけど、木彫りのやつって屋外に置いとくと、雨とかで腐ったり、虫に喰われたりするんじゃないの？」

「知らないわよ、そんなこと。あのひとに訊いてみれば？」

「ま、いっか。おじさん、小屋にいるの？」

千紗子はうなずいた。

「よく飽きないわね。ぼーっとしてるよりはいいけど。あんたも仕事中？」

居間のほうに目をやって、久江は言った。

「ううん、いいの。ちょうど区切りがついたところだから」

「作家先生の邪魔しちゃわるいからね」

そう言いながら久江は縁側に腰をおろし、持っていたハンカチで首筋を扇《あお》いだ。

「今回は久江にも世話になったね。何度かここにも来てくれたんでしょ？」

「あたしなんかより、いちばんの功労者は亀田先生だよ。よくお礼を言った？」

「言ったわよ。あたりまえでしょ」

「なら、いいけど。でもさ、おじさんがひとりでこんなところに住んでるなんて知らなかったから、先生から連絡があったときはビックリしたわよ。チサ、なんで言ってくれなかったの？」

「親がどこで何してるかなんて、ふつう友だちに報告しないでしょ」

「そりゃそうだけどさ。まあ、あんたいつも、おじさんとうまくいってるのかって訊いても、あんなひとのことは知らないって、すぐ話題変えてたもんね」

久江とはたまに電話やメールでやりとりをしていたが、こうして実際に会うのは、母の葬式以来だった。

そのときよりも、かなり肉付きがよくなり、貫禄《かんろく》が増したように見える。夫と死に別れたときはひ弱だったのに、子どもを育てる女というのは強くなるものなのだなと、千紗子は複雑な感慨をもって幼馴染を見つめた。

「なによ？　あたしの顔になんか付いてる？　あ、肥《ふと》ったと思ってるんでしょ？　そうなのよ。もうねえ、夏バテしても体重増えるんだから、いやんなっちゃう。三十超えるとお肌も張りがなくなるしさあ。でもチサはあいかわらず、きれいでいいよねえ。ほんと、あんたの魅力の半分でも分けてほしいよ」

「なに言ってるのよ。わたしももうオバサンよ」

よく言うわよ、と久江は快活に笑った。それからハンドバッグを開け、なかから携帯電話を取り出した。首から提げられるように紐《ひも》がついている。

「これはね、徘徊位置探索サービスが利用できるケータイなの。GPS機能を利用して居場所を探すわけ。もしものときに役立つから、特別に頼んで許可をとっといた。外出するときはおじさんに持たせるのよ。わかった？」

「でも、あのひと、ほとんど小屋にこもってるから必要ないかも」

「そうやって油断してると、気がついたらいなくなってるのよ。車で買い物に出かけたりするんでしょ。だったら、いざというときの用心に持たせておくの」

「そうね。これで気楽に放っておけるわ」

「またそんなこと言う。たったひとりの親なんだから、こんなときぐらい孝行してやりなよ」

「たまたまあのひとの子どもに生まれただけの話じゃない」

思わずきつい口調になってしまった。それがわかっても、感情を抑えることができなかった。

「ただの偶然。それで大切に思わなきゃいけない義理はないわ」

「もう、チサったら」

「向こうだって、わたしのこと、娘とは思ってないのよ」

「まだ思い出さないの、あんたのこと？」

「認知症って、記憶を捨てるわけでしょ。あのひとは娘のわたしの記憶をポイッと捨てたのよ。だから、わたしも他人のふりをすることにしたの。どうせ他人みたいなもんだし、そのほうが割り切って付き合えるから、かえってありがたいわ」

「おじさんに似て、あんたも強情だからね」

「ぜんぜん似てないわよ、あんなひとと」

久江はあきれたようにため息をついた。

「とにかく、相手が病人だってことは忘れないでよ。ああ、それから、おじさんの服に名前と住所と連絡先を縫いつけといたほうがいいよ」

「めんどくさい」

千紗子は顔をしかめた。

「そんなんじゃ介護なんかできないよ。そのうちオムツ替えたりしなきゃいけなくなるんだから」

「いやよ」千紗子は大きな声を出した。「なんであんなひとの下の世話までしなきゃなんないのよ。すぐにお金のかからない施設に放りこんでやるんだから」

むきになって早口で言う千紗子に、久江は苦笑した。

「どうせなら、一発当てて、高級老人ホームにでも入れてあげなよ」

「簡単に言うけど、そんな甘い世界じゃないのよ。あーもうイライラする。ねえ、久江。久しぶりに会ったんだから、ちょっと飲まない？」

「ここで？」

「まさか。どっかいい店ないの？」

「そりゃあるけど、だいじょうぶなの？　おじさんひとりにして」

「平気平気。これもあるし」

さっき久江から渡された携帯電話を見せ、千紗子はにっこり微笑《ほほえ》んだ。

「よけいなもの渡しちゃったかも。でもまあ、いいか、ひと晩ぐらい。これから長いんだから。でも、今夜だけにしときなよ、外で飲むのは」

「わかってるわよ。あと一ヶ月、召使いのようにあのひとに仕えるから」

「またそんな嫌味を言う」

千紗子は画材を片付け、着替えをすませてから工房へ行き、孝蔵にさっそく携帯電話を持たせた。孝蔵の首に紐をかけ、木屑で汚れたズボンのポケットに本体を押しこむ。

ぜったい触っちゃダメだからね、と言い含めたが、しぶしぶうなずく孝蔵がどの程度理解しているのか疑問だった。

「ねえ、おじさん。あたしがだれかわかる？」

孝蔵は久江の顔をしげしげと見てから、かぶりを振った。

「ま、しょうがないわね。じゃあ、このひとは？」

久江に指差され、千紗子は、やめて、という仕草をした。

「わしの世話をしてくれている」千紗子に目を向け、孝蔵が言った。

「そうよね。おじさんとはどういう関係のひと？」

「家のことを手伝ってくれている」

「おじさんの家族なの？」

「家族はいない」

千紗子は久江に目を向け、ほらね、とばかりに顔をしかめてみせた。

「おじさん、ずっとひとりなの？」

「若い頃は結婚していた。子どももいたが、生まれてすぐに死んだ。かわいそうなことをした」

その言葉を聞いて、千紗子はあからさまに苛立ちはじめた。「ねえ、もう行こうよ」と久江の腕をつかんでひっぱる。

「すまんが、集中できん。出てってくれないか」

孝蔵は手に持った木彫りの仏像に目を落とし、三角刀で天衣の襞《ひだ》を彫りはじめた。

二人は工房を出た。車二台で行く必要はないからと久江が言い、千紗子は久江の車に乗りこんだ。

「縄で柱に縛りつけてくれればよかったかな」

助手席のシートベルトを締めながら千紗子は言った。

「冗談でもそんなこと言わないの。さあ、行くよ」

久江は乱暴なハンドルさばきで前庭から車を出した。

5

久江に案内された炉端《ろばた》焼き店は、昨日買い物に訪れたスーパーマーケットの近くにあった。店の中央にカウンター席があり、それを囲んで壁際に座敷席がある。天井の梁《はり》に提灯《ちょうちん》が賑《にぎ》やかにぶら下がり、壁にはずらりと品書きが貼られている。早い時間帯だったので、客はまばらだった。二人は靴を脱いで座敷に上がり、厚みのある天然木のテーブルをはさんで、向かいあって座った。

まずは再会を祝して生ビールで乾杯。冷えたビールが喉を過ぎると、心も体も弛《し》緩《かん》し、千紗子は肩の力がぬけるような安堵感をおぼえて、思わず笑みを浮かべた。馬刺しや蜂の子やざざむしなど、なつかしい郷土料理を口にすると、千紗子の笑みはさらに広がった。

「でもさあ、チサの仕事は、道具さえあればどこでもできるからいいよね」

そう言うと、久江は鶏のもも肉の唐揚げに齧《かじ》りついた。

「まあね。場所に縛られないし、通勤しなくていいし。そういう面では楽ね」

「職場の人間関係に煩《わずら》わされずにすむしね。仕事よりそっちのほうが大変だったりするから、めんどうなのよ。絵本作家か。いいなあ。子どもに夢や希望をあたえるんだもんね。立派な仕事だよ」

「絵本作家が立派かどうかわからないけど、公務員は立派な仕事よ。それも福祉課でしょ。じっさいに困ったひとを助ける仕事なんだから、はんと立派。それに安定してるし」

「そうそう、それがいちばん」口をもぐもぐ動かしながら、久江はジョッキのビールを喉に流しこんだ。「こんな時代に、女手ひとつで子ども育てるのって、ほんと大変なんだから」

「学《まなぶ》くん、元気？」

「もう元気すぎて、手を焼きっぱなし」久江は苦笑し、鯉《こい》こくの汁を啜《すす》った。

「ビール飲みながら味噌汁飲むって、ありえなくない？」

「あたしはぜんぜん気にしないけど」

「学くん、小学三年生だっけ？」

「そう。学童でも暴れたおしてるみたいで、ちょっとした問題児よ」

「荒れてるの？」

「荒れてるってわけでもないのよ。やんちゃなだけ。無駄にエネルギーがありすぎるのよね、きっと。自家発電か何かに使えないかって考えてるんだけど」

「もう、久江ったら」千紗子は苦笑し、馬刺しをひと切れ口に入れた。

「まえに児童養護施設であずかってた子がいて……」久江の口調が変わった。「その子が親のところに戻って、いま学童に来てるんだけど……」

「虐待《ぎゃくたい》か何かされてたの？」

「うん。同居してた男がひどいやつでさあ。まともに働きもしないでパチンコとか競馬とかギャンブルばっかやって、負けるとむしゃくしゃして、その子に当たるわけ。そんなやつになつくわけないのに、なつかないからかわいくないとか言って、よけいつらく当たってさあ」

「なにそれ」千紗子は眉間に皺を寄せた。

「ひどいでしょ？　母親も男にべったりで、ちょっとネグレクト気味だったの。で、母親が福祉課に来て、一緒に暮らせないから子どもをあずかってくれって言って。まるでペットに飽きて捨てるみたいな感覚なんだよねえ」

信じられない、といったふうに千紗子は首を振った。

「まあ、ギャンブルの借金抱《かか》えて、経済的にも大変だっていう事情もあったし、その子のためにもね、親から離したほうがいいと判断して、施設であずかることになったのよ。そしたらまあ、母親よろこんじゃって。けっきょく、子どもが邪魔だったんだよねえ。自分の子より男を取ったんだよ」

「自分で産んだ子なんでしょ」

久江はニラせんべいに齧りつきながらうなずいた。

千紗子はわが子を大切に思えない親の気持ちがまるで理解できないし、そうした親に対して、猛烈な嫌《けん》悪《お》と軽蔑《けいべつ》をおぼえずにはいられない。久江の話を聞いただけで腹立ちがつのり、我知らず厳しい顔つきになっていた。それを久江に指摘され、千紗子はジョッキに残っていたビールをひと息に飲みほした。

「ビール、お代わり頼んで」

「自分で頼みなよ」

久江は文句を言いながらも、カウンターのなかにいる店員に向かって、大声で生ビールを二杯注文した。

「で、なんでその子、親のところに戻ったの？」

「母親が連れ戻しにきたの」

「なにそれ？」

「親には親権があるんだから、引き取って育てるっていうのに、返さないわけにはいかないでしょ」

「でも邪魔だったんでしょ」

「男が変わったの。新しい男が、子どもと一緒に暮らしたいって言ったみたいよ」

「ふざけてる」

千紗子はニラせんべいを口に運ぶ手を止めた。

「それって、子どものためにしたことじゃないでしょ。子どもの気持ちなんか、けっきょくぜんぜん考えてないじゃない。なんでそんな親に、子どもが振りまわされなきゃいけないの。かわいそすぎるよ」

「それはそうなんだけど。でも、子どもにとっては、やっぱり親だから」

「親じゃないよ、そんなひと。そういう人間が親になっちゃいけないのよ。セックスするのは勝手だけど、ちゃんとゴムはめろよって感じ」

「ちょっと、チサ、声が大きい」

久江に諫《いさ》められ、千紗子は肩をすくめ周囲に目を配った。ちょうど生ビールが運ばれてきて、千紗子はうつむき加減にジョッキを受けとった。ひと口飲んで、深呼吸し、気持ちを鎮める。

「でもさあ」千紗子は少し落ちついた口調で言った。「ちょっとまえに、どっかで事件があったじゃない」

「なに？」

「ほら、児童養護施設に親が引き取りにきて、一時帰宅した子どもが、そのあいだに親に虐待されて死んじゃった事件」

「ああ、あったね」渋い顔をして、久江がうなずく。「子どもを守るために精いっぱいのことはしてるんだけど、じっさい、公的な立場には限界があるのよ。それを少しでも改善しようと、法的にもね、いろいろ検討はされてるんだけどさ」

千紗子はため息をついた。「で、もともと何からこういう話になったんだっけ」

「あ、そうそう。学の学童の話よ。親もとに戻ったその子を、まあ、いじめてるってわけじゃないんだけど、あの子、子分みたいに使って、大きな顔してるのよ。それ聞いて、もう頭にきちゃって、風呂掃除から何からアゴで使ってやった」

久江は笑ったが、そのあと視線を落とし、「父親がいないから、やっぱり、あの子も淋《さみ》しいんだと思うんだ」とため息まじりに言った。

「再婚は考えてないの？　そういう彼氏がいたりして？」

「いない、いない。仕事と子育てで疲れちゃって、枯れちゃってるから」

「なに言ってるの。三十代はまだまだ花盛りよ」

「でもさあ、学はどう思うんだろうね。新しいお父さんって、複雑じゃない？」

「学くんが赤ん坊のときに亡くなってるんだから、じっさいにお父さんを知らないわけでしょ。そんなに複雑に考えることないよ」

「そうかなあ。ま、どっちにしても、相手がいなきゃはじまらないし」

久江は踏ん切りをつけるように笑い、ビールをぐいっと飲んで、ニラせんべいにかぶりついた。「あたしのことより」ちょっと元気な声になって、久江が言う。「あんたのほうはどうなのよ？　別れた旦那とは会ったりしてないの？」

「してるわけないでしょ。ばっかじゃない。きっと、向こうにはもう子どもがいて、子煩悩《こぼんのう》なパパになってるわよ」

「いい旦那さんだったのに。ちょっとカッコよかったし。もったいない」

「なにがもったいないよ。あのひとは自分の罪に耐えられなくて、痛みに耐えられなくて、逃げだしたのよ。もうまえを向いて歩くときだとか言って。なんでそう簡単に割りきれるのよ。あのひととわたしが殺したのよ。それを忘れろだなんて……」

「あれは事故よ。ただの事故なのよ」久江は真顔になり、厳しい口調で言った。「何度言ったらわかるの？　ねえ、チサ。あんた自分を責めすぎだよ。そんなことじゃ、まともに生きていけないし、しあわせをつかめないよ」

「自分がしあわせになろうなんて思わない。わたしはあの子のしあわせを奪ったのよ。あの子を守れたのに……守ってあげられたのに……」

「ねえ、もうこの話はよそう」

久江の言葉に、千紗子は目を伏せてうなずき、ビールをひと息に飲みほした。思いきりゲップをして久江の失笑を誘い、それからニラせんべいを口いっぱいに頬張《ほおば》った。「ニラせんべい、うまし」と聞きとりにくい声で言う。「ハイボール、注文して」

「はいはい」

苦笑しながら久江が返事をしたとき、テーブルの上のスマートフォンが鳴った。

「あら、やだ。学からだわ」久江が眉をひそめる。「あのバカ、また何かやらかしたのかも……」言いながらスマートフォンを耳に当て、「なに？　どうしたの？　何かあった？」と早口に言う。

相手の声を聞く久江の顔が見る間に険しくなっていく。そのさまを千紗子は不安げに見つめた。

「まったく、もう！　あんたって子は！　いまから帰るから、待ってなさい！」

久江は乱暴に電話を切ると、千紗子に頭をさげた。

「ごめん！　学がやらかしちゃって、隣のおじさんがカンカンに怒ってるみたいなの。近所でも有名な難しい人でさあ……悪いけど、すぐ帰らなきゃ」

「いいよ、いいよ、気にしなくて。はやく帰ってあげて」

久江はもういちど謝ると、店の女将に運転代行を呼ぶよう依頼した。手早く帰り支度を済ませていると、女将が来て、すぐには運転代行が来られないと言った。

「今日はえらく忙しいらしくて、あと一時間ぐらいかかるんだって。こんなこと滅多にないんだけどねえ」

「どうする久江?」

「待ってらんない」きっぱりと久江が言う。

「ダメよ。お酒、飲んでるのに」

「あたしがお酒強いの知ってるでしょ? まだビール二杯だよ。シラフも同然」

「いや、でも……」

「それに、田舎道だから、夜道を歩いてるのはイノシシぐらいのもんよ」

さ、行こう、と言って久江は足早にレジに向かった。たしかに足どりはしっかりしている。久江がバッグから財布を出すのを見て、千紗子は急いであとを追った。

6

久江の運転するワゴン車は奥平湖畔のキャンプ場を過ぎ、診療所のあたりを通って、鹿見川沿いの県道を走っていた。片道一車線の道は、まばらな外灯が頼りない光を落としているだけで、暗く見通しがわるかった。

道の左手はすぐ川で、右手には、落石防止のネットを張りめぐらせた山肌がそびえ、その上に太い木々が闇《やみ》のなかに枝を広げている。通行する車は一台もなく、ひとが歩いて通るような道ではないため、人影もなかった。

こんな道で飲酒運転の検問をしているはずもなかったが、久江は千紗子の忠告に従って法定速度を守っていた。

運転に酔いの影響は感じられず、千紗子は安心して、くつろいだ気分になった。昨日、この道で二度も車を降りて落石をどかしたことを思い出し、久江にそのことを話した。

「台風の影響で大雨が降ったからね」と久江は笑った。「大雨が降ると、脆《もろ》いんだよねえ。鹿見川もずいぶん増水したんだよ。まだ水の勢いが凄いんじゃない」

千紗子は助手席の窓に顔をくっつけ、すぐ横を流れる川を覗きこんだが、闇の向こうでごうごう唸る川音が聞こえるばかりだった。

「そう言えばさあ」

その声で、千紗子は運転席へ顔を向けた。

「いちど、こーんなでかい岩が道の真ん中に転がってて……」

久江はハンドルから両手を離し、腕を横いっぱいに広げた。

そのときだった。久江が息を呑み、反射的にブレーキペダルを踏みこんだ。甲高《かんだか》い摩擦音が響き、二人は前のめりになった。何かにぶつかった衝撃があった。

スピードはそれほど出していなかったが、接触を避けられなかった。エアバッグが開かなかったことから軽い衝突だとわかったが、それでも千紗子は動揺し、心臓がどくどくと脈打った。久江と目を見合わせ、うなずきあってからシートベルトをはずし、闇が重く沈む外に出た。

点けたままのヘッドライトがつくる光の輪の、左端のあたり、ちょうど舗装路から土手に変わるところに、スニーカーが裏返っているのが見えた。その大きさからして、子どもの物と思われた。

千紗子は息を呑んだ。路上にひとの姿はなく、おそるおそる土手を覗きこんだ。このあたりはガードレールがなく、見下ろすと、斜めになった草地に倒れた人影が、闇のなかにぼんやり見えた。

急いで駆け寄り、草地にひざまずいて覗きこむと、男の子だとわかった。体の大きさからして、小学校の低学年だろう。暗闇に目が慣れはじめると、少年が目を閉じ、口をわずかに開けているのが見てとれた。

首筋に手を当てると、肌に湿り気があった。その感触に驚いて、千紗子は思わず手をひっこめた。粘《ねば》ついた血の感触でなかったことが、悲鳴を喉もとで押しとどめた。気を鎮め、ふたたび頸動脈《けいどうみゃく》に指を当てると、しっかりした脈動を確認することができた。

少年の鼻先に頬を近づけ、呼吸も確認した。暗くてよく見えなかったが、出血はなさそうだった。念のため、血がついていないか体を触ってみると、衣服がぐっしょり濡れているのがわかった。

「生きてるの？」

背後で久江の震える声が聞こえた。その声には祈るような響きが感じられた。

「だいじょうぶ、生きてるわ」

「どうして動かないの？」

「気を失ってるみたい」

「ケガしてるの？」

「わからない。出血はないみたいだけど、暗いから。でも、この子、びしょ濡れなの」

「なんで濡れてるの？」

「わからないわよ。川から上がってきたのかも」

「なんでこんな時間に子どもが川なんかに……」

「落ちついて。そんなこと言ってる場合じゃないよ」

千紗子は思わずきつい口調で言った。

「ほんとにだいじょうぶなのね？」遠慮がちな声になって、久江が言う。

「うん。だいじょうぶだと思う」

「生きてるのね？」

「生きてるわ」

久江はようやく安心したらしく、息を吐きだす音が聞こえた。草を踏みしめて近づいてくる。千紗子は立ち上がり、ふり向いた。

「バッグにケータイがはいってるから、電話してくる。車も端に寄せなきゃいけないし。この子のようすを見てて」

駆けだそうとした千紗子の腕を、久江がつかんだ。

「なに？」

「電話って、どこに電話するの？」

「１１９番に決まってるじゃない。救急車を呼ばなきゃ」

それがわからないほど動揺しているのかと、千紗子はなかばあきれた。だが、久江の次のひと言で、その感情が困惑《こんわく》に変わった。

「ダメよ」

「え？　なに言ってるの？　すぐ救急車を……」

「ダメ。呼ばないで」

久江が語気を強めて言い、まるで睨むように見つめてきた。

「どうしたの、久江？　落ちついてよ」

「お願い……」睨むような表情が崩れ、いまにも泣きだしそうな顔になる。「お願いだから、どこにも連絡しないで」

「久江……」

千紗子はようやく合点した。公務員が飲酒運転でひとを撥《は》ねたのだ。事の重大さは一般人の比ではない。

いっさいの言い訳はきかないだろう。いくら法定速度を守って走っていたと言っても、それでも間に合わないほど突然に、暗闇から飛びだしてきたのだと主張しても、世間は許してくれない。たとえ量刑の際に酌量《しやくりよう》されたとしても、マスコミが嗅《か》ぎつければニュースになるし、公務員としての責任は取らざるを得ない。

「捕まるわけにはいかないの。仕事を失うわけにはいかないのよ」

久江の気持ちはわかるが、ほかにどうしようもないと言うしかなかった。久江は口もとに手を当て、小刻みに震えだした。

「久江……」

「あたしが捕まったら学はどうなるのよ。ねえ、学は……」

「落ちついて」

「ねえ、チサ」勢いこんで言い、すがるような目を向けてくる。「お願い、あんたが運転してたことにしてくれない？」

それが窮地を脱する名案だと信じているようだった。活路を見出したとばかりに目を輝かせ、すがりつく声で懇願し、久江は千紗子ににじり寄った。だが千紗子は、哀れむような目で久江を見つめ、かぶりを振った。

「わたしが運転していたことにしても、あなたは飲酒運転を幇助《ほうじょ》した罪に問われるの。どっちにしても同じことよ」

久江はあからさまに肩を落とし、顔をしかめた。

「チサはいいの？　刑務所にはいるかもしれないんだよ？」

自業自得という言葉が口から出そうになったが、千紗子はそれを呑みこみ、「しかたないじゃない。やってしまったことなんだもの」と言った。

「だって、この子がいきなり飛びだしてきたんだよ」嚙みつくように言う。「あれじゃ酔ってなくても避けられないよ。無理だって」

たしかにそのとおりだが、それで飲酒運転の罪が帳消しになるわけではない。とにかく、こんな言い争いをしている場合ではなかった、千紗子は車へ向かおうと足を踏みだした。そのとき、「置いていこうよ」と久江が言った。

千紗子は足を止め、ふり向き、幼い頃から知っている親友の顔をまじまじと見た。まさかそんな言葉が出るとは思いもしなかった。もし母子家庭でなかったら、きっと口にはしなかっただろう。そう思うと、不憫《ふびん》でならなかった。

「それって、ひき逃げだよ」

「わかってる」

「ダメよ」千紗子はきっぱりと言った。

久江はいやいやをするように首を振った。

「どんなケガをしてるかわからないじゃない」諭すように千紗子は言った。「この子はびしょ濡れなのよ。車もひとも通らないし、夏でも夜は冷えるわ。ひと晩じゅうこのまま放置したら、どうなるかわからないわよ」

「いやよ。ねえ、お願い。何かほかに手があるはずよ」

千紗子は考えをめぐらせ、亀田医師の顔が浮かんだ。

「ここから診療所は近いから、連れていくのはどう？　亀田先生なら事情を話せば……」

「ダメよ」久江はあわてて言った。「あんたの家へ運ぶのはどう？　気絶してるだけなんでしょ。だったら、とりあえず家に運んで……それで……それで……そうよ、あとはきっとうまくごまかせる」

お願い、あたしを助けて。そう言って、久江はその場で土下座した。草地に頭をすりつけ、あたしと学を助けて、と懇願した。

その姿を見て、その言葉を聞いて、断れないと千紗子は思った。この切実な願いを拒否するのが正義なら、わたしは正義のひとになれない。父なら、きっと正義をつらぬき通すだろう。でも、わたしはそういう人間じゃない。

千紗子は大きく息をつき、「久江、あなた脚を持って」と言った。

少年のもとへ取って返し、少年の頭のほうから両脇に手を差しこむ。「なにぼーっとしてるの。早くしないと、だれか来るかもしれないわよ」

久江はその言葉でわれに返ったように立ち上がり、少年の両脚を抱えこんだ。

二人で息を合わせて少年を運んでいるとき、右足首にロープが巻きついていることに気づいた。二人は顔を見合わせたが、その疑問をあとまわしにして、少年をワゴン車の後部座席に寝かせた。

路上に落ちていた少年のスニーカーを久江が拾いにいき、千紗子は車が破損していないか調べた。とくに目立つキズやヘコミは見当たらなかった。運転を代わろうかと千紗子は言ったが、だいじょうぶだと久江が答え、二人は急いで車に乗りこんだ。

家の明かりは消えていて、孝蔵は閉めきった襖の向こうで鼾《いびき》をかいて眠っていた。足音を忍ばせ、暗いなかを足もとに注意しながら、一人は少年を離れに運びいれた。

板戸を閉め、照明をつけると、暗がりに目が慣れていたせいか、明るくなった部屋に横たわる少年が、とつぜん存在感を増したように思えた。千紗子はわずかに身震いした。それはまるで、自分たちの罪が白日《はくじつ》のもとに晒《さら》されたような気分だった。

「目を覚まさないね」

少年を見下ろしながら、久江が言った。

「そのうち起きるわよ」

千紗子は切実な願望をこめて言った。

少年は痩せていた。頬はこけ、腕も脚もほそく骨張っていた。全身ずぶ濡れで、着ているTシャツと七分丈のズボンは、量販店で安売りしているような粗雑なものだった。靴下は履いていない。頬にも腕にも脛《すね》にもすり傷や切り傷があり、青痣《あおあざ》になっている箇所もあった。

右足首に結わえつけられたロープは、麻の三つ打ちロープで、一般によく見かけるものだった。汚れ具合からして、使いこまれたものらしい。足首の結び目から二十センチほどのところで切れていたが、いびつなほつれ目を見れば、故意に切断したものではなく、負荷に耐えきれず切れたものとわかった。

「この子、何があったんだろうね？」

けっしてよいことではないと、久江も察しているような口ぶりだった。

「とにかく、傷の手当てをして、着替えさせなきゃ」

千紗子は脱衣場へ行ってタオルをとり、食器棚の上から救急箱をとって部屋に戻った。それから久江と二人で少年の服を脱がせ、足首のロープをほどいた。

全裸になった少年は、瘦軀《そうく》を覆い隠すものを剝ぎとられたせいで、服を着ているときよりもみじめな姿に見えた。あばら骨がくっきり浮き出て、腹部が陥没《かんぼつ》したようにへこんでいる。ひどいケガはなかったが、目をそむけたくなるような痕《あと》があった。

「なによ、これ」

久江は顔をしかめた。瘦せこけた体のことを言っているのではないと、千紗子にはわかった。千紗子自身、顔をしかめていたからだ。

少年の体には青く腫《は》れた痣がいくつもあったが、問題はそれよりも、火のついたタバコを押しつけられたとしか思えない、丸いやけどの痕が、胸や腹に十ほどもあることだった。少年の体をそっと横向きにすると、背中にも青痣があり、前面とほぼ同じ数のやけどの痕があった。

「ひどい……」うめくように久江が言った。

千紗子は久江にタオルを手渡し、二人して少年の体を拭いた。まるで清めの儀式を執《と》り行なっているように、厳粛《げんしゅく》な面持ちで、二人は左右から少年の体をぬぐった。千紗子が少年の顔や髪を拭いているあいだに、久江は部屋の隅に積み重ねてあった布団を敷いた。

救急箱を開け、傷の手当てをしてから、千紗子は自分の白いTシャツとショートパンツを少年に着せた。シャツもパンツもぶかぶかで、パンツはTシャツの下に隠れてしまった。二人して少年を布団に寝かせ、ようやくひと息ついた。

そのとき、少年が「うっ……」とうめいた。

驚いて目を向けると、少年はわるい夢でも見ているのか、眉間に力をこめ、しきりに首を振りはじめた。

千紗子は少年に手をのばし、まだ湿っている髪を撫でさすりながら、苦悶《くもん》の表情を浮かべる少年の顔を真上から覗きこんだ。

「助けて……」眉間に皺を寄せ、少年はうわごとを言った。「助けて……」

それが寝言だとわかっていても、千紗子には、少年が自分に助けを求めているように思えてならなかった。

「助けて……」

千紗子は少年の小さな手を、自分の温かな手で包みこんだ。

純もきっと、この少年と同じように、何度も何度も「助けて」と言ったに違いない。助けて、ママ……助けて……。自分を呼ぶ純の声が聞こえるようだった。恐怖と絶望に打ちひしがれた純の顔が、目のまえにあるようだった。

「あー、よかった」

久江の間延《まの》びした声が、千紗子の脳裡から純の声と顔を吹き消した。

「気を失ったままだったら、どうしようかと思ってたのよ」

千紗子もそれを懸念していたので、同意を示すようにうなずいた。

「どうやら意識は戻りそうね」久江は安堵の息をついた。「ひどいケガでもなさそうだし」

千紗子は少年の手を握りしめ、髪を撫でさすりながら、「そうね」と言った。

「この子、きっと川に落ちたのよ」心が楽になったのだろう、少しくつろいだ口調になって久江が言った。「打ち身の痣がいっぱいあるけど、きっと川で流されてきたんだよ」

暗に自分が撥ねたせいではないと主張しているのだ。たしかに、あの程度の接触で一度にできる傷ではないと千紗子にも思えた。だが、いくつかは衝突のさいにできたものかもしれないし、気絶していたことからして、頭部を打った可能性は高い。それなのに、はやくも自己保身に走る久江の態度に、腹立ちをおぼえた。久江はいまにも笑みを浮かべそうな顔をしている。

「ねえ、紐が切れて落ちたんじゃない？」と久江は言った。

「どういうこと？」

「たとえば……そうねえ……橋からバンジージャンプしたとか」

「バンジーって、ふつうゴムのロープを使うでしょ」

「まあ、そうだけど……」

「それに、両脚を結ぶわ」

「ひとりだったら、両脚結んだら欄干《らんかん》にのぼれないじゃない」

「こんな夜に、こんな小さな子が、ひとりで？」

「わかんないけどさあ」

千紗子は少年に目を落とした。悪夢は去ったのか、穏やかな寝息を立てている。

その髪を撫でていると、久江が口を開いた。

「これでなんとかなりそうね」

「どういうふうに？」

「だって、あの暗い道で、こっちはヘッドライトを点けてたんだから、この子にはぜったい車が見えない。見えたとしても、影みたいな輪郭《りんかく》だけでしょ。車も破損してないから、あたしの車だとはぜったいわからない」

「だから？」

「チサに頼みなんだけど、あんたがこの子を見つけたことにしてくれない？」

千紗子は小首をかしげた。

「明日の朝早くに散歩に出かけたことにして、この子が道に倒れてるのを見つけて、家に運んだことにするの」

「それで？」

「それで家から電話して救急車を呼ぶ。それか、亀田先生に電話して来てもらってもいいじゃない。どう？　この子が気を失ってくれたのは天の助けよ。これでなんとか切り抜けられるわ。チサ、お願い。この埋め合わせは絶対するから。ね、お願い」

久江は畳に頭をつけて土下座した。

「それはいいけど、きっとひき逃げ事件で捜査されるわよ」

千紗子の言葉で、久江はすぐさま顔をあげた。

「川で流されたんなら、あたりは夜で暗かったし、この子、事故の正確な位置がわからないと思うの」

「あの辺に片方の靴がまだ落ちてるかも」

「川で流されたときに脱げたんじゃない？」

「かもしれないけど……」

「とにかく、これから戻って探してみる」久江は立ち上がった。「ほかにも何か落ちてるかもしれないし」

「ねえ、待って。あなたの筋書きでいくと、この子は撥ねられて意識を失ったあと、夢遊病者のように無意識に歩いて、ここまで山道をのぼってきたことになるわ。それとも、犯人がここまで運んできて道に捨てたか。そんな話、警察が信じるかしら？」

「なんとかなるわよ」

千紗子は首を振った。「わたしが疑われたら、居酒屋であなたと飲んでたことがバレるわよ。どうやって家まで帰ったか追及されたら、言い逃れはできないわ」

久江は顔をしかめ、しばし逡巡《しゅんじゅん》した。

「だったら、この子が目を覚ますまえに道に置けばいいわ。朝刊を配達するひとが見つけるようにするの。そうすれば、あたしたちのことは絶対わからない」

「この子を見て」千紗子はきつい口調で言った。「道端に捨てるなんて、よくそんなことが言えるわね」

「じゃあ、どうすればいいっていうのよ」

そう問われても答えられなかった。千紗子にわかるのはただ、もう引き返すことができないということだけだった。

「考えてみる」千紗子は言った。「なんとかするわ。とにかく、あなたは早く行ったほうがいい」

久江はうなずいた。

「懐中電灯はある？」

「車に積んでる」

「運転、気をつけてね」

「だいじょうぶ。お酒はすっかりぬけたから」

久江は、ありがとう、と言って部屋を出た。

ひとり残された千紗子は、少年の寝顔を見つめ、「かわいそうに。こんなにかわいい寝顔をしてるのに」とひとりごちた。

久江の車が去っていく音が聞こえた。千紗子は少年に夏布団を掛けてやり、明かりを消して、暗いなかで少年の肩のあたりをとんとんと叩《たた》いた。そうしながら、このあとどうすればいいのか考えをめぐらせ、いつのまにか眠りに落ちた。

第二章　覚悟

1

純は濁流《だくりゅう》のなかにいた。激しくうねる川の流れは、すべてを押し流そうとするかのごとく猛《たけ》り狂《くる》っていた。千紗子《ちさこ》は河岸の岩の上に腹這《はらば》いになり、精いっぱい腕をのばして、純の手首をつかんでいた。

純は激しい流れに揉《も》まれ、水面に顔を出すことさえままならなかった。まだ五歳の、あどけない顔が苦悶《くもん》にゆがみ、喘《あえ》ぎながら酸素を求めるが、底意地のわるい水の流れは、その小さな口にまで容赦《ようしゃ》なく水を流しこんだ。

助けて……ママ……助けて……。

喘ぎ、むせながら、純が声をふり絞る。恐怖に見開かれたまなざしを、唯一の希望である母に向けて。

千紗子の目は、すがりつくようなわが子のまなざしをしっかり受けとめるが、わが子をつかむその腕は、猛烈《もうれつ》な勢いの水流に痛めつけられ、いまにも肩から千切《ちぎ》れそうだった。純の手首をつかむ指が痺《しび》れ、握力が弱まっていく。

お願い……ママ……お願い……助けて……助けて……。

純の声が弱々しくなっていく。千紗子は最後の力をふり絞り、激流から引き上げようとするが、その力さえ虚《むな》しく尽きようとしているのがわかった。

焦りと狼狽《ろうばい》で千紗子は狂わんばかりになった。この手を離してしまえば、純は手の届かないところへ行ってしまう。どんなに手をのばしても、二度と手の届かないところへ。

だから、ぜったい離さない。どんなことがあっても、離すわけにはいかない……千紗子は歯を食いしばり、気力をふり絞った。しかし、その気力さえも、間断ない水の流れが容赦なく断ち切り、純をつかむ手や腕の筋肉に伝達されることはなかった。

わが子の命をつかまえ、この世にとどめる唯一の力。わが身と息子とをつなぐ唯一の接点。その腕が、手が、千紗子の心を裏切り、激流《ぜっきよう》に敗北した。

肉体は苦痛から解放され、心は苦痛に引き裂《さ》かれ絶叫した——。

純、いや、行かないで！　純！

目覚めたとき、千紗子は肩で息をし、激しい動悸《どうき》で胸がわななないていた。激流に呑《の》まれ、流されてしまった純の残像が、まだ脳裡《のうり》から消えないうちに、千紗子の目は、間近でこちらを見つめる純の顔をとらえた。

「じゅ……」

言いかけて、それが純ではないことに気づいた。

千紗子は布団《ふとん》に横たわる少年を見つめた。少年も千紗子を見つめていた。驚いているような、戸惑《とまど》っているような、頼りなげなまなざしだった。

少年にはどこか純の面影《おもかげ》を感じさせるものがあった。雛《ひな》が親鳥に向けるような頼りなくも愛らしいまなざし。そのまなざしとアンバランスな、少しおとなびて利発そうな顔つき。純よりも何歳か年上に違いないこの少年には、成長した純の姿を想像させる雰囲気《ふんいき》があった。

千紗子は少年に微笑《ほほえ》みかけた。少しでも少年の困惑《こんわく》をやわらげようとしたのだ。だが、笑みを見せたときに目尻から涙がこぼれ、頬《ほお》を伝う冷たい感触に自分自身が困惑してしまった。

「夢見て、泣いちゃったみたい」

千紗子は照れ隠しの笑みを浮かべた。

「悲しかったの？」

少年がはじめて口を開いた。ためらいがちな、恐る恐るといった口ぶりだった。

「うん。すごく悲しかった。でも、もう平気」手の甲で涙をぬぐい、千紗子は顔いっぱいに笑みを広げた。「気分はどう？」

少年は目を伏せただけで答えなかった。

「驚いたでしょ？　こんなところで寝かされていて。でも、心配することはないのよ。ここは安全な場所だから。あなたはね、気を失って道で倒れていたの。それを見つけて、運んできたのよ。夜だったし、ケガをしてたから。だから、こわがらないでね」

目を伏せたままうなずく少年の頬を、千紗子はそっと撫《な》でた。

「どこか痛むところはない？」

少年はかぶりを振った。

「ほんとに？　遠慮《えんりょ》しないで正直に言ってね」

ふたたびかぶりを振る。

「ちょっとでも痛いとか、気分がわるいとか、なにか変だなあって思ったら、すぐ教えてね。いい？」

「はい」

「約束よ」

「はい」

「じゃ、指きりしよう」

千紗子は小指を立てて少年の日のまえに差しだしたが、少年は千紗子の指を、なにか不思議な物体を見るように見つめたまま動かなかった。

「約束したくないの？」

少年はかぶりを振った。

「じゃあ、指を出して」

少年はおずおずと腕をのばし、かぼそい小指を立てた。千紗子は少年の指に自分の指をからませ、「指きりげんまん、嘘ついたら針千本のーます」と言った。

こうして純とよく指きりをしたものだった。想い出が奔流《はんりゅう》となって胸の底から湧きあがってくるのを、奥歯を嚙《か》みしめて押しとどめた。

窓の外は明るく、蟬《せみ》の合唱に混じって小鳥のさえずりが聞こえていた。千紗子は少年の頭を持ち上げて枕の位置を直してやり、そのまま少年のさらさらした髪を撫でた。

「ねえ、お名前、教えてくれない？」

口をつぐんだまま、少年は答えない。

「言いたくない？」

少年は自分の非を咎《とが》められたように目を伏せた。

千紗子は少年を萎縮《いしゅく》させてしまったことを反省し、「じゃあ、忘れちゃったのかな」とおどけた口調で言った。「いいのよ。無理に言わなくてもいいんだから」

少年の頬を包みこむように撫でた。警戒《けいかい》するのも無理はない。目が覚めたら見知らぬ場所で、見知らぬ人間がいるのだ。不安でしかたないのだろう。少しでも不安をやわらげようと、頬をやさしく撫でつづけた。やがて少年は目をあげ、訴えかけるような瞳《ひとみ》で千紗子を見つめた。

「どうしたの？」

「……忘れた」

「え？」

千紗子がまじまじと少年を見ると、少年はまた萎縮したように目を伏せた。

「自分の名前、忘れちゃったの？」

少年は目を伏せたまま小さな唇《くちびる》を噛みしめるばかりで、答えなかった。

「怒ってるんじゃないのよ」千紗子はできるだけやさしい声色で言った。「あなたに訊いてるだけなの。お名前、忘れちゃった？」

目を伏せたまま、少年はうなずいた。その顔をしばし見つめたあと、千紗子は訊ねた。

「ゆうべのこと、おぼえてる?」

少年がイエスともノーとも反応を示さないので、千紗子はさらに訊ねた。「ねえ、何かおぼえてることはない? どんなことでもいいから、おぼえてることはある?」

少年はかぶりを振った。唇を嚙みしめ、身を硬《かた》くする。

「ごめんね。責めてるんじゃないの。だから、そんな顔しないで」少年の額にかかる髪の毛を指で梳《す》きながら、千紗子は言った。「きっと疲れてるのよ。心配しないで。すぐに思い出すわ。だから、気を楽にして、ゆっくりお休みなさい」

胸まで夏布団を掛けてやり、その上から胸のあたりを軽く叩《たた》いた。その穏やかなリズムに合わせ、千紗子は『ラララルー』を口ずさんだ。ディズニーの『わんわん物語』のなかで歌われていた子守歌。かつて、純によく歌って聞かせた。純は、千紗子の口ずさむ子守唄を聴きながら、しあわせそうに寝息を立てたものだった。天使のような純の寝顔が、いま目のまえで、目を閉じて横たわる少年の顔に重なった。

ラ・ラ・ルー　ラ・ラ・ルー

……………

歌っていると、とつぜん携帯電話が文机《ふづくえ》の上で震えだした。千紗子はあわてて手をのばした。液晶画面を見ると久江《ひさえ》からの電話だった。少年は目を閉じたままだったので、起こさぬようそっと部屋を出て板戸を閉めた。

久江は開口《かいこう》一番、テレビをつけてニュースを見ろと言った。どうやら少年に関係のあることらしい。

千紗子は台所から居間へ移動した。襖《ふすま》は開いていて、奥の部屋に孝蔵《こうぞう》の姿はなかった。きっと朝のお参りに阿弥陀堂《あみだどう》へ行っているのだと思い、気にせずテレビをつけた。久江が指示したチャンネルは政治のニュースに変わっていたが、チャンネルを切り替えていると、それと思われるニュースが流れた。

『夏休みの最中に、また川で水難事故が発生しました……』

男性アナウンサーが硬い表情で言った。画面が切り替わり、鹿見川《しかみ》が映った。かつて幽霊が出ると噂《うわさ》された、あの吊《つ》り橋の下の河原だった。

「どう？　やってる？」

「いま流れた。ちょっと黙って」

千紗子は携帯電話を耳から離し、テレビ画面に集中した。画面は吊り橋の上に移り、欄干《らんかん》に結わえつけられたロープが映し出された。それを見た瞬間、千紗子は思わず息を呑んだ。

『……行方不明になったのは、東京都大田区に住む旋盤工《せんばんこう》・犬養安雄《いぬかいやすお》さんの長男で洋一《よういち》くん九歳。両親の話によると、昨日の夕方から家族でバーベキューをしていたところ、夜になって洋一くんが橋の上へ行くといって家族から離れ、しばらくして吊り橋の上から両親を呼んだとのことです。両親が橋の上へ行くと、洋一くんはすでにバンジージャンプをする用意をしていて、両親の制止を聞かずに飛びおり、ロープが切れて川に流された模様です。川は先日の台風の影響で増水し、水流も激しく……今朝からダイバーによる……』

警察官や地元の消防団員や酸素ボンベを背負ったダイバーたちの映像が流れたあと、次のニュースに変わった。

千紗子はテレビを消し、携帯電話を口もとに近づけた。「ニュース終わったわよ」

「あの子のことよ。間違いないわ」

「みたいね」

「あんな子どもがひとりで勝手にバンジージャンプなんかすると思う？　しかも夜で真っ暗なんだよ。ぜったい嘘だね。親がやったんだよ。タバコを押しつけた痕《あと》も、ほかの古い傷痕も、きっと親がやったんだよ。ほんと、ひどい。でも、よく死ななかったよ、あの子。あんなケガですんだのが不思議なぐらいだよ」

久江は憤慨《ふんがい》してまくし立てた。ゆうべ自分があの少年にしようとしたことを、すっかり忘れているような口ぶりだった。

「ねえ、チサ、聞いてる?」

「うん。聞いてるわ」

「チサもそう思うでしょ」

「ええ、そうね」

「昨夜ね、あれから現場に戻って、よーく調べたんだけど、何も落ちてなかった。車もほとんど無傷だし」

「そう。よかったわ。だれにも見られなかった?」

「だいじょうぶ。だれも通らなかった。で、あの子の様態はどう? 意識は戻ったの?」

「ケガのほうはだいじょうぶみたい。さっき目を覚まして、少し話したの」

「ほんとに? よかった」久江は安堵《あんど》の息を洩《も》らした。「車も、あたしたちの顔も、何も見てないでしょ? 気絶してたんだから。ね、そうでしょ? それとも、あの子、何か言ってた?」

最後のほうは声に不安が混じっていた。

「それがね……」

「なに？」

千紗子が言いよどんだせいで不安がつのったらしく、久江は緊張した声を出した。

「どうしたの？　何か見てたの？　ねえったら」

「おぼえてないのよ」

「おぼえてない？　おぼえてないって、事故のこと？」

久江の声が急に明るくなったのを不快に思いながら、千紗子は言った。「それだけじゃないの。自分の名前も思い出せないらしくて……」

「記憶喪失？」

「ショックで一時的にそうなってるだけだと思うんだけど」

「あんな橋から突き落とされたからよ」

「車で撥《は》ねたせいかもしれないでしょ。倒れたときに頭を打ったとか。気を失ったのも……」

「とにかくさあ」千紗子の言葉をさえぎって、久江は言った。よろこび勇んでフライングしたという感じで、早口にまくし立てる。「あたしたちにとっては超ラッキーじゃない。これでもう、あれこれ悩まずにすむわ。撥ねられたことをおぼえてないんだから」

「すぐに記憶を取り戻すかもしれないわよ」

「警察に連絡して、川のそばで倒れてるのを見つけたって言うのよ。早いほうがいいわ」

「どう言えばいいのよ」

「そうねえ……」

久江はしばし考えこんだあと、こういうのはどう？ と自信ありげに言った。

「ゆうべ居酒屋で飲んで、そのあと路駐してた車で仮眠して、明け方、家に戻る途中であの子を見つけた。オシッコしたくなって河原におりたとかさ。ケータイを持ってなかったから、いったん家に連れて帰って電話したことにすればいい」

たしかにそれは名案のように思えた。

「もし、あの子が記憶を取り戻して、車に撥ねられたことをしゃべったとしても、きっと川に流されて頭が混乱してるんだと思うわよ。万が一、疑われて車を調べられても、チサの車はもちろん、あたしの車にも損傷はないから、だいじょうぶよ」

久江は意気揚々《ようよう》としていた。彼女の言うとおり、いったん記憶を失った子どもの曖昧《あいまい》な発言よりも、大人の言葉のほうが説得力があるだろう。たとえひき逃げで捜査されたとしても、被害者が軽傷なのだから、大掛かりな捜査にはならないはずだ。久江もわたしも罪を逃れることができる。そこまではいいとして……。

　千紗子が考えを先に進めようとしたとき、久江が焦《じ》れたような声を出した。

「ねえ、あまり時間が経《た》つと怪しまれるから、お願い、すぐ警察に電話して。迷惑ばかりかけて申し訳ないけど、急いで電話してちょうだい」

「そのあと、あの子はどうなるの?」

「え?」

　予想もしなかった質問に面食らったのか、久江はつかのま絶句し、そのあとぎくしゃくした口ぶりで言った。

「そりゃあ、あれよ、病院でちゃんと検査して……」

「親もとに帰されるんでしょ?」

　一瞬の間があり、「ちょっと、チリ」と久江は言った。声のトーンが低くなり、警戒《けいかい》の色が込められている。「あんた、なに考えてんの?」

「あの子の傷痕、見たでしょ?　いまさっきも、ひどい親だって言ったわよね」

「だから、なによ」

「そんな親のもとに、あの子を帰していいのかってこと」

「帰すしかないじゃない」あきれたように言う。「あの子はきっと病院で検査を受けるわ。そしたら、医者が虐待《ぎゃくたい》に気づくわよ。あたしたちだってすぐ気づいたんだから。医者が警察に連絡して、親が取り調べられるわよ。バンジージャンプのことだって、警察は疑ってるんじゃない？　だからだいじょうぶよ」

「どう、だいじょうぶなの？」

久江のため息が聞こえた。苛立《いらだ》ちを懸命に抑えながら話しはじめる。

「いい？　児童相談所に連絡がいくだろうから、職員がちゃんと対応するの。親も逮捕されるかもしれないし、施設であの子をあずかることもできるわ」

「もし親が逮捕されて刑務所にはいったとしても、刑期を終えれば出てくる。そのあと、親があの子を引き取るって言ったら、渡すんでしょ？」

「それは……」

久江は言葉に詰まった。

「ゆうべ居酒屋で話したでしょ。忘れたの？　親もとに帰して死んだ子の話」

「事情によっては帰さない場合もあるから……」

「あの子の場合はどうなの？」

「そんなこと、いま言われても……」

「わからないのね？」

「わるいようにはしないよ、きっと」

言い逃れをするような久江の口調が、千紗子は気に入らなかった。

「ダメよ。信用できないわ」

突き放すように言うと、棘《とげ》のある久江の声が返ってきた。

「ちょっと、チサ。あんた一体どうするつもり？」

「考えるわ」

「考えるって……」

「あの子にとって、何がいちばんいいのか」

「ねえ、チサ……」

千紗子は一方的に電話を切った。すぐに久江からの着信があったが無視した。

物音がして目を向けると、少年が板戸を開け、部屋から出てくるところだった。

少年に着せた千紗子のTシャツはぶかぶかで膝《ひざ》の上まで垂れていた。その愛らしい姿が、純の想い出をよみがえらせた。

ふざけて千紗子のTシャツをかぶり、踵《かかと》まで垂れたTシャツを引きずるようにして、家じゅうを駆けまわった純。それを笑いながら追いかけた夏の日の午後。家のなかは笑い声で満ち、陽だまりのなかで純をつかまえ、抱きしめた。洗いたてのTシャツの匂いと、純のうなじから匂い立つ甘やかな香り……千紗子は目頭が熱くなり、笑顔をつくって涙をこらえた。

「ねえ、そのまま動かないで」

歩み寄ってくる少年に呼びかけ、千紗子は携帯電話のカメラ機能をオンにした。あまりに愛らしい姿だったので、写真に収めようと思ったのだ。だが、動きを止めた少年を見て、気持ちが崩れた。

少年はうつむき、直立不動の姿勢で、指先までぴんとのばし、肩ばかりでなく体じゅうを硬直《こうちょく》させている。その姿はまるで刑場に立たされて銃口を向けられた捕虜《ほりょ》のようだった。ふつうの暮らしをしていて、幼い子どもがこんな姿勢をとることはない。きっと、これまでの暮らしのなかで叩きこまれ、植えつけられた姿勢なのだろう。そう思うと、少年への不憫《ふびん》さと、少年の親への憤《いきどお》りがつのった。

千紗子は携帯電話をジーンズの尻ポケットにしまい、少年に近づいた。台所の床に膝をつき、少年のかぼそい腕をそっとつかむ。こわばった筋肉を揉みほぐすように指を動かしながら、笑顔で少年の顔を覗《のぞ》きこんだ。

「そんなに緊張しないで。無理して従わなくていいのよ。いやだったら、いやだ、って言っていいのよ。わかった?」

少年はうつむいて唇を噛みしめたまま、うなずいた。そのとき、少年のおなかが、ぐぅ、と大きく鳴り、千紗子は笑った。

「おなか減ってるのね? すぐ朝ごはんつくるから、ちょっと待ってて」

立ち上がったとき、玄関の戸が開いて、トマトを抱えた孝蔵がはいってきた。孝蔵の視線が千紗子から少年に移った。

「その子は？」少年に目を向けたまま、孝蔵は言った。

「え？　いえ、あの……」

「あんたの子か？」

たいして驚いたようすもなく、おぼつかない足どりで歩み寄りながら孝蔵は訊ねた。

「え？　うん、まあ……じつは……」

「そうか」

孝蔵はあからさまに顔をしかめた。台所の手前の上がり框《かまち》に、捥《も》ぎたてのトマトを二つ置く。

「子どもがいるんなら……」言葉がすぐに出てこないのか、しばし逡巡《しゅんじゅん》してから、「三つ捥いできたのに」と言った。きっと、トマトという言葉が思い浮かばなかったのだろう。

何を言われるのかと警戒していた千紗子は安堵のため息をついた。

「畑へ戻って、もうひとつ取ってこなくちゃならんな」

背を向けて歩きだそうとする孝蔵を、千紗子は呼び止めた。思わず、お父さん、と言いそうになったが、なんとか押しとどめた。

「ねえ、待って。いいの。大きなトマトだから二つでじゅうぶんよ」

孝蔵はふり向いた。「いいのか？　二つで」

千紗子は作り笑いを浮かべ、うなずいた。

2

トーストとスクランブルエッグ、トマトと玉ねぎのサラダを座卓に運んでから、千紗子は仏壇《ぶつだん》に水を供《そな》えた。線香を立て鈴《りん》を鳴らそうとしたとき、孝蔵が横から顔を出した。

「このひとはだれ？」

千紗子は仏壇の母の写真を指差した。

「仏さまだ」

「あなたとどういう関係のひと？」

孝蔵はしばし考え、困ったように首をかしげた。

「どうして知らないひとの写真を仏壇に飾ってるわけ？」

「仏さまだからな。粗末にするわけにはいかん。バチが当たる」

「もう当たってると思うけど」

「うん？」

「こっちの写真はだれかわかる？」

「こんな写真、置いてあったか」

「わたしが置いたの」

「あんたの子か」

「そう。事故で死んだのよ」

孝蔵は瞑目《めいもく》し、無言で手を合わせて拝んだ。その横顔を千紗子は睨《にら》みつけ、「ご飯にするから、さっさと座って」と言い捨て、立ち上がった。

離れで横になっていた少年を呼び、三人で食卓を囲んだ。孝蔵はあいかわらずひどい食べ散らかしようで、トーストの粉や茹《ゆ》で卵の欠片《かけら》やトマトの汁を、卓上やシャツにこぼし、白いランニングシャツにシミができるのもかまわず食べていた。

少年はそんな孝蔵の姿に目を見張った。そして自分が少しでも食べこぼすと、怯《おび》えたように肩をすくめ、体をこわばらせた。

「ほら、食べこぼしたぐらいで、そんな顔しないの」千紗子は笑顔で少年に言った。「このおじいちゃん見てごらんなさい。あなたよりずっとひどいのに平気な顔してるでしょ」

孝蔵は千紗子の声が聞こえていないのか、黙々と食べつづけている。少年は上目《うわめ》遣《づか》いに千紗子を見、彼女がうなずくと、ひとつ息をついて肩の力をぬいた。

「気にしないでお食べなさい。おいしく食べてくれたら、それだけでうれしいんだから」

少年は孝蔵のマネをしてがつがつ食べはじめた。

「そうそう、その調子」千紗子は笑った。「お代わりもあるからね」


千紗子は工房へ向かう孝蔵の首に携帯電話の紐《ひも》をかけ、本体をズボンのポケットに入れた。ぜったいとっちゃダメだからね、と言い聞かせたが、わかっているのかいないのか、孝蔵は首にかかる紐を気にしながら出ていった。

少年は食器を流し台へ運ぶのを手伝ってくれた。体はつらくないのかと訊いたが、黙って首を横に振るだけだった。

増水した鹿見川の急流に流されたのに、溺《おぼ》れずに軽症ですんだのは、まさに幸運というほかない。少年と遭遇《そうぐう》したのは吊り橋から五百メートルほど下流だった。じっさいにどれだけ流されたのか知らないが、運が味方をし、この子は災厄《さいやく》から逃れることができたのだ。

そう考えれば、車と接触し、こうしてこの家にやってきたのも、運命の導きだったのかもしれない。この子が災いから逃れ、しあわせになるために、運命の神がわたしを選んだのかもしれない……。

「ここは気に入った？」

　少年が運んできたコップを受けとりながら、千紗子は訊ねた。

「はい」

「そっか。ねえ、ほんとに痛いところはない？」

　うなずく少年に、ほんとに？　と千紗子は念を押した。「体、しんどくないの？」と訊いても、少年はうなずいた。

　打ち身でひどく腫《は》れた箇所は、触れると痛むはずだった。少年がどのように痩《や》せ我慢をおぼえたのか、その経緯を想像すると、千紗子の胸は痛んだ。

「でも今日は一日、横になって休んでいたほうがいいわ」

　少年は素直にうなずいた。

　千紗子は洗剤をつけたスポンジで皿を洗いながら、何か思い出したことはあるかと訊ねた。少年はうつむいてかぶりを振った。

「ほら、またそんな顔する。いまは頭がぼーっとしてるだけなのよ。すぐに思い出すわ」

　とは言ったものの、それが果たして少年にとってよいことなのか、千紗子には確信がもてなかった。

少年が虐待を受けていたことは間違いないだろう。体の傷は癒《い》えても、心の傷はたやすく癒えるものではない。それを、偶発的な出来事とはいえ、この少年は葬《ほうむ》り去ることができたのだ。これはひとつの奇跡と言っていい。つらい過去など、このまま思い出さないほうが、少年にとってよいことのように思えた。

「わたしがちゃんと付いててあげるから、心配しないで。ね？」

そう言っても、少年はうつむいたままだった。

「そうよねえ。自分のことを何も思い出せないのって、やっぱり不安よね」

千紗子はため息まじりに言ったが、少年はうつむいたままかぶりを振った。

「不安じゃないの？　ほんとに？」

少年は下を向いたまま、おずおずと手をのばし、千紗子のエプロンの裾《すそ》をぎゅっとつかんだ。強がってはいるけれど、ほんとは不安でたまらないのだ。その小さなこぶしが、千紗子にそれを訴えていた。

いま、この少年にとって、わたしが唯一の頼りなのだと千紗子は思った。そう思うと、少年への愛おしさと、守ってあげなきゃいけないという責任感が、心のなかで膨《ふく》らんだ。

「高いところから飛びおりるのって、好き？」

千紗子はなにげない素振りで訊いてみたが、少年はエプロンから手を放し、怯えた目を向けてきた。

「ごめん、ごめん」千紗子は笑顔を取り繕った。「ちょっと訊いてみただけ。高いところはこわいの？」

少年は大きくうなずき、ふたたび千紗子のエプロンの裾をつかんだ。

これでひとつ確証を得た。高所を恐れる子どもが、みずからバンジージャンプなどするはずはない。

「だったら、高いところには近づかないようにしなきゃね」笑ってごまかし、濡れた手をエプロンでぬぐう。「さあ、ごはん食べたら歯磨きよ。歯磨きしないと、虫歯がいっぱいできちゃうんだから」

千紗子は身を屈《かが》め、両手を耳の横で広げて、オバケのようなポーズをした。驚いて身をひく少年の腋《わき》の下をくすぐると、少年は身もだえしながら笑いだした。

「笑った、笑った！　見たぞ、見たぞ。きみの笑顔、やっと見たぞ！」

千紗子は床に膝をついて少年を抱き寄せ、そのやわらかさと体の温もりを感じた。

「とってもすてきな笑顔よ。その笑顔、いっぱい見せてね」そう言って身を離し、少年の頭を撫でた。「さあ、歯磨きに行くわよ」

洗面所で歯磨きをさせたあと、傷の手当てをし、離れの布団に少年を寝かせた。

それから千紗子は洗い場へ行った。少年の服を洗濯しようと思ったのだ。少年の服はまだ湿っていて、泥で汚れ、ところどころ破れていた。それを洗濯機に入れようとしたが思い直し、台所のゴミ箱の底に押しこんだ。

千紗子は離れに行き、横になっている少年に話しかけた。これから買い物に行くから、だれかが訪ねてきても無視するようにと言った。

「知らん顔して寝てればいいわ。できるだけ早く戻ってくるから、お利口に寝ててちょうだい。お約束できる？」

少年は不安そうな顔をしたが、うなずいた。

千紗子は自分の携帯電話の番号をメモに記し、〈留守にしています。御用の方は下記にお電話ください〉と、ひと言添えて玄関の戸に貼った。それから車に乗りこみ、町へ向かった。

鹿見川沿いの県道に出ると、川をさらっている現場を通りかかった。警官や消防団員の姿が両岸のあちこちに見えた。

路肩に車を寄せ、車を降りて、近くにいた消防団員に話しかけた。消防団員は愛想《あいそ》のいい中年の男で、流された少年はまだ見つからないと言った。親御さんはさぞご心配でしょうね、と千紗子が言うと、消防団員は一転して顔をしかめた。

「それが、両親とも帰っちゃったんだよ」

「帰った？」

「そうなんだよ。自分の子が川に流されたってのに、仕事があるからって。こんな不景気で仕事を休めないとか言ってねえ」

「ひどいわね」

話し好きなのか、憤りを肚《はら》に溜《た》めておけない性格なのか、肥《ふと》った男は千紗子の言葉に大きくうなずいてから、言った。

「もし、おれの子がこんな目に遭《あ》ったら、仕事どころじゃないよ。ほんと、あの親にはあきれたね。それだけじゃないんだよ。宿泊費も自費だと知ったら、ゴネたらしくてねえ。けっきょく、町営の宿泊施設に無償で部屋を用意させたらしいんだ。そういう親がいるんだねえ。子どもがかわいそうだよ」

「子どもは見つかりそうですか」

「懸命に捜索《そうさく》はしてるんだけどねえ。こないだの台風で増水して、見てのとおり、水流もまだきついから、ダムまで流されたかもしれないなあ。ま、とにかく無事を信じて、みんな全力でやってるから、あんたも祈っててよ」

千紗子は捜索現場を離れ、先日寝具を買ったスーパーマーケットに向かった。

前回は《ドラゴンボール》のパジャマを見て胸苦しさがこみ上げたが、今回は純の想い出に心が崩れることなく、子ども用の下着や衣服を選ぶことができた。女性店員に、お子さんの服ですか？　と笑顔で声をかけられ、千紗子は思わずうなずいていた。

3

家に戻ると、戸締りをしたはずなのに戸が開いていて、離れに少年の姿がなかった。千紗子はあわてて家じゅうを探した。悪事が露見《ろけん》するのを恐れたためではなく、まだケガが癒えていない少年の身を案じたのだ。工房で少年の姿を見つけると、千紗子は安堵の息を洩らした。

少年は作業机に向かい、粘土《ねんど》で何かをつくっていた。それは恐竜のようでもあり、大きな動物のようでもあった。少年の隣に座る孝蔵も粘土をいじっていた。孝蔵がつくっているのは手びねりの地蔵で、何体ものかわいらしい地蔵が作業机の上にならんでいた。

工房の窓は開いていて、電気も灯り、扇風機もまわっていた。千紗子が出かけるまえにそうしておいたのだ。

少年と孝蔵は無言でそれぞれの作業に没頭《ぼっとう》していた。それでも、どことなく和《なご》んだ空気が流れていて、千紗子を複雑な想いにさせた。父とあんなふうに肩をならべて、同じ時間を過ごしたことなど、これまでの人生で一度もなかった。千紗子にとって、父は近寄りがたい存在であり、立ちはだかる壁だった。

千紗子が歩み寄ると、少年は怯えたように顔をあげた。少年が着ている千紗子のTシャツは粘土で汚れ、少年の手も粘土まみれだった。笑顔を向けると、少年の肩から力がぬけるのがわかった。

「その服、ぶかぶかでしょ？　新しい服に着替えようか。そのまえに手を洗って」

少年はうなずいたあと孝蔵をふり向いたが、孝蔵は自分の世界に没入していて、少年にも千紗子にも注意を払わなかった。

孝蔵の器用な手さばきによって、ただの粘土の塊《かたまり》が、愛らしい表情を浮かべた地蔵へと変わっていく。このひとの手は、こんなに愛らしいものを創りだすこともできるのか。まるで不思議な魔法を見るように、千紗子は孝蔵の手もとを見つめた。それから少年を連れて工房を出た。

少年は、じっと寝ているのが退屈だったから、工房へ行ったのだと話した。彼は肩をすくめて謝ったが、千紗子は謝る必要はないと笑った。少年の話では、手びねり地蔵をつくる孝蔵の手つきに見とれていると、孝蔵が、黙ってひと塊の粘土を少年に渡したらしい。

「何もしゃべらなかったの？」

「はい」

「ひと言も？」

少年は少し口ごもってから、「名前を訊かれました」と言った。

「それで？」

千紗子の鋭い視線を感じたのか、少年は立ち止まってうつむいた。いまにも泣きだしそうな表情になり、唇を噛みしめる。

「何かあったの？」

「……言えなかった」少年は小さな手をぎゅっと握りこんだ。「ぼく、自分の名前を言えなかった」

千紗子は思わず少年を抱き寄せた。少年がわき腹のあたりに顔をうずめると、その後頭部を撫でさすった。

「おじいちゃんに何か言われた？」

少年は顔をうずめたままかぶりを振った。「ぼく何も言えなくて、黙ってたら、おじいちゃんも何も言わなくて、そのまま……」

「そのまま黙って粘土で遊んでたのね？」

少年がうなずくのを見て、千紗子は、父に言い訳をする必要があるだろうかと思案した。どのみち認知症だからすぐ忘れてしまうだろう。気にする必要はないと思った。

「ずっと知らん顔してるなんて、いやなおじいちゃんね」

少年はかぶりを振った。「粘土をくれました」

千紗子は少年のために布団をひと揃《そろ》い買い、少年用のTシャツやズボンを何枚かと、パジャマやサマーセーターやウインドブレーカーなどを買っていた。どの服も少年のサイズにぴったりで、気に入ったかと訊くと、少年はうれしそうに笑ってうなずいた。千紗子は少年の笑顔を見てほっとした。

「いっぱい汚していいからね」

「はい。ありがとうございます」

「ちゃんとお礼を言えるなんて、えらいわ」

少年はうつむいて、傷だらけのほそい脚をもじもじさせた。

「さて、どうする？　もう少しお布団で横になるんだったら、パジャマに着替えないと」

「起きてていいですか」

「いいけど、体はつらくないの？」

「だいじょうぶです」

少年は硬い表情で言った。千紗子は少年の二の腕をぽんと叩き、「だったら、ゲームしよっか」と言った。

子供服売り場の横にオモチャ売り場があり、なんとなく足が向いて、いくつか購入したのだった。千紗子はスーパーの袋をごそごそ開けて〈ジェンガ〉を取り出した。純のお気に入りのゲームのひとつで、二人でよく遊んだものだった。あの頃は毎日笑っていたような気がする。子育ての大変さはあったけれど、それ以上に、純の笑顔を見られることがしあわせだった。

少年はジェンガを見たこともないと言った。千紗子は遊び方を教えてやった。少年は年齢に似合わぬ慎重《しんちょう》さと集中力で棒をぬきとり、積み木の塔のバランスが崩れそうになると、目を見開いてハラハラし、祈るように口をすぼめた。塔を倒してしまうと、声をあげて天を見上げ、千紗子が塔を倒すと大笑いして手を叩いた。

少年はこのゲームが気に入ったようで、何度かやるうちに、真剣な表情で千紗子にアドバイスをするようになった。そんな少年の無邪気な真剣さがおかしくも愛らしく、純と共に過ごした日々がよみがえるようだった。千紗子は泣きだしたいような、笑い転げたいような、複雑な気分になった。

昼食はサラダパスタをつくって三人で食べた。少年と二人で裏の畑へ行き、少年が選んだトマトを捥いだ。トマトのほかに、レタスときゅうりと玉ねぎとツナと茄で卵も混ぜ、和風ドレッシングでパスタとあえた。料理をつくっているあいだに、少年が工房にいる孝蔵を呼びにいき、洗面台まで連れていって手洗いをさせてくれた。

昼食のあと孝蔵は工房へ戻り、少年はジェンガをやりたがった。何度かゲームを楽しんだあと、千紗子は少年を離れへ連れていき、傷の手当てをしてから、真新しい布団で昼寝をさせた。本人は元気そうだったが、無理をさせたくはなかった。

千紗子は少年に添い寝をして、いま作成中の絵本の話を聞かせた。少年は、主人公の拓未《たくみ》が死神を翻弄《ほんろう》する話に目を輝かせた。九歳という年齢よりも、もっと幼い子どもが見せる純真さをその目に湛《たた》え、話に耳を傾けていた。そのあと千紗子は『ララルー』をささやくように歌い、少年はその歌声を聴きながら眠りに落ちた。

それから千紗子は画材を居間へ運び、完成間近の絵本の制作にとりかかった。夏のまばゆい陽光が縁側から射しこみ、木々の上を飛び交う野鳥たちが軽やかに歌い、涼《すず》やかな風が吹きぬけていく。千紗子はくつろいだ気分になり、鼻歌を歌いながら絵筆を動かした。主人公の拓未が死神をやりこめる話を、少年は気に入ってくれた。それがうれしくて筆が進んだ。

時間を忘れて作業に没頭していると、やがて車のエンジン音が聞こえてきた。目をあげると、前庭に久江のワゴン車がはいってくるのが見えた。電話はしてくるだろうと思っていたが、わざわざやってくるとはかなり不安になっているようだ。車から降りてきた久江の険《けわ》しい表情を見ても、それがわかった。

久江は早足で近づいてきた。仏像の列を大股《おおまた》でまたぎ、縁側に着くなり、「あの子、どうしてるの？」と責めるような口調で言う。

「お昼寝してるわ」

のんびりした口調が気に入らなかったのか、久江は舌打ちをし、顔をしかめた。

「はやく警察に連絡したほうがいいって」

久江は明らかに苛立っていたが、千紗子はそれを笑顔で受け流した。「それを言うために仕事をぬけだしてきたの？」

「そうよ。あんたを説得しにきたの。いったい、なに考えてんのよ」

千紗子は消防団員から聞いた話をした。

「たしかに、ひどい親だっていうのはわかるけど……」

「ねえ、久江。あの子の親、大田区に住んでるって、ニュースで言ってたわよね」

「それがどうしたの？」

「正確な住所が知りたいの」

「そんなこと知ってどうする気よ」

「どんな親か、この目で確認する。あの子を帰すかどうかは、それから決めるわ」

久江はあきれたように口を開け、大きくため息をついた。「まだそんなこと言ってるの。帰さなきゃ犯罪だよ」

「わたしたちはもうすでに罪を犯してるのよ」

久江はまたため息をついたが、それはさっきよりも深いものだった。「あんた、あたしを苦しめたいの？」

「バカなこと言わないで」

「だったら、あたしのことを考えてよ。ねえ、あたしたち親友でしょ？」

「心配しないで。どんなことになっても、あなたに迷惑かけないから」久江の目をまっすぐに見つめる。「もし、わたしが捕まるようなことになっても、あなたのことはいっさい公言しない。わたしが飲酒運転で事故を起こして、子どもを連れて帰ったことにする」

「あんた、本気であの子を育てるつもり？」

「あの子を守ってあげたいの」

「どうしてそこまでするの」

昨夜うなされながら「助けて」と言った少年の声が、脳裡から離れなかった。純を助けられなかった後悔を思い出さない日は、一日たりともない。そういうことだと思う。助けてあげられたのに助けられなかったという後悔を、新たにひとつ背負うことになったら、きっと自分は生きていけないと思った。

「親に虐待されてる子なんて、世の中にいくらでもいるじゃない」

「だから気にするなって言うの？　あの子を見殺しにしていいって言うの？　今回だって、溺れ死んでも不思議じゃなかったのよ。助かったのは運がよかったからよ」

「それはそうだけど、警察とか児童相談所に任せればいいじゃない。それが仕事なんだから。あんたがリスクを負うことなんてないよ」

「その話は今朝もしたわ」

「無茶だよ」

久江は縁側に手をついて腰をおろし、千紗子のほうに身を乗りだした。「ヤバいって。ねえ、チサ……」

「とにかく、親の住所を調べてくれない？　町営の宿泊施設に泊まったらしいから、宿帳に住所を書いてるかもしれない。なかったら警察に訊いてみて。あなた役場の職員なんだから、うまい口実をつくって聞きだしてよ」

「あたしを巻きこまないでよ」

「あなたがわたしを巻きこんだのよ。それを忘れないで。協力しないなら、何もかもぶちまけるわよ」

久江はうらめしそうな目で千紗子を見てから、しぶしぶうなずいた。

「今日じゅうに調べて、連絡ちょうだい。明日行ってみるから」

「今日じゅうって、そんな……」

「それで、もうひとつお願いなんだけど、明日わたしがいないあいだ、あの子をみていてほしいの」

「仕事があるのよ」

「病欠でもなんでもして。帰すんだったら、早いほうがいいでしょ？」

久江はしぶしぶうなずいた。「あーもう。わかったわ。で、どんなふうに納得できたら親に帰すの」

「あの子がいなくて本当に悲しんでるなら、帰すわ」

「親が悲しんでなくても、あの子が記憶を取り戻して、帰りたいって言ったら？」

「虐待するような親のところに帰りたいと思う？」

「子どもってそういうものよ。どんなにひどい親でも、親は親。子は親を慕《した》うものなの」

「タバコの火を押しつけるような親でも？」

「まあ、程度によるだろうけどさ」

「あの子が帰りたいって言ったら」そこでひとつ息をつき、千紗子は言った。「帰してあげなきゃいけないわね」

　久江から電話があったのは、夕食の片付けを終えたあとだった。宿泊施設の管理者が念のため住所を控えていたという。千紗子はさっそく住所をメモした。明日の早朝に来てくれるよう久江に頼んで電話を切り、それから風呂にはいった。

　孝蔵と少年は先に風呂をすませていた。千紗子が湯をぬいて風呂場から出ると、居間のテレビでプロ野球を観ていた孝蔵が、今日は何月何日かと訊いてきた。夕食の最中も三度ほど訊かれ、そのたびに答えた質問だった。千紗子はため息まじりに答えてやり、ちゃんとテレビと電気を消してから寝るようにと孝蔵に言った。

　離れの部屋は布団を二組敷くと足の踏み場がなかった。少年は真新しい布団の上で胡坐《あぐら》を組み、漫画を読んでいた。それは昼間、千紗子が少年のために買ってきたもののひとつだった。四コマのギャグ漫画で、少年はときどき声をあげて無邪気に笑った。千紗子の頬が自然とゆるみ、純がいた日々が脳裡をかすめた。少年のパジャマを脱がせ、絆創膏《ばんそうこう》と湿布《しっぷ》を貼り替え、軟膏《なんこう》を塗ったあと、明日は仕事で出かけることになったと告げた。

「帰ってくるのは夜遅くになると思う。ひょっとしたら泊まってくるかも」

　少年が不安げなまなざしを向けてきた。

「心配しないで。とっても親切なおばさんが面倒《めんどう》みてくれるから。おばさんの言うことをちゃんと聞いて、おとなしく家で待っててくれる？」

少年はまだ不安げな表情を浮かべていたが、素直にうなずいた。

「ケガがちゃんと治ってないんだから、まだ無理しちゃダメよ」

千紗子は明日の準備をして文机に向かい、昨夜書けなかったぶんまで日記を書いた。それから部屋の明かりを消して横になった。おやすみなさい、と言うと、少年もおやすみなさいと言った。

4

大森警察署近くの第一京浜沿いに、時間貸駐車場を見つけ、千紗子はそこに車を停めた。歩いて産業道路を渡り、街区表示板を見ながら住宅街を進む。ガードレールのある通りから路地へ曲がると、木造モルタル家屋や、トタン屋根のアパートがならぶ、古びた町並みになった。目的の場所はこの近くのはずだった。

真上から照りつける容赦ない陽射しと、アスファルトの照り返しで、うだるような暑さが肌にまとわりついてくる。久しぶりの東京の猛暑《もうしょ》に辟易《へきえき》しつつ、千紗子はせまい通りを進んだ。T字路を曲がり、フォークリフトが停まる建物を過ぎてすぐ、それはあった。

鉄骨の外階段がついた二階建て木造アパート。ブロック塀《べい》があり、階段にはトタン屋根があった。トタン屋根はところどころ破れ、モルタルの壁面は汚れで黒ずみ、廊下と階段の鉄部には赤錆《あかさび》が浮いている。昭和の時代に建てられた、老朽化《ろうきゅうか》したアパートだった。

少年の親は、このアパートの二階に住んでいる。

あの愛らしい少年が、この古びたアパートの一室で、火のついたタバコを腹や背に押しつけられていたのかと思うと、不憫さと腹立ちが胸にこみ上げた。その気持ちを、千紗子は勇気に変換し、弱気になった心に活を入れた。

アパートを目にしたとたん、尻ごみしてしまったのだ。あの子を守ると決めたのに、ここまで来て怖気《おじけ》づいた自分を千紗子は恥じた。あの子の親がどんな人物なのか、この目で確かめなければ、何があの子にとって最善の道なのか判断がつかない。あの子を家に運んだとき、すでに賽《さい》は投げられたのだ。もう後戻りはできないし、中途半端なこともできない。

千紗子は肚を決め、深呼吸をして、赤錆の浮いた階段をのぼった。

呼び鈴を鳴らすまえに、また深呼吸をした。だいじょうぶ、だいじょうぶ、と自分自身に言い聞かせた。少し話をするだけだ。話の筋書きは考えていたし、運転中にイメージトレーニングもした。それらしく見えるようにスーツも着てきた。きっとうまく演じられる。

「よしっ」と気合を入れ、千紗子は呼び鈴を鳴らした。

何度鳴らしても応答がなく、ノックをしても無駄だった。気合が空まわりした虚しさと滑稽《こっけい》さを感じながらも、安堵で肩の力がぬけた。

どうしたものかと逡巡しつつ、鉄柵に腕をのせ、せまい通りを見下ろした。角を曲がって近づいてくる主婦の姿が見えた。買い物帰りなのだろうか。主婦を眺めながら、近隣住民に話を聞こうと決めた。

何人かの主婦に話を聞いた。家から出てきたところや、買い物から帰ってきたところをつかまえ、話しかけたのだ。

元来うわさ好きな主婦たちは、最初のうちこそ警戒心をみせるものの、千紗子が児童福祉関係の調査員だとほのめかすと、水を得た魚のように話しだした。

思ったとおり、少年の両親の評判はよくなかった。父親の怒鳴《どな》り声がしょっちゅう聞こえていた、という話があった。深夜でも怒声が聞こえることがあったという。スーパーの店内で、母親が少年をぶつ場面を見たという話もあった。叱りつけていたようで、何度も頭や背を平手で叩いていたという。

「洋一くんはまえの旦那の子だから」と、事情通らしい主婦は言った。

　義父の犬養安雄は最初から洋一をかわいがらなかった。だが、実母の真紀《まき》はそうでもなかったらしい。真紀が洋一につらく当たるようになったのは、安雄とのあいだに子どもができてからだという。洋一より五つ年下の弟は、いま保育園にかよっているらしい。

　ある主婦は千紗子にこんな話をした。近くのコンビニエンスストアの駐車場で、洋一と両親を見かけたときの話だ。主婦は最初、コンビニで買ったばかりのおでんを、その場で食べているのだと思った。しかし、そうではなかった。

　よく見ると、洋一は背後から母親につかまえられていた。父親は箸《はし》でおでん種をつまみ、身動きできない洋一の口に、湯気の立つ大根や餅巾着《もちきんちゃく》を押しこんでいるのだった。その熱さに耐えられるはずもなく、洋一が吐きだすと、食べものを粗末《そまつ》にした罰だと言って、新たなおでん種を口に押しこむ。洋一が顔をそむけ、口をつぐんで拒《こば》むと、頬や額にぺたぺたとおでん種をつけていたらしい。その行為を、少年の両親は大笑いしながらしていたというのだ。

　見かねた主婦が注意すると、両親は笑いながら、これは罰ゲームなのだと言った。たしかにバラエティ番組で見たことはあったが、それでも子どもがいやがっているのだから、やめなさい、と主婦は言った。すると父親が洋一本人に訊ねたのだ。

という。おまえも楽しんでるんだよな？　そんな言い方だったらしい。洋一は、これはゲームなんです、と主婦に言った。ぼくたちゲームを楽しんでるんです、と。主婦はそれ以上なにも言えず、その場を離れたという。

「ゆうべ保険会社のひとを怒鳴りつけてたわよ」と言う主婦もいた。「まだ死体が上がってないでしょ？　だから死亡保険金がすぐに出ないんですって。このままだと一年待って、それから裁判所に申請しなきゃならないとかで。あの奥さん、頭にきたみたい。外の廊下で、ものすごい剣幕《けんまく》で文句言ってたわよ。なんでそんな面倒なことしなきゃいけないの、とか、詐欺《さぎ》だ、とか。だから、ひょっとして、あれは事故じゃなくて殺したんじゃないかって、さっきもそんな話をしてたのよ」

同じアパートの一階に住む主婦は、あの親ならやりかねないと言って、家にはいっていった。

千紗子はこの主婦の意見に懐疑的《かいぎてき》だった。保険金を狙った殺人なら、橋や崖《がけ》から突き落とせばすむことだ。バンジージャンプなど面倒なことをさせる必要はないし、ロープが切れなければ、少年が川に落ちることもなかった。切れやすく細工をしていたのかもしれないが、それこそ必然性のない工作だと思えた。

おでんの罰ゲームの話が心にひっかかっていた。バンジージャンプは罰ゲームだったのではないか。

たまたまロープが近くにあったとは考えづらいから、手持ちのロープを持参したのだろう。バンジー用のゴムロープなど、ふつうの店には売っていないし、そこまで本格的なことは考えていなかったはずだ。あくまでも、ただのおふざけで、すぐに引き上げるつもりだったのではないか。ニュースで映っていたロープは、二メートルほどしかない短いものだった。

もしあの日、川が増水していなければ、落下した時点で少年の命はなかったかもしれない。使い古したロープを点検もせずに使用するほど、少年の命はおざなりに考えられていたのだ。

いずれにしろ、両親は少年に罰ゲームをさせるため、あの場所を選んだのだろう。高所を恐れる少年に、最大級の恐怖をあたえて楽しみ、大笑いするための遊び。家族のバーベキューの最高の余興。それが思わぬ事故を招いたのではないか。

そうであれば、あまりにも卑劣《ひれつ》な行為だが、それが殺人未遂になるのかどうか、千紗子には専門知識がないからわからなかった。虐待の罪に問われたところで、きっと数年で出所してくるだろう。親権を剝奪《はくだつ》しないかぎり、あの少年は親の支配から逃れられない。

少年の母親がレジのパートをしていると聞き、千紗子はパート先へ行ってみることにした。歩いて十五分ほどの距離だった。住宅街にある平屋のスーパーマーケットで、食品類を主に扱う店だった。

主婦のひとりから、犬養真紀は肥った大柄の女だと聞いていた。レジにいる従業員のなかに、ひときわ大きな女がいた。近づいて、それとなく名札を確認すると、〈犬養〉と記されていた。間違いない、少年の母親だ。さりげなく通り過ぎて距離を置き、商品を選ぶふりをして女を観察した。

髪の乱れや雑な化粧から、生活の疲れがうかがえた。三十代前半のはずだが、年齢より老けて見える。客とまともに目を合わせず、無表情に商品をカゴからカゴへ移し、レジを打っている。

この女のおなかから、あの子が生まれたのだ。少年の面影を女の顔に探したが、肥っているせいなのか、見当たらなかった。

わが子が川に流されて、まだ行方不明だというのに。赤の他人が無事を祈って、懸命に捜索をしているというのに。この女はけだるい顔で、他人の買い物を右から左へ移している。彼女の心に何があり、何がないのか、千紗子は推し量るように女を眺めた。

不審に思われぬよう、店内をぶらぶらとひとまわりし、いちご味のアイスキャンディーを手にとってレジに向かう。

犬養真紀がいるレジへ行こうかと思ったが、そこまでの勇気はなく、真紀の背中側のレジに商品を置いた。真紀はほかの客に釣り銭を渡しているところだった。千紗子は代金を払いながら、真紀のおざなりな「ありがとうございました」の声を背中で聞いた。

千紗子は店を出た。外は夏の陽射しが照りつけ、肌がじりじりと焼けるようだった。日傘を持ってくるべきだったと後悔しながら、アイスキャンディーを齧《かじ》り、できるだけ日陰を通って駅へ向かった。

駅近くのファミリーレストランで昼食をとり、夜までどうやって時間をつぶそうかと考えた。どうせ少年の家へもう一度行くのなら、父親にも会おうと決めていた。

母親に会うだけですませようと思っていた気弱さを、いまでは恥じていた。端《はな》から義父の犬養安雄を悪人と決めつけ、母親の人物像で判断しようと思っていた。それでは適正な判断と言えない。まさか暴力をふるわれることはないだろう。ここで逃げてはいけないと自分を鼓舞した。

近くに〈しながわ水族館〉があることに思い至り、車を駐車場に停めたまま、電車で移動した。純を連れて親子三人で訪れた、想い出の場所だった。

純は魚が泳ぎまわるトンネル水槽に目を輝かせ、届くはずもないのに父親に肩車をねだり、精いっぱい手をのばして、頭上を泳ぐ魚に触れようとしていた。イルカやアシカのショーに人よろこびし、すごいね、すごいね、とはしゃいでいた。館内の至るところに、純の笑顔の想い出があった。来るべきではなかった。千紗子は軽はずみな選択を後悔し、足早に水族館をあとにした。

お台場へ移動し、興味のないアクション映画を観たあと、ウインドウショッピングをして時間をつぶし、少年の両親が住むアパートへ戻った。先に夕食をとろうかと思ったが、緊張のせいで食欲がなかった。

日が暮れても暑さは衰《おとろ》えず、暗い路地から見上げると、目的の部屋の明かりが灯っているのが見えた。千紗子は息を整え、アパートの階段をのぼった。

呼び鈴を何度も鳴らし、ノックまでして、ようやく犬養真紀がドアの隙間から顔を覗かせた。昼間見たときよりも髪は乱れ、目つきがわるかった。

「うるさいねえ。なんの用だい？　忙しいんだよ、こっちは」

心臓がどくどく脈打っていたが、千紗子は何度も練習したとおりに、子どもを亡くした親の会の者だと神妙な顔で名乗った。

「なんだい、それ？　セールスならお断りだから、帰っとくれ」

純を亡くしたあと、子どもを亡くした親たちの自助会に誘われたことがあった。夫は参加に前向きだったが、千紗子はその気になれなかった。その経験から思いついた嘘だった。筋書きは考えているし、ここまで来たからには引き下がれない。千紗子は肚をくくった。

「セールスではないんです。事前調査でお伺《うかが》いしまして。五分ほどお時間をいただけないでしょうか？」

「事前調査？　なんの調査をしようってんだい」

敵意を剝《む》き出しにして睨みつけてくる。このひとは、心の根っこに憎悪《ぞうお》をもって生きているのだと思った。見るものすべてに牙《きば》を剝いて吠えたてる、野犬のような凶暴さを目の当たりにして、心が萎《な》えそうになったが、どうにかこらえた。

「わたしどもの会から、場合によってはお見舞い金をお出しできるかもしれないので、そうなった場合、スムーズに事務処理ができるようにと思いまして、二、三、お話をお伺いしたいんですが」

練習した科白《せりふ》を一気にまくし立て、息があがった。

「お見舞い金？」

真紀の表情から毒気が消え、声質もやわらかくなった。昼間、保険金のことで揉めたと聞いていたので、興味を示すだろうと思ったが、予想どおりの反応だった。

「お見舞い金って、どういうことだい？」

「ここではなんですから、なかでお話をさせていただけますか」

真紀はしかたないといったふうにうなずき、ドアを大きく開けた。

深く頭を下げてから家にはいった。まだ心臓が大きく脈打っていたが、落ちついて観察しなければいけないと思った。

玄関をはいってすぐが台所で、中央に食卓があった。その奥に六畳ほどの和室があり、痩せた男が胡坐をかいて、膝の上に小さな男の子を座らせている。この子が、安雄と真紀のあいだに生まれた次男なのだろう。

家のなかはタバコくさく、得体の知れない嫌な臭《にお》いも混じっている。流し台には汚れた食器がたまり、食卓の上は、空き缶やプラスティック容器や菓子袋で溢《あふ》れていた。ろくに掃除や片付けをしていない散らかりようだった。漫画週刊誌や子どものオモチャや新聞やゴミが家じゅうの床に散乱している。

ざっと見渡して、あの少年のものだと思えるものはなかった。テレビの上の写真立てに、家族の写真が一枚飾られていたが、あの少年の姿はなく、目のまえにいる男の子をはさんで、夫婦が笑っている写真だった。

犬養安雄は上目遣いに、ねめつけるような目で見つめてきた。千紗子が挨拶《あいさつ》しても、子どもの頭を撫でながら睨みつけてくるだけだった。男の子は、テレビに映るバラエティ番組から目を離さず、口を開けて笑っている。

和室のテーブルの上には、食べ終えた皿や茶碗がそのまま置いてあり、灰皿は吸《すい》殻《がら》で溢れ、天板はタバコの灰やこぼした醬油《しょうゆ》で汚れていた。

安雄はタバコを吸い、缶チューハイを飲んでいた。テーブルの上の空き缶の数から、それが少なくとも三本目だとわかった。

千紗子は安雄と向きあう位置に正座し、真紀は夫のかたわらに腰をおろした。見舞い金の話で訪ねてきたのだと、真紀は夫に説明した。

「まだ生存の可能性がある状況で、こうしてお伺いするのは、大変失礼なことと重々承知しておりますが、あくまでも万が一の場合を……」

「いえいえ、そんなことありませんよ。ねえ、あんた」

真紀は千紗子の話をさえぎり、夫に顔を向けた。犬養安雄は値踏みするような目で千紗子を見ながら、面倒くさそうにうなずいた。

「だってねえ、あの子が川に流されてから、まる二日経ってんですよ。それでまだ見つからないんだから、どう考えても生きてるってことはないでしょう。それなのに、あの保険屋ときたら。いやね、保険会社に電話したら、死亡保障の手続きができないとか言うもんだから、ゆうべ呼びつけてやったんですよ。そしたら、ねえ、あんた」

饒舌《じょうぜつ》になった真紀が顔を向けると、安雄はタバコの煙を吐きながらうなずいた。

「死体が見つからないと死亡の確認がとれないから、行方不明の扱いになるとか、もうごちゃごちゃ言って。常識的に考えて生きてるはずないでしょう、って言ってやったんだけど、なんだか難しい言葉をならべ立ててね。けっきょく出せないの一点張りで。頭にきて追い返してやったんですよ。それに比べたら、こうしてさっそく来てくださるなんて、そりゃあもう、うちとしてはありがたいですよ、ほんとに」

「ちなみに、その死亡保障というのはお幾《いく》らなんですか？　差し支えなければ……」

「たいした額じゃないんですよ。そんなに保険料払ってるわけじゃないから。百五十万ぐらいですよ。何千万とか億とか、そんな大金だったらねえ、保険会社が慎重になるのもわかるけど、たかが百万かそこらの金なんだから、さっさと払ってくれりゃあいいんですよ。葬式だってやらないわけにはいかないんだから」

　男の子が両手をテーブルの上へのばし、チューハイの缶を持った。千紗子は思わず声をあげそうになったが、安雄が缶の底に手を添えてやり、まるでジュースを飲むようにチューハイを呷《あお》る子どもをおかしそうに見守った。安雄は子どもから缶を受けとり、ひと口飲んでテーブルに缶を置いた。

「それで、お見舞い金っていうのは、お幾らぐらいいただけるんですか」

　真紀も子どもがアルコールを飲んでいることに頓着せず、千紗子に言った。

「わたしどもは、愛する子を失った親が、その痛みを乗り越えて、その後の生活をできるかぎり円滑に過ごせるようにと、精神面および経済面で支えあう互助会なんです。それで、いまのわたしの率直な感想を申し上げますと、長男の洋一くんの生死が危ぶまれている状況だというのに、心を痛めているふうにはお見受けできないんですが」

安雄に鋭い目で睨みつけられ、千紗子は心臓が縮む思いがした。すぐにでも逃げだしたい気持ちになったが、ずぶ濡れで傷だらけだった少年の姿を思い起こし、「助けて」と言った声を思い出し、どうにか耐えた。

「なに言ってるんですか」苦笑しながら真紀が言った。「あたしたちはねえ、ほんとに悲しんでるし、心配してるんですよ。夜もろくに眠れないぐらいなんです。でもねえ、めそめそしてられないんですよ。働かないと生活できないし、子どもの世話もありますから。この子のまえで暗い顔はできないでしょ？　だから、無理してふつうに振る舞ってるんですよ」

真紀は顔を伏せ、人差し指で目頭を押さえた。それはあまりにもわざとらしく、嘘くさいポーズだった。見舞い金のために、自分たちが善人であると信じこませようとしている。千紗子は嫌悪感を顔に出さないように努めた。

「事故のあったあの場所には、以前にも行かれたことがあるんですか」

「ええ。この子の保育園のお友だちの実家が近くにあって、それで去年の夏、誘われていったんです」

　次男に目を向けて、真紀は言った。

「そのときに、みんなであの河原へバーベキューに行って。この子がまた行きたいって言うもんですから、今年は家族だけで行ったんですよ」

「洋一くんがバンジージャンプに使ったロープは、自宅から持っていったんですか」

「わざわざ持ってったわけじゃありませんよ」真紀は大げさに手を振った。「このひとの仕事先にあったロープでね。もう古いやつで使わないって言うから、何かのときに使えるだろうと思って、車に積んでたんですよ」

「それを洋一くんが勝手に持ちだした？」

「そうなんですよ。まさかあんなロープでバンジージャンプするなんて、思いませんよ」

　真紀は目を丸くして、驚いた表情をしてみせた。安雄はタバコの煙を子どもの耳に吹きかけ、子どもがくすぐったそうに笑った。

「洋一くんは自分ひとりで、足首と欄干にロープを結わえつけた。そのあと、ご両親を橋の上から呼んだんですね？」

「橋から宙ぶらりんになっちゃうから、あたしたちに引き上げてほしかったんですよ。急いでつかまえようとしたんですけど、そのまえに飛んじゃって」

「どうして子どもをひとりで橋なんかに行かせたんですか。夜になっていたというのに、子どもから目を離すなんて、親として不注意だと思いませんか」

自分のことを棚にあげて、よく他人にそんなことが言えるものだと、千紗子は自分自身を苦々しく思った。

千紗子の言葉で、がまんならないといったふうに安雄が顔をあげた。すかさず真紀がなだめるように彼の膝を揺すった。安雄は妻を一瞥《いちべつ》してから、タバコを灰皿で揉み消した。

そのとき、膝にのった子どもが缶チューハイを取ろうとして手をのばし、うまく取れなくて缶を倒してしまった。天板の上に透明な液体が流れて広がる。安雄は舌打ちをして、子どもの頭を平手で叩いた。洋一より五つ年下の、まだ四歳の保育園児である。軽くたしなめる程度ならまだわかるが、その叩き方は強烈《きょうれつ》で、男の子は横倒しに父の膝から転げ落ちた。

「なんで叩くんですか」千紗子は思わず声をあげた。「頭を叩くなんて、もしものことがあったらどうするんですか」

子どもの甲高《かんだか》い泣き声が響くなか、千紗子は安雄と睨みあった。

「なあ」安雄がはじめて口を開いた。巻き舌のドスの利いた声だった。「あんた、頭のよさそうな話し方するけどよ。おれたちゃ、あんたみたいに教育を受けた人間じゃないんだ。大学行って、上等なものの考え方を教わったわけじゃない。そういうふうに考えろったって、無理な話だ」

「これは躾《しつけ》なんですよ」場をとりなすように真紀が口をはさんだ。「言っても聞かないんだから、叩くしかないじゃありませんか。そうやって、子どももよいこととわるいことをおぼえるんですよ」

「そうじゃありません。叩かれるのがこわくてやめるというんじゃ、ペットの躾と同じです。それは根本的な解決になりません。犬や猫じゃないんだから、なぜいけないのかを理解させることが大切なんです」

かつて孝蔵は千紗子に対して、そういう理詰めの躾を容赦ないまでにおこなった。それがたまらなく屈辱的《くつじょくてき》で、父に反発と憎悪を抱いた千紗子だったが、いまこうして、父の行為を正当化するような発言をしている。それが、われながら皮肉に思えた。

「あんた、ずいぶんえらそうなことを言うね」安雄が千紗子に食ってかかった。

「まるで裁判官かなんかみたいにさあ」

真紀が夫の肘《ひじ》をつかんだ。子どもはまだ泣きじゃくっていたが、だれにもかまってもらえないままだった。テーブルにこぼれた液体が、天板の縁から畳にしたたり落ちている。

「うちのひとがバカなこと言ってごめんなさいね」真紀はへつらうような笑みを浮かべ、猫撫《ねこな》で声をだした。「あんたみたいに教養のあるひとと口を利いたことがないもんだから」

「わたしはべつに教養なんてありません」

千紗子はきつい口調で言った。この夫婦にすっかり憤慨していて、その憤りが恐怖心を押しのけていた。

「話し方でわかりますよ。いい大学出てるんでしょ？」

この女は自分をしたたかだと思っているのだろうか。狡猾《こうかつ》というにはあまりにも底の浅い、下心丸出しのすり寄り方に、千紗子は虫唾《むしず》が走るほどの嫌悪感をおぼえた。

「で、話を戻しますけど」笑みを浮かべたまま真紀が言った。「お見舞い金はいつ頃いただけるんですか」

「先ほど申し上げましたように、わたしどもの団体は互助会ですので、まず会員になっていただく必要があります。ご夫婦で入会される場合、二人ぶんの出資金と月会費をいただくことになります。これは会の運営費やメンバーへのお見舞い金に充てるものです。月会費のほかに管理費や特別徴収金も発生しますが、会員割引でご購入いただけるお得な商品も多数……」

「ちょっと待ちなよ」

　真紀の表情が一変し、猫撫で声から二オクターブほど低い声になった。目を吊り上げ、いまにも跳びかからんばかりにまくし立てる。

「話が違うじゃないか。なんでうちらが金払わなきゃいけないんだい。あんた、騙《だま》したね。バカにしやがって。これじゃセールスと一緒じゃないか。ふざけんな。あんたに騙されるほどバカじゃないんだよ。おとなしく聞いてりゃ、いい気になって。帰っとくれよ。ほらほら、とっとと帰んな」

　先に立ち上がった真紀が、千紗子のスーツの襟首《えりくび》をつかんで玄関までひっぱった。

　放してくださいと言っても、真紀は聞かなかった。ゴミ袋を投げ捨てるように突き飛ばされ、千紗子は前のめりに玄関ドアにぶつかった。急いで靴《くつ》を履《は》き、外へ出る。

　階段を駆け下りて暗い路地に立つと、真紀の罵声《ばせい》が降ってきた。「二度と来るな、バカ野郎！」ドアが閉まる音が響き、犬の遠吠えがあちこちで連鎖的に聞こえた。やがて、あたりは静かになり、千紗子に聞こえるのは、まだ激しく脈打つ心臓の鼓動だけになった。

　この結末は筋書きどおりだったが、真紀の剣幕は予想以上だった。とにかく無事でよかった、と胸を撫でおろし、千紗子はゆっくり歩きだした。歩いているうちに、動悸も鎮まった。

少年の両親に会って、心が決まった。あんな場所にあの子を帰してはいけない。あんな両親のもとに戻してはいけない。千紗子は強くそう思った。

あの夫婦は長男を虐待し、次男をかわいがっていたのだろう。だが、そのかわいがり方にも問題があった。あれはひとに対するかわいがり方ではない。

(まるでペットに飽きて捨てるみたいな感覚なんだよねえ)

居酒屋で聞いた久江の言葉が、頭に浮かんだ。

あれはまるでペットに対するかわいがり方だった。子どもをペット同然に扱い、気に入らなくなったら簡単に捨ててしまう。そんな親が現実にいることに、千紗子は胸がふさがれるような想いがした。

しばらく歩き、ひと気のない歩道橋の上で久江に電話した。夜空に浮かぶ丸い月を眺めながら、久江が電話に出るのを待つ。

「あ、久江? どう、そっちは?」

「問題なし。だれも訪ねて来なかったし、おじさんは一日じゅう工房にこもりっきり。あの子はあたしと、いやというほどジェンガをして、あとは工房でずっと粘土遊びしてたわ。いまは、おじさんと一緒に野球観てる。おいしいものもつくってあげたし、洗濯もしといたから」

「ありがとう。助かるわ」

「肝心のそっちは、どうだったのよ」

「あんな親のもとには帰せない。あの子はわたしが育てるわ」

「ちょっと、チサ……」

「もう決めたから」

「決めたって言っても……」

「ほんと、ちょうどよかった、あのひとが認知症で。わたしの子だと思ってるみたいだから、問題ないわ」

「バカなこと言わないでよ。おじさんだって、チサのこと思い出すかもしれないんだから。それに、あんたの子だって証明できないんだよ」

「なんとかごまかせるわよ。無戸籍児《むこせきじ》っているでしょ？　そういうことにすればいい」

「ヤバいよ。ぜったいヤバいって」

「だいじょうぶ。うまく話をでっちあげるから。それに、あの年頃の子は、一年や二年で見違えるほど変わるでしょ。そうなればだれにもわからない」

「どうだか」久江は不機嫌そうに言った。「あの子の記憶が戻ったらどうするの？」

「戻らないわよ」

「どうして断言できるのよ」

「いやな記憶は忘れたいものなの。思い出したくなんかないのよ」

「そんなこと言って、いやな記憶をいつまでも忘れないのはだれよ」

「ねえ、久江。無戸籍児の住民票と健康保険証って、なんとかなる？」

「ほら、そうやって話を変える」

違うわよ、となかばむきになって、千紗子は言った。「記憶が戻っても、あの子はきっと、わたしと一緒にいることを選ぶわ」

「わからないじゃない、そんなこと」

「わたし、いい母親になるから。こんどこそ」

「チサ。あんた入れ込みすぎてるんじゃない？　昨日は、あの子が帰りたいって言ったら帰すって言ったでしょ？」

「あの子が本気でそれを望むなら、そうするわよ」

「そうなったら、あんた警察に捕まるんだよ」

「覚悟はできてるわ」

「どうかしてるよ。冷静になりなよ、ねえ、チサ……」

「とにかく、住民票と健康保険証の件、どうなの？」

久江はあからさまにため息をつき、「住民票は難しいわね」と言った。「役所の職員が職権で住民票をつくることはできるんだけど、それは事実関係が確認できた場合だけ。嘘の申請をすれば墓穴を掘るわよ。国保なら無戸籍でも出せるけど、どっちにしても、まずチリが転入届を出して、事情を説明しないといけないわ」

「わかった」

「もし警察に捕まることになっても、あたしのことはしゃべらないでよ」

「昨日も言ったでしょ？　約束する。だから心配しないで」

「あんたって、ほんと強情なんだから。おじさんとそっくり」

「あんなひとと一緒にしないで。じゃ、切るわよ」

「ちょっと待って。明日の午後いちばんに、介護保険の調査員が行くことになったから」

「ほんと？　はやく来てもらえて助かるわ。じゃあ、これから急いで帰るから」

携帯電話をバッグにしまい、千紗子は歩きだした。夜空に浮かぶ月を見上げながら、なぜだか涙がこみ上げ、月が滲《にじ》んだ。助けて、とうめいていた少年の顔がよみがえった。助けて、と叫んだ純の声が聞こえた。

第三章　想い出

1

東京から深夜に帰宅した千紗子《ちさこ》は、帰っていく久江《ひさえ》を見送り、居間で日記を書いたあと床《とこ》についた。

日記のなかで、少年を育てることを純に報告した。天国からあの子を見守ってほしいと書いてから、純はこの決断をよろこぶだろうか悲しむだろうかと考えた。純を大切に思う気持ちに変わりはないが、純がそれを信じてくれるのか、不安な気持ちが残った。

翌朝、千紗子は少年よりはやく目覚めた。早起きな鳥のさえずりを聞きながら、あどけない少年の寝顔を見つめていると、土間のほうで物音がして、玄関の戸が開く音がした。孝蔵《こうぞう》が起きて阿弥陀堂《あみだどう》へ出かけたのだろう。千紗子は大きく欠伸《あくび》をした。それから目を向けると、少年が目を開いてこちらを見ていた。

「おはよう」

千紗子は少年に笑みを向けた。少年は寝ぼけた声で「おはようございます」と言った。

「よく眠れた？」

「はい」

「昨日はどうだった？　楽しく過ごせた？」

「はい」

「親切なおばさんだったでしょ」

少年はうなずいた。

「起きる？　それとも、もう少し寝てる？」

「起きます」

少年は上体を起こし、小さく欠伸をして目をこすった。

「体の具合はどう？　どこか痛かったり、変な感じはしない？」

「だいじょうぶです」

千紗子は少年のパジャマを脱がせ、湿布《しっぷ》を貼り替えながら傷の具合を見た。

打撲《だぼく》の腫《は》れはずいぶん引いているようだった。傷もかさぶたで覆《おお》われ、治りはじめている。子どもの回復力の速さに千紗子は目を見張った。急流に流されて、この程度のケガですんだことに、あらためて驚きをおぼえた。

少年が気を失い、記憶まで失ったことで、頭部の損傷を懸念していたが、瘤《こぶ》になっているところもなく、吐き気や眩暈《めまい》などの症状もない。心配はなさそうだったが、念のため、頭部の精密検査を受けさせるつもりだった。

少年の健康保険証については、当面あきらめるしかない。万が一でも、事故との関連性を疑われるようなリスクは避けたかった。実費で医療費を支払うしかないだろう。

ここは世間からほとんど隔絶された集落だし、とりわけこの家は人目につきにくい。少年をかくまうには絶好の場所だ。東京のアパートをひき払って、この地に住民票を移すことを真剣に考えはじめていた。転入届を出すさいに、無戸籍児《むこせきじ》として保険証を申請すれば、怪《あや》しまれずにすむのではないかと千紗子は考えた。

少年が腹部に目を向けているのに気づいた。タバコの火を押しつけられた痕《あと》が黒々とした斑点《はんてん》になり、陽《ひ》に焼けていない白い肌を醜《みにく》く汚している。

「ねえ、何か思い出した？」

少年の背中に新しい湿布を貼りながら訊ねると、少年は表情を曇《くも》らせ、首を横に振った。

「そんな顔しないで」

千紗子は少年の頭を撫《な》でた。内心、ほっとしていた。そして、この先ずっと、こうした不安を抱《かか》えて生きることになるのだと、あらためて思った。

これから少年に嘘をつく。そのあとは、嘘がばれないように、少年が記憶を取り戻さないようにと、願いながら生きる日々がつづくのだ。

心安らかになるときはないかもしれない。それに耐えられるのか、いまいちど自分の胸に問いかけた。そして、自分の決断は本当にこの少年のためになるのか、と心に問うてみた。決意は変わらなかった。

ロープで痛めた足首の傷に軟膏《なんこう》を塗ったあと、少年がTシャツと半ズボンに着替えるのを見守った。それから少年に座るように言った。

少年は千紗子と膝《ひざ》を合わせて正座した。

「大事な話をするから、よく聴いて」

千紗子の真剣な表情に気圧《けお》されたのか、少年は萎縮《いしゅく》したように肩をすぼめ、こくりとうなずいた。

「あなたのこと、教えてあげる」

少年は驚いて顔をあげた。その表情は、困惑《こんわく》しているようにも怯《おび》えているようにも見えた。千紗子は少年の気持ちをほぐすため微笑《ほほえ》んだ。

「あなたに自分で思い出してほしかったの。だから、いままで黙ってたのよ。すぐに言ってあげればよかったんだけど……ごめんね、自分がだれだかわからなくて、不安だったでしょ？」

少年は、それには答えず、まじまじと千紗子の顔を見ている。

「よく聴いてちょうだい。あなたは……」

これを言ってしまえば、もう引き返せない。この子の人生も、わたしの人生も、このひと言で一変してしまうのだ。本当にそれでいいのか？　決意はできているのか？

「……わたしの子よ」

迷いを断ち切るように、少年の目を見つめ、千紗子は言った。

つぶらな少年の目が見開かれるのがわかった。あまりの驚きに言葉も出ないようで、口をあんぐり開け、食い入るように見つめてくる。

「驚いた？」千紗子はやさしく笑みを浮かべた。「あなたは、わたしの子どもよ。拓未《たくみ》っていう名前なの。ほら、こないだ、おはなししてあげたでしょ？　死神をやっつけて生きかえる男の子の話。あの主人公の名前は、あなたの名前なのよ。里谷《さとや》拓未。それが、あなたの名前」

千紗子は文机《ふづくえ》の上の日記帳をとり、ページを一枚破って〈里谷拓未〉と漢字で書き、少年に渡した。

「開拓の〈拓〉に未来の〈未〉。未来を切り拓《ひら》く子。それがあなたよ。あなたには、自分自身で未来を切り拓く力があるのよ」

少年は渡された紙をじっと見つめた。

「わたしがお母さんでがっかりした？」

少年は紙を見つめたまま、かぶりを振った。

「あなたはわるいひとたちに攫《さら》われたの。おなかのところに、黒いやけどの痕がたくさんあるでしょ？　それはわるいひとたちの仕業なの。あなたはとてもひどいことをされて、もう少しで死ぬところだった。それで記憶をなくしてしまったの。でも、あなたを見つけて、この家に連れて帰ってきた。わるいひとたちから、あなたを取り戻したの。もう二度と、わるいひとたちには渡さない。わたしが、あなたを守ってみせる」

少年は名前を書いた紙からようやく顔をあげた。目が合い、千紗子は少年を胸に抱き寄せた。

「あなたはすごくつらい想いをしたの。だから、そのことはもう思い出さなくていい。つらいことなんて、思い出さなくていいの。ぜんぶ忘れてしまっていいのよ。

わかった？」

少年は千紗子の胸のなかで、小さくうなずいた。

「でもね、あなたにはすてきな想い出がいっぱいあるの。これからそれを、少しずつ一緒に取り戻していこうね。とっても楽しいことがあったんだから」

「ほんと、ですか？」

「ほんとよ」少年の髪を撫でながら、千紗子は言った。「あなたにはしあわせな過去がある。しあわせな今もある。そして、しあわせな未来があるのよ」

千紗子は少年の頭に鼻を近づけ、少年が放つ甘やかな匂いを嗅《か》いだ。

「どんなことがあっても信じないと、しあわせは逃げてっちゃうから、信じてね」

「はい」

「わたしのこと、お母さんって呼んでくれる？」

千紗子の胸に顔をうずめたまま、少年はうなずいた。

「ありがと」千紗子はつぶやくように言った。目の奥にこみ上げる熱いものを笑顔でごまかし、「さあ、朝ごはんにしましょう」と陽気な声を出した。「おじいちゃんが阿弥陀堂にいるから、お迎えに行ってくれる？　道を教えるから」

少年は、はい、と返事をした。その声が、千紗子には逞《たくま》しく聞こえた。

孝蔵は栈瓦《さんがわら》ぶきの阿弥陀堂に向かって拝んでいた。階段を駆けあがってきた少年は、息を切らしながら孝蔵の隣に立ち、手の甲で額の汗をぬぐった。孝蔵が合掌《がっしょう》をといて目を開けると、少年は彼を見上げて言った。

「何をお祈りしてたんですか」

孝蔵は少年を見向きもせず、「さて、何だったかな」と言った。

少年は阿弥陀堂に向かって手を合わせた。少年が拝んでいるあいだ、孝蔵は、古びた仏堂の薄暗い奥に祀《まつ》られている、阿弥陀如来像《にょらい》に目を向けた。黒く煤《すす》けた、小さな仏像だった。蟬《せみ》の声に混じって、梢《こずえ》の高みからブッポウソウの鳴き声が聞こえた。

少年が目を開けると孝蔵は言った。「おまえは何を祈った?」

「ぼくは……」少年は口ごもった。

孝蔵はしばし少年を見つめてから、「わしは……」と口を開いた。「自分でいられるようにと祈った」

少年は、はっと顔をあげた。「ぼくも……」

「おまえもか」孝蔵は鼻にかかった笑い方をした。「仏さまは願いを叶えてくれると思うか」

「はい」少年は大きくうなずいた。

「そうか。おまえがそう言うんなら、そうなんだろうなあ」

「ぼく、拓未です」

「タクミ?」

孝蔵が眉をひそめたので、少年はおどおどした口調になって、「ぼくの、名前」

と言った。

「そうか。おまえはタクミというのか。上の名前は?」

「里谷、です」

「サトヤタクミか」

孝蔵はそう言って、ズボンのポケットから紙切れとちびた鉛筆を取り出し、何か
を走り書きした。

「何を書いたんですか」

「おまえの名だ。忘れても、これを見れば思い出せる。たぶんな」

孝蔵は紙切れを少年に見せた。そこには〈サトヤタクミ〉とカタカナで書かれて
いて、あまり似ていない簡単な似顔絵が添えられていた。

「さて、戻るか」

孝蔵は拓未の手をとった。二人は石段をのろのろと下りて家へ向かった。

2

拓未は畑で捥《も》いだ赤いトマトを両手に持って、孝蔵とともに帰ってきた。千紗子はトマトとモッツァレフチーズでサラダをつくり、トーストとハムエッグの朝食に添えた。拓未に手伝ってもらって朝食を居間に運んだあと、千紗子は仏壇《ぶつだん》に水を供《そな》え、線香をあげた。

拓未が神妙な面持ちで隣に正座した。千紗子は微笑《ほほえ》んで拓未を見やり、「これがおばあちゃんで、これがお兄さんよ」と、仏壇に飾った写真を指差した。

「あなたより小さいでしょ。五歳で死んじゃったの」

驚いて見上げてくる拓未に、千紗子はうなずいて笑みを浮かべたが、その笑みには翳《かげ》りがさしていた。「その話もいずれしなきゃね」

千紗子が鈴《りん》を鳴らし、二人は仏壇に手を合わせた。「さあ、ご飯にしましょう」そう言って千紗子がふり向くと、縁側に立つ孝蔵が、不思議そうに二人を見ていた。

亀田医師が五〇ccのスクーターに乗ってやってきたのは、昼に近い時間だった。白いヘルメットに白衣を着て、白衣の下はアンダーシャツ一枚だった。

千紗子が前庭に出ていくと、亀田はタオルハンカチで首筋の汗をぬぐいながら、片手をあげた。いかめしい顔が、たちまち人なつっこい笑顔になる。

亀田は往診のついでに寄ったのだと言い、孝蔵のようすを訊ねてきた。千紗子は、孝蔵が自分のことをお手伝いさんか何かだと思っているらしいと話した。

「人物誤認といって、認知症の症例のひとつですよ」亀田は事も無げに言った。「一緒に暮らしている女房や旦那のことだってわからなくなっちゃうんだ。離れて暮らしていると尚更でしょう。悪意があったり薄情だからということじゃない。病気の症状のひとつだから、あまり気にせず、調子を合わせておけばいいんです」

「ええ、もうそうしてます。そのほうがわたしも気楽だから」

「気楽、ですか」

「父親づらをされるより、ずっといいです」

亀田は苦笑し、工房へ目を向けた。庭に面した窓が開いていて、孝蔵のうしろ姿が見えた。

「熱心に彫《ほ》ってますなあ」

「毎日毎日、バカみたいに朝から晩まで。見てください、あれ」千紗子は物干し台の手前にずらりとならぶ仏像に目を向けた。「異常だと思いませんか。仏像になんかぜんぜん興味なかったのに。いっぱいつくれば極楽に行けるとでも思ってるのかしら」

「認知症の患者さんはうつになるひとが多いんです。気力をなくし、ふさぎこんで、それまで楽しんでいた趣味にも興味を示さなくなる。だから、初期の認知症患者さんは、うつ病と誤診されることもある。それを考えれば、こうして夢中になれる趣味をもってるというのは、とてもいいことですよ」

「世話がかからないから助かりますけど」

「たしかに、そうですな」

亀田は冗談でも聞いたように笑った。

「癇癪《かんしゃく》を起こしたり、怒鳴《どな》り散らしたり。男の人の場合はね、暴力をふるうこともある。そういう患者さんの世話をするご家族は大変だ。まあ、たまに散歩とかね、外に連れだしてやってください。一日じゅう座りっぱなしだと、足腰が弱くなりますから」

「あのひと、毎朝、阿弥陀堂へお参りに行ってるんです」

「ほう。そうですか」

「知らないあいだに宗教づいちゃって」軽蔑《けいべつ》をこめた口調で、千紗了は言った。

「いまさら神や仏にすがって救われようなんて、ほんと身勝手なひと」

「仏さまはどんなひとでも救ってくれるそうですよ」

「え？」

「こうちゃんからの受け売りです」亀田はにっと笑った。

亀田は孝蔵のことを「こうちゃん」と呼ぶ。子どもの頃にずっとそう呼んでいたらしい。孝蔵は亀田のことを「かめよし」と呼んでいたそうだ。亀田義和《よしかず》だから「かめよし」。カメ、カメと呼ぶこともよくあったという。診療所ではじめて会ったとき、亀田は千紗子にそんな話をした。そのときの亀田は、昔をなつかしむような遠い目をしていた。

「さて、少しこうちゃんと話してこようかな」

亀田は工房のほうへ歩きだし、千紗子はそれに従った。

工房のなかでは、孝蔵がいつものように仏像を彫り、そのかたわらで拓未が粘土《ねんど》をいじっていた。入口に立った亀田は、拓未を見て、少し驚いたようだった。

「お子さんを連れていらしてたんですか」

「ええ」

千紗子はどぎまぎしながら返事をした。

亀田は動揺に気づかぬようすで、「かわいいお子さんですな」と言い、目をほそめて拓未を見た。「お子さんのお名前は？」

「拓未です」

「どんな字を書きますか」

「開拓の拓に未来の未です」

「未来を切り拓く子か。いい名前だ」

その声で気づいたのか、拓未がふり向いた。亀田が笑顔で手を振ると、拓未は肩をすくめて会釈《えしゃく》をし、作業机のほうへ顔を戻した。

「転んだんですか」

「えっ？」

「顔にケガしてますね」

「あ、ええ……」

「腕も。ああ、脚もだ。派手に転んだようですな」

心拍数がいっきに上がり、それをごまかそうと笑みを浮かべたが、頰が引き攣《つ》っているのが自分でもわかった。「ちょっと、はしゃぎすぎちゃって……」やっとのことで、千紗子はそう言った。

「坂でしょ。そこの、家のまえの坂」

亀田はしたり顔で言った。千紗子がうなずくと、自分の推理が当たったことに満足したのか、おかしそうに笑った。

「急な坂ですからね。子どもはよろこんで走りたがるんだ」あきれたように首を振る。「でも、もう走らせちゃいけませんよ。道がでこぼこだから」

「はい、不注意でした。これからは気をつけます」

「痛い思いをしたから、本人も学習したとは思いますが」

「そうですね」

亀田が勘違いしてくれたことに安堵《あんど》し、千紗子は息を洩《も》らした。

「そういう経験も大切なんですよ。子どもにとってはね。足を挫《くじ》いたりしていませんか」

「ええ。それはだいじょうぶです」

「何かあったら診療所に連れてきてください」

千紗子は軽く頭を下げた。

「都会の子は、ただ自然があるだけで物めずらしいですからね。はしゃぐのも無理はない」

「そうですね」

「ここなら楽しめますよ。山に川に、遊ぶところはいっぱいある。ただね、川遊びは気をつけてくださいよ。ご存じでしょ？　こないだ鹿見《しかみ》川で子どもがひとり流された」

安堵した直後にその話題を持ちだされ、意表をつかれた千紗子は表情がこわばった。亀田に気取られぬよう顔を伏せ、事故に心を痛めているふうを装う。それから、「見つかったんですか」と訊ねてみた。

亀田はかぶりを振った。「とうとう見つからずじまいでね。昨日で捜索《そうさく》は打ち切られました」

つまり、もうだれも、川で流された少年を探していないということだ。千紗子は笑みがこぼれそうになるのをこらえ、精いっぱい悲しげな表情をつくって目を伏せた。

「かわいそうに」

千紗子の言葉に亀田はうなずいた。

「浮かばれない、というのはこのことですな。以前にもそういうことがあったそうです。地元の中学校にかよう女生徒が飛びおり自殺をして、死体が上がらなかったらしい。それで、あの吊《つ》り橋のあたりに幽霊が出るという噂《うわさ》が立ったらしいんだ」

それは、千紗子がまだ小学生の頃に起きた事件だ。飛びおりた女生徒は、瀑布《ばくふ》に呑《の》まれて深淵《しんえん》の底に沈んだか、ダムまで流されて奥平《おくひら》湖の湖底に沈んだのだろうと思われた。女生徒の幽霊が出るという噂が広がってからしばらくのあいだ、千紗子はもとより、近隣住民はこの場所を敬遠《けいえん》するようになったのだ。

「川へ行ったら、お子さんから目を離しちゃいけませんよ」

千紗子は神妙な顔でうなずいた。

「拓未くんはお幾《いく》つですか」

「九歳です」

「すると、小学校三年生ですかな」

暗いほうへ流れた話題を変えようとしたのだろう、亀田は表情を明るくし、軽い口調で言った。

「おじいちゃんと一緒にいい夏休みを過ごせて、よかったじゃないですか」

「ええ、まあ……」

千紗子のぎこちない笑みをやり過ごし、亀田は孝蔵に歩み寄った。

「よお、こうちゃん。精が出るねえ」

亀田が声をかけても孝蔵は顔をあげず、熱心に三角刀を動かしている。

「こうちゃん。おれだよ、義和。カメのよしかずだよ」

「かめよしか」

孝蔵は彫りものをつづけながら言った。観音菩薩《かんのんぼさつ》像の顔の部分を彫っているところだった。

「こうちゃんは観音菩薩が好きだね。観音菩薩ばかり彫ってるんじゃないか」

「木彫りのやつはな。粘土でつくるのは地蔵ばかりだ」

「たしかに、かわいいお地蔵さんがいっぱいある。それぞれ個性があって、みんないい表情をしているなあ。だれかの顔を思い浮かべながらつくるのかい」

「何も考えちゃおらんよ。同じ顔ばかりじゃつまらんし、地蔵は親しみやすくないと意味がない」

「ほう、そういうもんかね。なんで地蔵は親しみやすくないといけないんだ？」

「釈迦《しゃか》が亡くなってから弥勒《みろく》菩薩が登場するまでの五十六億七千万年のあいだ、娑《しゃ》婆《ば》世界に仏はいない。無仏の時代をしっかり守るように言いつかったのが地蔵菩薩だ」

　さらりと言ってのける口調は一本調子で、知識をひけらかす態度ではなく、脳にインプットされた記憶が機械的に出たという感じだった。ひとり娘の存在は記憶の外にうっちゃっているくせに、そんなどうでもいい数字を正確におぼえている父を、千紗子は苦々しい思いで見つめた。

「地蔵は人々の身近にいて、気軽に相談にのってくれる存在だ。とっつきにくかったら、まずかろう」

「なるほど」亀田はうなずいた。「いまは神も仏もない時代ってわけだ」

「神のことは知らん。仏はいないが菩薩や明王《みょうおう》や天《てん》はいる」

「なかでも観音菩薩は特別なのかな？」

孝蔵がいきなり彫っていた仏像を床に投げ捨てた。その音で、すぐそばで粘土をいじっていた拓未が、びくんと身をこわばらせた。孝蔵は大きくため息をついて天を仰ぎ、目をつぶった。

「わるかったね、こうちゃん」と亀田は言った。「作業の邪魔をしたかな?」

「いや、そうじゃない。顔が気に入らんのだ。彫れば彫るほど、思い描いてる顔からどんどん遠ざかっていく。もう、ろくなものが彫れんよ」

木屑《きくず》のついた、乾いて皺《しわ》の寄った指で、孝蔵は鼻の付け根を揉《も》んだ。

「さっき、お地蔵さんは何も考えずにつくると言ったね。だけど、観音菩薩は思い描いている顔があるんだね? それは、だれか特定のひとの顔なのかい」

「よくわからん。まえには、もっとはっきり見えていた気がする。霧がかかったようにぼんやりして、見ようとすればするほど見えなくなる。わしはどんどんバカになってるんだろうな。まったく、うんざりする」

こんなふうに孝蔵が心情を吐露《とろ》するのを、千紗子はこの家に来てはじめて聞いた。

亀田には心を開いているらしい。医者だからではなく、幼馴染《おさななじみ》だからなのだろう。五十年ぶりに再会した旧友のことはちゃんと覚えていて、しかも心を開いているというのに、ひとり娘のことはきれいさっぱり忘れている。そんな孝蔵の心が、千紗子にはねじくれたものに思えて悔しかった。

「バカになってるわけじゃない」亀田は孝蔵の骨ばった肩を軽く揉んだ。「こうちゃんは病気なんだ。病気のせいで記憶に障害が出てるだけなんだよ。でも、たいしたもんだよ。こんなに立派な仏像をいっぱいつくってさ」

「木を彫ってるだけだ。こんなもの、ただの時間つぶしだ」

「いやいや、たいしたもんだよ。でもなあ、運動もちゃんとしないとダメだぞ」

「何のために？」

「健康で長生きするためじゃないか」

「どうして長生きしなきゃいかんのだ」

「そうだなあ」亀田はつかのま思案した。「ぼくのために長生きしてくれよ。ぼくも独り身なんだから、こうちゃんがいなくなったら、話し相手がいなくなる」

孝蔵は鼻で笑い、苛立《いらだ》たしげに作業机の天板を指でこつこつ叩《たた》きはじめた。

「生きててもつまらん。苦しいばかりだ。かといって、自分で死ぬこともできん。なあ、かめよし。おまえ、わしを殺してくれんか」

「バカなこと言うなよ。生きることはそれだけで価値がある。命というのは何より大切なんだ。他人の命も、自分の命も。それを大切にするのが、命を授かった者の務めだ。生きることは修行。つらくてあたりまえ。ほら、この世を苦海《くかい》というじゃないか。苦海から逃げだすのは簡単だ。生き物は簡単に死ねる。だからこそ、そうしないことに意味と価値がある。そうだろ？」

「ふん。わかったような口を利くな」

孝蔵に言われ、亀田は笑って頭を掻《か》いた。

「なあ、こうちゃん。すまないけど、そこのコンパスを取ってくれないか」

「ん？」

「コンパス。そこの机の上にあるやつだよ」

孝蔵の手の届くところに、コンパスや定規やハサミやシャープペンシルなど、さまざまな小物が乱雑に置かれていた。孝蔵はそれらに目を向け、手をのばそうとしたが、中途半端な位置でその手が止まった。

幽霊のようにだらりと手首を下げた格好《かっこう》で、孝蔵は固まったようになった。じっと机の上の道具類を見つめる。動きを止めた孝蔵の内部で、焦燥《しょうそう》と困惑がめまぐるしく駆けめぐっているようすが、千紗子には目に見えるようだった。

やがて孝蔵は恐る恐る手をのばし、ハサミをつかんだ。

「その右隣にあるやつだよ」

陽気な声で亀田に言われ、孝蔵はあわててつかみ直した。乱暴な仕草でコンパスを亀田に渡す。亀田はコンパスを受けとり、しばらく眺めてから、「ありがとう」

と言って、それを孝蔵に返した。

　なにげない会話のやりとりのなかで、亀田は孝蔵の病状をチェックしていたのだ。千紗子はそれに気づいた。亀田は、二言三言、孝蔵と言葉を交わしてから、黙々と粘土をいじっている拓未に声をかけた。

「拓未くん、だったね」

　とつぜん声をかけられ、拓未は身を硬《かた》くしてうつむいた。おずおずとうなずく拓未の肩を叩き、「粘土遊びは楽しいかい」と亀田は言った。

　うつむいたまま、拓未はこくりとうなずいた。彼のまえのゴムマットの上には、体じゅう棘《とげ》だらけの四本足の生き物と、頭に二本の角を生やした、鬼のような生き物があった。

「何をつくってるのかな？　怪獣かな」

「なんとなく」ぼそぼそと答える。

「おじさんも子どもの頃、粘土遊びをしたもんだ」亀田は拓未の頭を撫でた。「なあ、拓未くん。こんどおじさんと釣りに行くか」

　拓未はふり向いて、戸惑《とまど》ったような目を千紗子に向けた。

「拓未くん、釣りはしたことあるかい」

　拓未は下を向き、かぶりを振った。

「そうか。釣りもおもしろいぞ。こんど行こうな」

亀田はうつむいたままの拓未の頭をもういちど撫で、千紗子とともに工房を出た。

「こないだ来たときは、間違わずに取れたんですよ」

前庭をスクーターのほうへ歩きながら亀田は言った。

「え？」

「コンパスです。ちょっと進行しているようですね」

亀田は淋《さみ》しげな目で庭の仏像たちを眺め、雑木林のほうへ視線を移した。

「言葉のやりとりは正常にできていますから、さほど心配することはないでしょう。病態が進むと、コミュニケーションをとるのが難しくなります。いまのうちと言ってはなんですが、円滑に会話ができるうちに、しっかりコミュニケーションをとっておいてください。なんといっても親子なんですから」

「あのひとと話すことなんて、特にありません」

「そうですか。ほんとはたくさんあるんじゃないですか」

「もういいんです」千紗子は投げやりに言った。「どうせ、わたしのことなんか忘れちゃってるんだから」小石を蹴り、天を仰ぐ。「わたしひとり、いやな過去を背負ってるのなんて、バカみたい。じっさい、もう親子とは言えない関係ですから」

亀田はスクーターのハンドルに片手を置いて立ち止まった。

「それなら、新しい関係をつくればいいじゃないですか」

千紗子は怪訝《けげん》そうな目を亀田に向けた。

「こうちゃんがあなたのことを忘れているのなら、まっさらの状態から関係をつくり直せる。こんどこそ、よい関係をつくれるチャンスだと思いませんか」

「それなら、わたしも認知症にならないとダメね」

「ダメですか」

「ダメよ」千紗子はきっぱりと言った。「あのひとのこと、わたし、赦《ゆる》せないんです」

「そうですか。ま、ゆっくり考えてください。ここは自然が豊かで環境のいいところだ。きっとよい方向へ考えが向くでしょう」

亀田は前カゴに入れていたヘルメットをかぶり、スクーターにまたがった。

「知ってのとおり、ここに住む老人たちは取り残された人々だ。認知症の患者も、同じようなものです。この世界そのものから、そして、唯一の寄る辺となるはずの自分自身からも、取り残され、切り離されていく。確かなものが何ひとつない空間に、たったひとりで漂っているようなものです。あまりにも深い孤独と混沌《こんとん》ですよ。その不安と苛立ちのなかで、患者さんたちは日々、恐怖に直面しているんです」

亀田は工房へ目を向けた。千紗子もそちらを見ると、工房の窓のなかに孝蔵の姿が見えた。

「むかし、『僕って何』という小説があったなあ。認知症の患者さんたちは、まさにそうなんだ。彼らははからずも、実存とは何か、という哲学的命題に直面してしまい、苦闘せざるをえなくなったひとたちです。それを理解してあげてください」

「ただ呆けてるようにしか見えないけど」

「傍目《はため》にはそう見えますが、そうじゃない。彼らは自己を見失い、これまでの人生も失って、悩み苦しんでいる。ときにひどいことを言ったり、暴力をふるったりすることもありますが、それはね、彼らがそれだけ苦しんでいる証《あかし》なんですよ」

きっと拓未もそうなのだろう、と千紗子は思った。まだ幼いにもかかわらず、拓未は気丈にも態度に見せないが、どれほどの孤独と不安を小さな胸に抱えこんでいることか。あの子の空白を埋め、心を癒《いや》してあげるのがわたしの役目だ、と千紗子は思った。

「こうちゃんはよくがんばってますよ。たいしたもんだ。でも人間、ひとりじゃ生きていけない。いまはツイッターとかメールとか、ヴァーチャルなつながりが主流になってきていますが、やはり、人と人とのつながりは身体的なものです。ぼくもできるだけサポートしますから、どんな些細《ささい》なことでも、遠慮《えんりょ》せず相談してください」

「ありがとうございます」

「それで……」少し言いよどんでから、亀田は言った。「もし話す気になったら、こうちゃんとあなたのあいだに何があったのか、聞かせてください。聞いて何ができるということじゃないが、少しはあなたの心もほぐれるかもしれない」

亀田はエンジンをかけ、片手をあげた。「じゃ、また来ます。それから、こんどみんなで釣りに行きましょう。道具は用意しておきますから。拓未くんも、きっとよろこびますよ」

亀田は白衣をはためかせて去っていった。そのうしろ姿は、月光仮面か何かのパロディのようだった。

午後になって介護保険の認定調査員がやってきた。

千紗子が予想していたイメージとはずいぶん異なり、小太りで、横柄《おうへい》な物言いをする女だった。女はまず工房へ行き、孝蔵に矢継ぎ早に質問を浴びせた。

定められた基本調査項目は六十以上あった。女は一から順に質問し、孝蔵が答えるたび、認定調査票に記入していった。口頭で答えるばかりでなく、立ったり座ったり、歩いたり膝をあげたり、片足立ちをしたりと、女の指示に従って孝蔵は体を動かした。最初のうちは忍耐強く応じていたが、孝蔵はしだいに女の態度に苛立ちはじめた。

調査員の女は、認知症の老人など、まともに会話できる相手ではないと思っているようで、孝蔵本人に訊けばいいものを、わざわざふり向いて千紗子に訊いた。何か説明をするときも、本人を無視して千紗子にばかり話した。

そのうえ、名前は言える？　いまの季節はいつかわかる？　いま、おじいちゃんがいる場所はどこ？　オシッコはひとりで行ける？　などと、小さな子どもを相手にするような話し方で、不躾《ぶしつけ》な質問を次々と孝蔵に浴びせた。腹に据えかねたのだろう、孝蔵はだんまりを決めこみ、仏像彫りに没頭《ぼっとう》してしまった。

しかたなく女は千紗子とともに母屋《おもや》に移った。

千紗子は女に冷たい麦茶を出し、孝蔵をなんとか施設に入れたいと言った。女は認定調査票をぺらぺらめくる手を止め、見下すような目を千紗子に向けた。

「親を施設に放りこんで、あとは知らんぷりして、楽したいわけね」口の端で笑い、もったいぶった仕草で麦茶をひと口飲む。「日常生活もなんとかできてるみたいだし、急いで施設に入れるほどの状態だとは思えませんけど」

そっけなく言い、調査票に目を落とす。それから女は、一ヶ月ほどで認定結果の通知が来るからそれを待つようにと言い、さっさと帰っていった。

女が帰ったあと、千紗子は久江に電話して文句を言った。久江は、調査員にもさまざまなタイプのひとがいるから、ハズレを引いちゃったみたいだね、と苦笑した。

「もう一回、別の調査員に来てもらえない？　あのひとじゃダメよ。要介護の認定もおりないかも」

「そういうわけにはいかないの。どっちにしても、調査員の独断で決定するわけじゃないから。調査結果と主治医の意見書をもとに、介護認定審査会で判定を下すの。認知症であることは間違いないんだから、心配しなくても要介護にはなるわよ」

「施設に入れてくれないと困るんだから。面倒《めんどう》なんかみれないんだから」

「赤の他人の子どもは面倒をみるのに、実の親の面倒はみれないの」

「それとこれとは違うわ」

「そうは思わないけど」

「もういいわよ」

千紗子は一方的に電話を切った。親友とはいえ、しょせん他人にはわからないのだと思った。実の親だからこそ、赦せないことがある。孝蔵が親でなければ、これほど感情的にはならなかっただろう。

「あのひとの面倒なんて絶対みないから」

千紗子はひとりごち、携帯電話を握りしめた。

3

千紗子は拓未とならんで工房のまえの古びたベンチに座り、満天の星空を見上げていた。手をのばせば届きそうな星たちが、夏の夜空に散らばり輝いている。夜風は涼《すず》しく、Tシャツ一枚では肌寒さを感じるほどだった。

二人で星空を見上げながら、純がどんな子どもだったかを千紗子は話した。拓未は足首のところで組んだ脚をぶらぶら揺らしながら、ときおり夜空を見上げたが、終始うつむいていた。

「寒くない？」

「だいじょうぶです」

「そういうしゃべり方するのやめようよ。わたしたち、親子なんだから」

「はい」

うつむいたまま返事をする拓未の頭を、千紗子は撫でた。

「急に言っても無理かな。少しずつ、ふつうにしゃべるようにしてね」

「はい」

「純はね、いたずら好きだったけど、素直でやさしい子だったの。いいお兄ちゃんだったのよ」

本当に二人が兄弟だったなら、きっとそうに違いないと千紗子は思った。きまじめに弟の面倒をみる純の姿が、ありありと目に浮かんだ。

「わたしたちはいい家族だったわ。でも、純が死んでから、お父さんは遠くに行っちゃった。純が死んだのがすごくつらくて、耐えられなかったの。いまは新しい家族をつくって、しあわせに暮らしてるわ。人生をやり直したの。だから、もう関係のないひとなの」

千紗子は母屋のほうへ目を向けた。居間と孝蔵の部屋の明かりが点いていた。その明かりを背に浴びて、暗がりのなかに小さな仏像たちがならんでいる。

孝蔵はこの家で、ひとりで何を思って生きてきたのだろうか。そしていま、部屋にこもって何を考え、何を思っているのだろうか。そんなことを、ふと考えた。

「いまはわたしとあなただけなの。家族は二人だけ」

「おじいちゃんもいるでしょ？」

千紗子はふっとため息を洩らし、「そうねえ」と言った。「おじいちゃんもいるわね。だから、三人ね」

家の明かりが届かない、暗く鬱蒼《うっそう》とした木々の向こうから、アオバズクの鳴き声が聞こえた。

「わるいひとたちに攫われたときのこと、聞きたい？」

拓未はうつむいたまま、大きくかぶりを振った。

「そうね。いやなことは思い出さなくてもいいわよね」

千紗子はほっと胸を撫で下ろした。絵本作家だから、話を創作するのは苦ではない。けれど、その嘘をひとりの人間に一生信じこませねばならないと思うと、その重圧に心が押しつぶされそうになるのだ。

嘘をつくことは必要だが、嘘が増えるほど、そのうえに築かれる人間関係が不安定になる。千紗子は拓未に信頼される存在になりたかった。だから、できるだけ嘘はつきたくなかった。

「いやなことは忘れましょう」声を張って、千紗子は言った。「もう思い出そうとしなくていいから。わたしも忘れるから、拓未も、このまま忘れてしまいなさい」

拓未は「はい」と返事をして唇《くちびる》を噛《か》んだ。その頭を、千紗子はくしゃくしゃと撫でた。

「お母さん」

「なに？」

「ううん」拓末はかぶりを振った。「なんでもない。呼んでみただけ」

千紗子が拓末の肩を抱くと、拓末は千紗子の肩に頭をあずけた。二人はそれからしばらく黙って星空を見上げた。

「あっ」

拓末が唐突に声をあげ、背筋をのばした。

「見た？　いまの」

「見たわよ。きれいな流れ星だった」

「ぼく、はじめて見た」

はしゃいだ声をあげ、無邪気によろこぶ拓末を、千紗子は慈《いつく》しむようなまなざしで見つめた。

「きっと、いいことがあるわよ」

「ほんとに？」

「ええ。ほんとよ」千紗子はうなずいた。「ねえ、冷蔵庫にアイスクリームがあるの。食べる？」

「食べる！」

興奮冷めやらぬ拓末は、ベンチからひょいと飛びおり、流れ星が消えたあたりの空に目を向けた。千紗子はその小さな手をとり、母屋へ歩きだした。

「あの……」

「なに？」

千紗子が目を向けると、拓未は目を伏せて口ごもった。

「ほら、また。いまさっきの元気はどこ行ったの」

千紗子に肘《ひじ》で小突かれ、拓未は意を決したように言った。「ノートがほしいんです」

「ダメ」

にべもなく却下され、拓未は肩を落とした。「ごめんなさい」

「その言い方じゃダメ。ぼくノートがほしいんだって、ふつうに言ったら、何冊でも買ってあげる」

拓未は息を吹き返したように顔をあげた。「ほんとですか」

「ですかはいらない」

「ほんと？」

「もちろんよ。何に使うの？」

拓未は気恥ずかしそうにうつむき、千紗子から聞いた自分の過去をノートに書くのだと答えた。

「忘れたくないから。ぼく、ちゃんとおぼえていたいから」

千紗子はつないでいた拓未の手を強く握った。拓未もそれに応えて握りかえしてきた。

4

水簸《すいひ》した土は、工房の隅にあるポリバケツのなかに、透明なゴミ袋に入れて保管してあった。水簸土とは、水を加えて土を攪拌《かくはん》し、塵《ちり》や石を除いて、粘《ねば》り気のある土にしたものである。拓未はポリバケツの蓋《ふた》を開け、ひと塊《かたまり》の水簸土を両手でつかみ出した。

「よし。それをくつえの上に置け」

拓未はふり向いて首をかしげた。「くつえって、なに？」

「おまえ、何を言っとる。くつえだ」孝蔵は作業机を指差した。「そこの、くつえの上に置けと言っとるんだ」

「ああ、つくえだね」

孝蔵は顔をしかめ、「いいから早く置け」とぶっきらぼうに言った。

拓未は指示どおり水簸土を作業机に置いた。

「今日はおまえに土の練《ね》り方を教えてやる。よく練らないと、いい粘土にならんのだ」

「そうなの？」

「知らなかったのか」

「うん」

「これからおぼえることはうんとあるぞ」

「だいじょうぶ。がんばっておぼえる」

「そんなに力まなくてもいい」孝蔵は苦笑した。「こんなのはただの遊びだ。楽しんでやっていれば、いやでもおぼえる。ほんとに、こんなことおぼえたいのか」

「うん」

「外で遊んでるほうが楽しいだろ」

「おじいちゃんみたいに、かわいいお地蔵さんとか木彫りの仏像とか、つくれるようになりたい」

「変わった子だな、おまえは」

孝蔵は拓未の横に立ち、華奢《きゃしゃ》な背を叩いた。「足を肩幅に開いて、しっかり力がはいるようにしろ」

拓未は言われたとおりにした。

「練るときに、土に体重をかけやすいように、足の位置を決めるんだ」

「はい」

　開け放した窓の枠に、一羽のルリビタキが止まり、すぐに羽をばたつかせて飛び去っていった。窓から吹きこむ風と扇風機の風が涼やかに混じりあい、土と木の匂いが、その風に乗って工房のなかに漂っている。外は晴天で、窓から斜《なな》めに射しこむ陽が、二人の足元に陽だまりをつくっている。

　拓未が土の塊に両手を乗せると、背後にまわった孝蔵が上から手を添えた。

「手前から向こうに、こうして体重をかけて、押しだす。そうしたら、手前に持ち上げるようにしてひき起こす。いいか？　これを何度かくり返すぞ」

　孝蔵の手の動きに誘導され、拓未の手も動いた。同じ動作をくり返すうち、土の塊に襞《ひだ》ができ、横にのびて広がっていった。

「両側にのびた土を、真ん中に向かって、まず一方を折り返して短くする。それから、もう片方も折り返して、真ん中であわせる。ほら、また塊になったな。そうしたら、また最初からだ。押しだしてひき戻す。これを五回ほどやってみろ」

　孝蔵は添えていた手を放し、拓未ひとりに土練りをさせた。拓未はすでに、額に汗をかいていたが、その作業でさらに汗が吹きだした。拓未の懸命な姿を見ながら、孝蔵は「がんばれ、小僧」と笑った。

「よし。押す力を弱めて、土を丸めていくぞ」

そう言いながら、孝蔵はふたたび手を添えた。土の塊を前後に転がしながら円筒形にし、さらに天地をつぶして塊にする。

「とりあえず、ここまでだ。ほんとはここから菊練りというのをやるんだが、それはまたこんど教えてやる」

孝蔵は土の塊を持ち上げ、作業机にどんっと落とした。驚いて身をひく拓未を横目で見て、笑いながら、孝蔵はその作業を何度もくり返した。

「まだ土のなかの空気がぬけきれていないからな。今日のところは、これで空気を出すことにしよう」

「ぼくもやりたい」

「やりたいか。なら、好きなだけやれ。思いきりやっていいぞ」

拓未は土の塊を頭上に振りかざし、力いっぱい作業机に打ちつけた。何度もくり返すうちに、気持ちが高ぶってきたのか、眉根に力を入れ、歯を食いしばり、唸《うな》るような声を出して、夢中で塊を投げつける。

やがて拓未は力尽き、肩で息をしながら前屈《まえかが》みになって、作業机の縁に両手をついた。

「土にはさまざまなものが含まれとる」と孝蔵は言った。「鉱物や微生物、草も木も人間も、命あるものは土に還《かえ》る。土は命が生まれ、還るところだ。土をこねる作業は、命をこねる作業だ。わかるか」

「うん」

「おまえは賢い子だ。さて、ちょっと一服するか」

二人は手を洗い、椅子《いす》に腰かけた。孝蔵は、ステンレスのポットから冷えた麦茶をガラスコップに注ぎ、ひとつを拓未に渡した。拓未はそれをひと息に飲みほし、自分でお代わりを注いで、それも一気に飲みほした。

土練りのおかげで、拓未は汗だくになった。孝蔵は首にかけていた黄ばんだタオルを拓未に渡し、拓未はそれで額や首筋を拭いた。タオルを孝蔵に返したあと、もう一杯麦茶をコップに注いだが、そのとき、ポットのそばにあった小刀が目にはいり、拓未はなにげなく手にとった。

「それはマキリという小刀だ」

口の端からこぼした麦茶を手の甲でぬぐいながら、孝蔵は言った。

「まきり？」

「魔を斬るからマキリという。万能ナイフでな。もともと、アイヌ民族やマタギが使っていた。漁師が魚をさばくのにも使ったりする」

拓未は小刀の木鞘《さや》をとった。長さ十五センチほどの片刃があらわになり、天井の蛍光灯の明かりを反射した。

「魔って、悪魔?」

「悪魔とか魔物とか、邪悪なものだ」

「悪魔を斬る刀なの?」

「そうだ」

「すごいね」

拓末は魅入られたように小刀を見つめた。

「おのれの心のなかにいる魔を、斬って斬って、徹底的に斬る。そうしていくことで、やがて仏さまが姿を現してくれる。仏像彫刻《ちょうこく》というのはな、そういうもんだ」

孝蔵は麦茶を飲みほし、コップを作業机に置いた。

「おまえも彫ってみるか」

「うん」

孝蔵は適当な角材を鋸《のこぎり》でカットし、練習用のラフスケッチを描いて、拓未のために下準備をしてやった。それから彫刻刀の種類を説明し、ノミや彫刻刀の使い方を教えた。

「木には順目と逆目《さかめ》がある」孝蔵は角材の木目を示しながら説明した。「木目の方向がここで変わってるだろ? この方向に逆らって刃を入れると、うまく彫れない。木が欠けたり、裂《さ》けたりしてしまう。それを逆目というんだ。常に木目に従って、つまり順目で彫ることが基本だ。そうすればスムーズに彫ることができる。いいか」

「はい」

拓末は真剣なまなざしで角材の木目を見ていた。

「木のなかにいる仏さまを表に出す作業だ。それを忘れるな。それから、ケガをしないように集中して彫るんだ。いいな」

孝蔵が先に見本を示してから、拓末は彫刻刀で彫りはじめた。だが、すぐにスケッチの線から逸《そ》れてしまい、肩をすぼめた。

「どうした？」

孝蔵の声で拓末はさらに萎縮し、来《きた》るべき衝撃に備えるように、歯を食いしばって身を硬くした。

「何を怯えている？」

孝蔵の言葉に、拓末は身を硬くしたまま「ごめんなさい」と、小声で言っただけだった。

「失敗したからしょげているのか。叱られると思って怯えているのか」

拓末はうなだれたままうなずいた。

「おまえは人間というものを理解しておらん」

孝蔵は新しい角材を手にとった。

「人間は失敗する生き物だ。失敗を恐れるな。ひとが最もしてはいけないこと、何だかわかるか」

拓未はかぶりを振った。

「失敗を恐れて何もしないことだ」

孝蔵はシャープペンシルで角材に簡単なスケッチを描きはじめた。

「おまえはこれから成長していく。成長というのは、失敗を積み重ねていくことでもある。人間は失敗から学んで成長する。肝心なのは、失敗から学ぶことだ。失敗とは、チャンスのことだ。おぼえておけ」

「はい」

「だから、くよくよするな」

「はい」

「何度失敗してもいい。学びとは、そういうものだ」

「はい」

孝蔵はスケッチを描き終え、角材を拓未のまえに置いた。

「用材は山ほどある。いくらでも使え。これぐらいのスケッチなら、自分で描けるだろ？」

拓未は顔をあげ、作業机の上の角材を見た。

「失敗した用材は足もとに転がしておけ。最後に片付けよう」

「はい」

孝蔵は彫りかけの菩薩像を手にとり、自分の彫り物をはじめた。拓未も新しい角材を手にして彫りはじめた。拓未は何度も失敗した。彼の足もとには、角材がどんどん溜《た》まっていった。

時計のない工房のなかは、時の流れを感じさせなかった。部屋の隅の大型扇風機が規則正しく首を振りつづけ、窓の外では、休みなく蟬が鳴いていた。窓から射しこむ陽のなかで、二人は黙々と木を彫りつづけた。

やがて、孝蔵が唐突に口を開いた。

「おまえは、だれだ？」

拓未は突然のことに驚いて、刀が乱れ、いらぬところを削《そ》ぎ落としてしまった。スケッチの線から大きく逸脱した彫り跡を、拓未は見つめた。

「おまえは、いったいだれだ？」孝蔵がふたたび訊ねた。

「ぼくは……」

「ぼくは、なんだ？」

ふり向くと、睨《にら》みつけてくるような鋭いまなざしがあった。拓未は萎縮して目を伏せ、「タクミ。サトヤ……タクミ」と言った。

「サトヤタクミというのは、だれだ？」

「ぼく、です」

拓末は肩をすくめた。

「おまえはサトヤタクミか。じゃあ、わしはいったいだれだ？」

「えっ？」

「おまえがだれかと問うているわしというのは、いったいだれなんだ？」

拓末はしばし言葉を探したあと、「おじいちゃん」と言った。

「おじいちゃん？」

「ぼくの……おじいちゃん」

「おまえのおじいちゃんか。つまり、わしはおまえという他者との関係性のうえでしか存在を証明できない者、ということだ」

「ごめんなさい。言ってることがよくわかんない」

「おまえがいなければ、わしは、わしが何者であるかを明確にできない」

「よくわからないよ」

拓末は困惑した目を孝蔵に向けた。

「自分が何者なのか、わかっていたときがあった。いま思うと、それが不思議だ」

孝蔵はひとり言のようにつぶやいた。

「わかってるつもりになっていただけで、ほんとはわかってなかったのかもしれん。こうして彫物に向かっていると、おのれを無にすることができる。自分が何者でもない、ただ仏さまの姿をあらわすためだけにある、ちっぽけな存在に思える。そうすると、楽なんだ……」

孝造は彫刻刀を動かし、ふたたび作業に没入した。その姿を拓未はしばらく見つめていたが、やがて彼も新しい角材を彫りはじめた。壁の木棚にならんだ仏像たちが、二人の姿を慈悲《じひ》深いまなざしで見守っていた。

5

居間で仕事をしていると携帯電話が鳴り、千紗子は作画を中断した。電話をかけてきたのは担当の編集者で、作品の進捗《しんちょく》状況を訊ねてきたのだった。千紗子は作品をぱらぱらと見ながら、「もう少しで完成するわ」と陽気な声で言った。

編集者は安心したようすで、孝蔵の具合を訊ねてきた。千紗子は状況を話し、介護保険の調査員がどれほど失礼だったかを話したが、全体的に和やかな会話だった。もちろん、拓未のことは言わなかった。

編集者はふと思い出したように、以前受けたインタヴューが載った冊子が、編集部に届いたと言った。保育園協会の会報で絵本を紹介してくれることになり、二ヶ月ほどまえに取材を受けたのだった。絵本の書影と著者の顔写真を載せた、一ページの記事になっているという。その記事で売り上げがのびることを期待しているようだった。

冊子を東京のアパートへ送るか、こちらへ送るか、訊ねてきたので、千紗子はアパートへ送ってもらうことにした。

「次の作品は楽しいお話にするわ。みんなが笑顔になる絵本をつくりたいの」

物音がしてふり向くと、久江のワゴン車が庭にはいってくるのが見えた。千紗子は編集者にまた連絡するといって電話を切った。

いつものように縁側に腰かけた久江に、千紗子は冷たい麦茶を出した。久江は麦茶をひと口飲み、心配そうな顔を千紗子に向けた。

「あの子のようすはどう?」

「ここの暮らしが気に入ったみたい。わたしのこと、ほんとの母親だと思って、慕《した》ってくれてるわ」

「そう」あまりうれしくもなさそうに、久江はうなずいた。「で、ケガの具合は?」

「傷も腫れもだいぶよくなって、元気にしてる。心配ないとは思うんだけど、念のため、脳の検査だけはしてもらおうと思ってるの」

「あの子の健康保険証、申請してないんでしょ？」

「とりあえず実費で診てもらうわ」

久江はうなずいた。「そうね。いまヘタな嘘ついて、ボロが出たらヤバいもんね」

「時期をみて、こっちに住民票を移そうかと思って。そのときに、戸籍がないからって言って、あの子のこと相談してみようかと思ってるの」

「そうだね。東京よりこっちの役所のほうがいいかもね。そのときは、あたしからも保健課の職員に、それとなく言っとくよ。そのほうが疑われなくてすむでしょ？」

「ありがと。助かるわ」

「あの子、いまどこにいるの？」

「工房であのひとと一緒にいる」

「だいじょうぶなの？」

「心配ないわ」千紗子は、久江を安心させるように微笑んだ。「うちの呆《ぼ》け老人はわたしの子だと思ってるから」

「呆け老人だなんて、そういう言い方しないで、素直にお父さんって言いなよ」

「あのひともわたしも、おたがい親子だなんて思ってませんから」

「まったく」久江はため息をついた。「ねえ。あの子、家族の写真が見たいとか言わないの？」

「いまのところはね。もし言われたら、そうねえ、火事でぜんぶ焼けて何も残ってないとか、うまくごまかすわ」

「お話をつくるのはプロだからねえ」

「なにそれ、嫌味？」

「そうじゃないわよ」

久江はしばし考えこんでから、「そのほうがいいのかもしれないね」と言った。

「あの子にとっても、あなたにとっても。それに、おじさんにとっても」

「あのひとにとって？」

「子どもと触れ合うのは、いい刺激になるのよ。認知症の進行を遅らせることもあるらしいよ」

千紗子はあまり興味なさそうに相槌《あいづち》をうった。

「おじさん、まだ思い出さないの？　あなたのことも純くんのことも？」

千紗子はうなずいた。「そのほうが助かるわ。拓未のことで弁解しなくてすむし」

「いま描いてる絵本の、主人公の名前だっけ」

「あの子にぴったりの名前でしょ」

「このまま記憶が戻らなきゃいいんだけど」

「戻らないわよ。ぜったい」

「ほんとは不安なんでしょ」

「そんなことないわよ」

　千紗子は笑ってごまかしたが、図星だった。心のなかには常に不安があった。朝、拓未が目覚めたときはもちろんのこと、少しでも拓未の姿が見えなくなると、そのあいだに記憶を取り戻したのではないかと、顔色をうかがってしまうのだ。

「とにかく、外に出かけるときは気をつけたほうがいいわよ」久江は言った。「あの子の顔はだれも知らないはずだから、だいじょうぶだとは思うけど。油断は禁物よ」

「うん。当分のあいだ、外へはできるだけ連れて行かないようにする。病院だけはしかたないから、帽子をかぶらせて、顔を見られないようにするわ」

「それがいいわ。で、おじさんの入所が決まったらどうするの？　さっき住民票を移すって言ってたけど、このままここで暮らすつもり？」

「迷ってるの。人目につかないから、しばらくはここにいるつもりだけど、そのあとどうするかはまだ決めてない」

「そうねえ。難しいところだね」

「いっそのこと、ぜんぜん知らない土地に行っちゃおうかな」千紗子は冗談めかして言った。「仕事はどこでもできるし。北海道とか沖縄とか……」

「おじさんはどうするのよ。施設に放りこんで、あとは知らんぷりするわけ？」

「問題はその施設よ」千紗子は縁側の床板を手のひらで叩き、身を乗りだした。

「はやく決まらないと落ちつかないわ」

「そうせっつかないで。どこもいっぱいなんだから。どっちにしても、認定がおりるのを待たなきゃ」

「はやく認定がおりるようにできない？」

「無理よ、そんなこと」久江は顔をしかめた。「ほんとにもう。自分の父親でしょ？　そんなに邪険にしないの」

千紗子はほそい顎《あご》をつんと突きだした。

「それより、久江、ノート買ってきてくれた？」

「ああ、そうだったわね」久江はショルダーバッグから新品の大学ノートを取り出し、千紗子に渡した。「何に使うの？」

「ちょっとね」

千紗子は意味深長な物言いで微笑んでみせた。

その夜からさっそく、拓未は、千紗子から聞いた話をノートに記しはじめた。

かつて家族で暮らしていた街のようすや保育園の先生のこと、日曜日には家族でよく近所の公園へ行ってボール遊びをしたことなど、すべて千紗子が純と過ごした日々の想い出だったが、巧妙に脚色して拓未の存在を加え、あるいは、純のことを拓未に置き換えて、語って聞かせたのだ。

離れの部屋で文机に向かう拓未は、千紗子から聞いたエピソードのひとつひとつを、こまかく丁寧《ていねい》にノートに書いた。千紗子は拓未に肩を寄せ、たどたどしく文章を綴《つづ》る拓未を笑顔で見守った。拓未が書きあぐねている場合は口を出したが、できるだけ余計な口をはさまず、好きなように書かせた。

大切な想い出を拓未と共有しているのだという実感が、思いのほかうれしかった。拓未がその想い出の一部になっていくのだという、ある種の高揚感が千紗子の胸を高鳴らせた。過去を塗り替えることはできないと思っていたが、こうしていると、拓未となら、二人で新たな過去を築き上げていけるのだと感じられた。

純を亡くしてから、純と過ごした日々の想い出は――それがあまりにも幸福に満ちていたため――胸が張り裂けるほどつらい記憶《きおく》に変わってしまっていた。思い出すことが苦痛で、かといって、純の存在を忘却《ぼうきやく》の彼方《かなた》に葬《ほうむ》り去ってしまうことなどできず、日々の生活のふとしたことで、純との想い出がよみがえり、そのたび、甘い記憶と現実の苦痛に心が引き裂かれるのだった。

だが、こうして、拓未のために新たな過去を創りだしていると、五年前に決定的な終止符が打たれたはずの、純の命にまで、新たな息吹が吹きこまれていくような気がする。偶然の事故で出会った少年の再生が、記憶のなかの純をも再生させているのだと感じられ、心が癒されるのだ。

窓から吹きこむ夜風が心地よい、のどかな夜だった。アオバズクの鳴き声がときおり聞こえてくる。そんな静謐《せいひつ》な安らぎを壊すような物音が、とつぜん居間のほうから聞こえてきた。千紗子は驚いて立ち上がった。拓未も立とうとしたが、部屋にいるよう言いつけて、離れを出た。

孝蔵が居間の箪笥《たんす》の抽斗《ひきだし》をすべてひっぱり出し、中身を畳にぶちまけていた。居間と孝蔵の部屋を仕切る襖《ふすま》は開け放たれ、奥の部屋も荒れているのが見えた。

「ちょっと、何してるのよ」

千紗子は孝蔵を睨みつけたが、その目を孝蔵が睨みかえした。

「わしの財布がない」

「財布？」

「どこへ隠した？　さっさと言え」

「なに言ってるのよ。あなたの財布なんか盗むわけないじゃない」

「見え透いた嘘をつくな。おまえが盗んだのに決まっとる。他人の家に勝手に住みついて、金まで盗むとは、なんてひどい女だ」

「ふざけないでよ。いつなくなったの？　ねえ、最後に財布を見たのはいつ、どこで？」

「そんなこと、おぼえとらん」

孝蔵は子どものように頰《ほお》を膨《ふく》らませ、そっぽを向いた。

「ちょっとどいて」

千紗子は孝蔵を押しのけ、乱暴な動作で財布を探しはじめた。畳に散らかった服や小物をかき分け、テレビの裏や箪笥の裏、仏壇の抽斗など、居間の隅々まで調べた。

それから孝蔵の部屋にずかずかとはいり、敷きっぱなしの布団《ふとん》をめくり上げ、くしゃくしゃに丸めたメモ紙やティッシュペーパーや新聞紙を払いのけ、文机の上や脇置《わきおき》のなかを調べ、押入れを開けて、そこに突っ込まれている訳のわからない箱や本や鞄《かばん》や紙袋をかき分けた。

「これはなに？」

押入れに頭を突っ込んでいた千紗子がふり向き、孝蔵に突きつけたのは、まさしく孝蔵の財布だった。

「どこにあった？」

「リュックサックのなかよ」

「おまえが隠したんだ」孝蔵は悪びれたようすもなく言った。

「わたしが？　あなたの財布を？　あなたのリュックのなかに隠したの？」

千紗子はわざとらしく目を丸くして、できるだけ嫌味に聞こえるように言った。

「バカなこと言わないで。わたしはあなたのプライバシーを尊重してるの。だから、あなたの部屋にはできるだけはいらないようにしてるし、あなたの物にはできるだけ触らないようにしてるの。ほんとは、この汚い部屋もちゃんと掃除したいんだけど、がまんしてるのよ。それを、なによ。盗っ人呼ばわりして。どうして、そういうことが平気でできるわけ？」

しゃべっているうちに情けなさと悔しさがこみ上げ、目の奥が熱くなった。それでも孝蔵のまえで弱みを見せたくないと、千紗子は涙をこらえた。

孝蔵は憮然《ぶぜん》とした表情でそっぽを向くばかりで、謝罪の言葉も弁解の言葉もない。バカらしいと思った。こんなひとに何を言っても無駄なのだ。むかしからそうだった。わたしの想いや言葉など、このひとに届いたことなどない。

財布を孝蔵の胸に押しつけ、「首からぶら下げときなさいよ」と言った。「居間はいいから、自分の部屋だけでも、少しは片付けといてちょうだい」

　きつい口調で言い残し、千紗子は離れに戻った。

　離れの板戸を開けると、畳の上にうずくまって耳をふさいでいる拓未の姿が、目に飛びこんできた。

「どうしたの？　ねえ、拓未？」

　千紗子は拓未に駆け寄り、その背中を抱いた。小さな背中はぶるぶると震えていた。

「こわかったの？　わたしが大声を出したから？」

　拓未は答えない。耳をふさぐ拓未の手を、千紗子はそっと包みこんで耳から離した。

「もう何も心配ないのよ。おじいちゃんは病気なの。それで、おかしなことを言うから、ちょっと頭にきちゃったの。でも、もう解決したから、だいじょうぶよ」

　拓未は震えながらもうなずいた。

「おじいちゃんの病気のことは話したでしょ。おじいちゃんね、病気のせいで変なこと考えちゃうのよ」

「おじいちゃんの病気、治る？」

　拓未がようやく口を開き、千紗子はほっとした。拓未の背中を上下にさすりながら、「治らないの。残念だけど」と言った。

拓未は静かに嗚咽《おえつ》を洩らしはじめた。

「おじいちゃんのこと、心配してくれてるのね」千紗子は目頭が熱くなった。「わたし、おじいちゃんにあまりやさしくできないの。だから、そのぶん、拓未がやさしくしてくれる?」

うなずく拓未の頭を撫で、ありがと、と言った。

「拓未を見習って、やさしくするように努力するから、ねえ、お母さんのこと許してくれる?」

うずくまっていた拓未が上体を起こし、ふり向くと、千紗子の胸に顔をうずめた。

「ぼくのむかしの話、聞かせて」

「もう寝る時間よ」

「お願い……」

「しょうがないわね」安堵の笑みを浮かべ、千紗子は言った。「昼間、どこまで話したっけ?」

「公園でペットボトルのロケットを飛ばしたときの話」

「そうだったわね」

千紗子は拓未の温もりを肌に感じながら、遠い記憶をたぐり寄せ、詰しはじめた。

夜中にふたたび物音がした。それは前庭のほうから聞こえてくるようだった。千紗子は眠い目をこすり、暗闇《くらやみ》のなかで耳を澄ませた。足音のようだった。こんな家に泥棒《どろぼう》がはいるとは思えなかったが、いまの時代、何が起きても不思議ではない。千紗子はこわい気もしたが、勇気を出してようすを見にいくことにした。拓未は隣の布団でぐっすり眠っていた。文机の上に置いた携帯電話を手探りでつかみ、拓未を起こさぬよう立ち上がって、そっと板戸を開けて離れを出た。

台所から玄関のほうを見ると、戸が開いているのがぼんやり見えた。物音は家の外から聞こえている。千紗子は武器になるものを探し、包丁を手にとった。いざというとき、それでひとを刺せるとは思えなかったが、威嚇《いかく》にはなるだろう。

土間におりてスニーカーを履《は》き、足音を忍ばせて玄関へ向かう。途中で居間のほうへ目をやると、襖が開いていて、奥の部屋が暗くぼんやり見えた。掛け布団がめくれ上がっていて、孝蔵の姿がなかった。

どうやら夜中に起きだして外に出たようだ。ほっと息をついた千紗子は、包丁を靴箱の上に置いた。そのとき、素焼きの観音菩薩像と目が合った。不格好《ぶかっこう》で稚拙《ちせつ》なのに、なぜか心魅《ひ》かれる愛らしい仏像。ひょっとしたら、拓未と出会えたのは、この菩薩さまのおかげかもしれない。妙な考えが唐突に浮かび、それを笑って、外に出た。

月明かりの下、孝蔵は腰を曲げて前屈みになり、庭にならんだ仏像をあっちへこっちへと、せわしく移動させていた。しばらく眺めていると、いったん移動させた仏像をまた別の場所に運んだりしている。それは際限のない無秩序《むちつじょ》な作業に見えた。

孝蔵は額の汗を手の甲でぬぐいながら、懸命に仏像を移動させている。たとえば、木彫りの仏像と素焼きの地蔵を分けるといった、何らかの目的や意図が汲《く》み取れる配置換えならわかるが、移動させたからといって、何がどう変わったのか見当もつかない。孝蔵の頭のなかでは、何かしら秩序があるのかもしれないが、それは、彼以外の人間には推し量ることのできないものだった。

千紗子はあきれかえっていた。かつての父はひと言ひと言が理路整然としていて、どんな些細《ささい》な事柄でも理論武装しているようなひとだった。理屈では父にかなわない。かといって、感情に訴えたところで父の良識に駆逐《くちく》される。そんな悔しさと敗北感を嚙みしめた日々があった。

それがどうだ。目のまえの痩《や》せた老人は、わざわざ夜中に起きだして、息を切らし、汗水たらして、無意味な徒労をつづけている。その姿は滑稽《こっけい》で、みじめだった。千紗子は耄碌《もうろく》した父を笑い飛ばしてやろうと思ったが、逆に涙がこみ上げてきて、自分の感情に困惑してうろたえた。

そんな千紗子の手を握る者があった。ふり向くと、拓未がこちらを見上げていた。

「ぼく、手伝ってくる」

拓未はそう言うと、孝蔵のもとに歩み寄り、孝蔵が持ち上げた仏像に無言で手を添えた。孝蔵は拓未を見て、仏像から手を離した。あそこに置けと手で指図する。拓未はそのとおりにした。それから二人の共同作業がはじまった。孝蔵は現場監督よろしく、拓未に指示をあたえ、百体を超える仏像がさらにシャッフルされていく。意味があるようでないような、不思議な光景だった。やがて拓未が孝蔵に何かを言い、孝蔵がうなずいた。拓未に手をひかれ、孝蔵はようやく家のなかにはいった。

6

千紗子は午前中に拓未を町の総合病院へ連れていき、脳の精密検査を受けさせた。結果を聞くために再訪しなければならず、しかたなく予約を入れ、二人は昼過ぎに家に戻った。

帰路の車中、拓未はずっとノートを開いて、千紗子から聞いた自分の過去を暗記していた。拓未は常にノートを持ち歩き、暇さえあれば、過去を記憶に定着させようと努力している。

家に着くと、拓未は孝蔵のようすを見に、真っ先に工房へ駆けていった。工房から出てくると、両手を大きくあげて丸印をつくった。夏の陽射しのもと、拓未の笑顔はまぶしく輝いて見えた。

昼食は拓未のリクエストに応え、マクドナルドのドライブスルーで買ってきたハンバーガーとポテトだった。孝蔵はあいかわらず食べこぼし、指先についたケチャップやら塩やらを、ランニングシャツになすりつけた。

「食べ終わったら、そのシャツ脱いでね」千紗子はうんざりして言った。「新しいの買ってきたから、それに着替えてちょうだい」

せっかく町に出たので、食料や日用品を買いこんできたのだった。

「それから、あとであなたの部屋も掃除するから、さわられて困る物は目の届かないところにしまっておいてちょうだい。とくに財布は自分で持っててよ。わかった？」

　孝蔵はわしづかみにしたフライドポテトを口いっぱいに頬張りながらうなずいた。

「その意地汚い食べ方、なんとかならないの」

「ガミガミ口うるさい女だ」

　口いっぱいに詰めたポテトを吐き散らしながら、孝蔵は言った。

「ちょっと、もう、汚い。なにしてるのよ。それ、当てつけなの？　ねえ、なにが口うるさいのよ。わたしだってねえ……」

「お母さん……」

　遠慮がちな声にふり向くと、拓未が訴えかけるような目をしていた。

「いいわよ」うんざりしたように千紗子は言った「いくら食べ散らかしても、あとで拭けばいいんだから。口うるさくてすいませんでした！」

　千紗子はフィレオフィッシュを口いっぱいに頬張った。その顔を見て拓未が笑いを洩らした。拓未の笑顔につられて笑ってしまい、パン屑《くず》が口から飛びでた。

「おまえも汚い喰い方だ」

　澄ました顔で言う孝蔵を千紗子は睨みつけた。「あなたが言わないで」

　勢いこんで言ったものだから、口から食べものを景気よく吐き散らかしてしまった。

「わしより汚いぞ」

孝蔵は拓未と目を合わせて笑った。

「まったく、もう」

千紗子はもぐもぐと口を動かしながらつぶやいた。

集落の老婆がやってきたのは、孝蔵と拓未が工房へ行ってからだった。この家に来た翌日、ひとりで散歩に出かけたときに話しかけてきた老婆だった。老婆は桑野《くわの》と名乗った。皺の寄った手に、ホクチの束とスイカを提げていた。

「ほら、これ。おすそわけ」

縁側に腰をおろした老婆は、顔じゅう皺だらけにして微笑んだ。そういえば先日、ホクチのことを訊ねた。老婆はそれをおぼえていて、持ってきてくれたのだ。

千紗子は礼を言い、老婆に冷たい麦茶を出した。

「ああ、すんませんねえ。でもさ、冷たいもんは腹こわすから、遠慮しときます」

「あ、ごめんなさい。いま温かいお茶、淹《い》れますね」

「いいから、いいから。そんな気ぃ遣わんでも。そうだ、こんどお茶持ってきてやっから。近くに茶畑があんだ。谷の斜面を利用した、ひろーい茶畑がさ。そこのお茶がまた、うめぇんだあ。こんど持ってくっから、飲んでみてくだせ」

「すいません。ありがとうございます」

「うちの畑のホクチは、格別いい香りがするから」

差し出されたホクチを、千紗子は嗅いでみた。なつかしい匂いだった。母の想い出がよみがえる匂いだった。

「ほんと、いい香り。さっそく草餅《くさもち》にします」

「それがいい。で、おやじさんの具合はどうだ？」

「ちょっと呆けてるだけで、体はピンピンしてるから。食欲もあるし」

「そうかい。そりゃあいい。わしゃあもう腰も痛いし膝も痛いし。そんでも、診療所の新しい先生、亀田って言ったかなあ、あの先生のおかげでずいぶんよくなった。たいした先生だよ、あのひとは。親切だしねえ」

「うちの父もずいぶんお世話になってるんです。ほんと、助かります」

老婆は庭にならんだ仏像を眺め、「仏さまがいっぱいだね」と目をほそめた。「この家を守ってるみたいだ。しっかしまあ、器用につくるもんだあ」

「わたしも驚いてるんですよ。ここに越してきてから、はじめたみたいなんですけど」

「歳をとると、ほら、自分がどんどん仏さまに近づいてくから。わしも、もうそろそろ拝まれるようになるだろねえ。ばあちゃん長生きご苦労さまって。なんまいだー、なんまいだー」

老婆は皺くちゃな顔のまえで、手のひらをこすり合わせた。

「お元気じゃないですか。長生きしますよ」

「この歳まで生きりゃあ、べつに長生きしたいとも思わんけどの。じゅうぶんに生きたさあ。ひどい病気にもならず、なんだかんだいって健康で生きてこれたんだから、それだけでもう、ありがたいことだなあ。うちは貧乏で、なーんも贅沢《ぜいたく》はしてこんかった。畑でとれたもん喰って、たまには肉とか鰻《うなぎ》とか、いいもん喰うこともあっけど、まあ、質素に暮らしてきたさあ。それがよかったんだと思うよ。いい空気吸って、いい景色見て、のーんびりした暮らしだあねえ」

老婆の気どりのない言葉には、経済発展から取り残された集落で地道に生きてきた人間の、力強さがあった。

広い世界を知らず、巷《ちまた》に溢《あふ》れる贅沢を知らず、その知らないことをよしとする、あっけらかんとした悟りに似た諦観《ていかん》。それが、この老婆の陽気さと力強さなのだろう。こういうひとたちにはかなわない、と千紗子は思った。ホクチやスイカばかりでなく、元気までお裾《すそ》分《わ》けされたような気持ちになった。

ふと見ると、拓未が工房から出てきたところだった。千紗子は拓未を手招きし、老婆に挨拶《あいさつ》するように言った。拓未は礼儀正しく頭を下げて挨拶した。

「ほう。よくできた子だねえ。息子さんかね？」

「はい。拓未っていいます」

「そうかい。そういやあ、夏休みだからねえ」

拓未は用を足しに出てきたのだった。もういちど老婆にお辞儀をして、拓未は縁側から母屋に上がり、トイレへ駆けていった。

老婆に嘘をつくのは忍びなかったが、千紗子はしかたないと割りきった。息子がいじめで学校に行けなくなり、静養のために連れてきたのだと話した。

「しばらく、自然のなかでゆっくりさせようと思って」

こう話しておけば、夏休みの期間が過ぎて滞在していても、怪しまれないだろう。いじめのストーリーを早急に考えて、拓未にも話しておかなければいけない、と千紗子は思った。

ひとつの嘘が新たな嘘を生む。この連鎖は気持ちのいいものではなかった。しかし、もし老婆が拓未にいじめの話をしたら、つまらぬところから綻《ほころ》びができてしまう。そうした事態はなんとしても避けなければいけない。

「おやじさんもあんなだし、子どももそれじゃあ、あんたも大変だねえ」千紗子の話を信じた老婆は、同情するようなまなざしを向けてきた。「生きてりゃあ、つらいときもあっけど、いいときも来っから。つらいときは笑うといい。無理してでも笑ってると、しあわせがやってくる。そんなもんだ」

つから」

「ほんと、ほんと。そんなもんだよ。難しいこと考えねえで、いい空気吸って、うまいもん喰って、よく寝る。そんでよく笑うこと。そうすりゃ、心も体も健康にな
「そんなものですかね？」

老婆はけらけらと笑った。

トイレから出てきた拓未が、縁側の廊下の突き当たりに姿を見せた。洗面台の蛇《じゃ》口《ぐち》を捻《ひね》るようすを見ていると、老婆が言った。

「都会の子は、こういうところを珍しがるから、いっぱい遊ばせてやんなせえ。そいでも、川遊びは気をつけんと。ここの川は危険だから。知ってるかい、事故のこと？」

千紗子は顔をこわばらせた。事故のことに言及されるたび、心臓が縮む思いがする。

「仏さんもあがらずに、かわいそうなこった。ま、なんか困ったことがあったら、遠慮なく言ってくだせ」

よっこいしょ、と言って老婆は立ち上がり、拓未に手を振って、去っていった。

第四章　散り菊

1

庭の真ん中で燃え上がっていた炎は、ようやく燃えつきた。孝蔵《こうぞう》と拓未《たくみ》は四時間ほどかけて、薪や藁《わら》を追加しながら、それぞれの作品を焼いた。

はじめて野焼きを体験した拓未は、孝蔵の指示に従って、薪小屋から薪や藁を運び、燃えさかる炎の熱気に耐え、汗だくで作業をした。燃えカスとなった薪や藁を、孝蔵が火掻《ひか》き棒でかき分けると、残り火が赤く燃えるなかから、焼きあがった作品が姿を現した。それを見た拓未は、歓喜の声をあげた。

いくつかの作品は割れて壊れていた。それでも、自分が粘土《ねんど》でつくった怪獣《かいじゅう》やへんてこなオブジェが、作品として仕上がった姿を見て、感動のほうが大きかったのだろう、拓未は大声で千紗子《ちさこ》を呼んだ。

庭の煙が家のなかにはいるのを防ぐため、縁側のガラス戸は閉め切っていた。拓未の声に気づいた千紗子は、二人の作業が終わったことを知り、ようやく窓を開けることができるとよろこんだ。洗濯物を干せずに困っていたのだ。絵本の創作を中断し、千紗子は縁側からサンダルを履いて庭に出た。

煉瓦《れんが》で囲った場所は真っ黒な残骸《ざんがい》で覆《おお》われ、周囲は黒く煤《すす》けていた。そのわきに、孝蔵が取り出した素焼きの地蔵や怪獣たちがならんでいる。

「すごいでしょ、ほら」

拓未の顔は煤で黒ずんでいた。真っ黒な顔に満面の笑《え》みを浮かべ、拓未は自慢げに言った。

「ほんと、うまくできたわね。でもこれ、後片付けがひと仕事ね」

「ぼく、がんばる」

「お母さんも手伝うわ」

積極的にやりたい作業ではなかったが、拓未のためだと思えば苦ではなかった。

「お母さんも一緒にやればいいのに。楽しいよ」

「そのうち挑戦してみるわ」

「お仕事が終わったら？」首筋の汗をタオルで拭きながら、拓未が言う。

「そうね」

千紗子は曖昧《あいまい》に答え、笑ってごまかした。

「おじいちゃんに教わればいいよ」

「おじいちゃんより、拓末のほうがいいなあ」

ちらりと孝蔵に目をやったが、孝蔵は聞こえていないのか、地面に胡坐《あぐら》をかいて、焼きあがったばかりの作品をじっと見ている。

「いいよ」と拓末は言った。「ぼく、ちゃんと教えられるようになるよ」

「楽しみだわ」千紗子は拓末の頭を撫《な》でた。「さあ、とにかく水分補給しなきゃ。冷蔵庫にポカリスエットがあるから、それを飲んで、お風呂にはいって、体をしっかり洗いなさい」

「うん」

「おじいちゃんと一緒にはいって、おじいちゃんの体、洗ってくれる？　ひとりだと、体も洗わないで出てきちゃうから」

「まかせて」

拓末は孝蔵のもとに駆け寄り、腕をひっぱって立ち上がらせた。頑固《がんこ》な孝蔵も拓末には形無しのようだった。うれしいような悔しいような、そんな複雑な気持ちを抱《かか》え、千紗子は二人の姿を眺めた。

野焼きの片付けは翌日することにして、夕方、千紗子は拓未を連れて散歩に出かけた。入道雲が浮かぶ西の空はオレンジ色に染まりはじめ、夕風が涼《すず》やかに吹くなか、山あいの田畑の風景を眺めながら、二人は手をつないで歩いた。

梨畑では、梨の古木がうねうねとした枝をいちめんに張りめぐらせていた。猪《いのしし》よけの木囲いをした畑もあったが、雑に木を組んだだけの、気休め程度の囲いだった。

拓未は土の匂いが好きだと言った。これがリンゴの木、あれが栗の木だと教えると、拓未はそのたび目を輝かせた。ただの散歩でも、記憶を失った拓未にとっては、好奇心に満ちた冒険なのだろう。見るもの聞くもの、すべてを吸収しようという意志が、その瞳《ひとみ》や表情からうかがえた。拓未は知識が増えることを楽しんでいるようだった。

真っ白な紙に、ひとつひとつの物事が色鮮やかに記されていく。そのプロセスをこうして目の当《ま》たりにし、自分がその手助けをしているのだと思うと、胸が熱くなった。それは、赤ん坊が知識を獲得して成長していく姿に似ていた。拓未という存在を得たことで、千紗子は自分でも気づかぬうちに、純の誕生から成長へのプロセスを擬似的《ぎじてき》に取り戻しているのだった。

千紗子は歩きながら、拓未に過去のエピソードのひとつを話した。家族で高尾山へ紅葉を見にいったときのことだ。千紗子は、その場に拓未がいる姿をありありと想像した。拓未と手をつなぎ、その体温や汗の湿っぽさを肌に感じながら話していると、自分の作り話が本当にあったことのように思えてくる。

巨大なタコ杉に手を触れてはしゃぐ純と拓未の姿が見えた。百八段の男坂を駆け足で競争してのぼる純と拓未の姿が見えた。途中でへばり、ならんで石段に座って、こちらを見下ろして手招きする二人、茶屋であつあつのおやきを頰張《ほおば》る二人、薬王院の大本堂で肩をならべて手を合わせる二人……千紗子は心のなかに見える光景を語って聞かせ、拓未はひとつひとつのエピソードに目を輝かせた。

早くおうちに帰ろう、と拓未は千紗子を急かした。忘れないうちにノートに書き留めておきたいのだ。拓未に手を引かれ、千紗子は足を速めた。

背の高いムクゲが道端で薄紫の花を咲かせ、モンシロチョウが誘うように二人のまえをひらひらと舞い、茜《あかね》色の空にイヌワシが悠然《ゆうぜん》と舞っている。

「歩こう、歩こう、わたしはーげんきー」

つないだ手を大きく振って、千紗子は歌いだした。

「この歌、知ってる?」

拓未はかぶりを振った。

「じゃあ、教えてあげるから、一緒に歌おう」

二人はぶんぶん手を振って、大声で歌いながら家路をたどった。

玄関を開けるまえから焦《こ》げくさい臭《にお》いが漂っていた。野焼きの臭いがまだ残っているのかと思ったが、どうやら家のなかから臭ってくるようだった。

千紗子はあわてて家に駆けこんだ。臭いのもとは台所だった。空焚《からだ》きされた薬缶《やかん》が真っ黒に焦げている。急いで火を止め、流し台の上の窓を開け、勝手口の戸も開けた。それから急ぎ足で工房へ向かった。

孝蔵はいつものように作業机のまえに座り、仏像を彫《ほ》っていた。大股《おおまた》で歩み寄り、腰に手を当てて上から睨《にら》みつけるが、孝蔵は気づかぬようすで彫りものに没頭《ぼっとう》している。

「火事になるところだったのよ」

その言葉で、孝蔵はのっそりと顔をあげた。

「薬缶を火にかけたままだったわよ」

「薬缶?」

「そう。や、か、ん。薬缶でお湯を沸かそうとしたんでしょ?」

「そうだったかなあ」

「だったかなあ、じゃないわよ」千紗子は声を荒らげた。「コンロの火でぼんぼん炙《あぶ》られてたわよ。あのままだったら火事になってたわ。ちょっと、ねえ、わかってるの？」

「そんなに大きな声を出さんでも、わかっとる」

「わかってないから言ってるんでしょ」

千紗子は怒鳴《どな》り、憤懣《ふんまん》やるかたないといったふうにこぶしを握りしめた。それを

どこにぶつけようかと見まわしてから、しかたなく自分の手のひらにぶつけた。

「火をかけたら、ぜったいその場を離れないで」

「わかっとる」

千紗子はあきれて目を剝《む》いた。「なんでそんな言い方しかできないの？　素直

に、はいって言えないの？　ごめんなさいって謝れないの!?」

「ほんとに、うるさいやつだな」孝蔵は顔をしかめた。

まるで反省の色がない。暖簾《のれん》に腕押しのような徒労感を千紗子はおぼえた。

「あなたってひとは、いつもそう」やりきれない想いが胸にこみ上げた。「自分が

いつも正しいと思ってる」

「自分が正しいと思っとるのは、あんたのほうじゃないのかね」孝蔵は彫りかけの

仏像を作業机の上に投げだし、席を立った。「これじゃ、仕事にならん」

文句を言いながら歩き去るうしろ姿に向かって、「なにが仕事よ。こんなのただ

の遊びじゃないの。ばっかじゃない！」と、千紗子は怒りを投げつけた。

その言葉を無視して、孝蔵は工房を出ていった。千紗子は、孝蔵が投げだした仏像を手にとり、床に投げつけた。

顔をあげると、工房の入口から拓未が顔を覗《のぞ》かせていた。その顔は悲しげにゆがんでいた。声をかけようとしたが、拓未は背を向けて行ってしまった。

2

亀田《かめだ》の住む家は、奥平《おくひら》の診療所のすぐそばにあった。それは診療所の医師の居宅用として、町が借り受けた二階建ての民家だった。

事前に電話を入れておいたものの、夜遅く、急に訪れたことを千紗子は詫びた。亀田は笑って千紗子を招きいれた。古びた民家の居室は、男のひとり暮らしとあって、散らかっていたが、部屋のそこかしこに積まれた本の大半が医学書であることが、亀田の仕事熱心さを物語っていた。

「先生ほどの方でも、こんなにお勉強なさるんですか」

亀田が淹《い》れてくれたコーヒーを受けとりながら、千紗子は言った。

「勉学に終わりはないんですよ。とくに医学は日進月歩ですから」

千紗子は熱いコーヒーをひと口飲み、カップを座卓の上に置いた。座卓には医学書とならんで、カップラーメンの器や湯呑《ゆの》みやせんべいの袋があった。

亀田は父と同級生だから、六十代の半ば。その歳になってひとり暮らしをするのは侘《わび》しいものだろうと千紗子は想像した。父親についてはそんなこと、これっぽっちも考えなかったのに。千紗子は自分の薄情さに内心苦笑した。

「こないだ、独身だっておっしゃってましたね」

「ええ。そうなんですよ」

亀田は穏やかに笑った。

「結婚していたんですがね、子どもができなくて。それでも、夫婦二人でけっこう楽しく暮らしていたんですが、妻に先立たれましてね。乳がんでした。それがなかったら、この診療所に来ることはなかっただろうなあ」

「そうだったんですか」

よけいなことを言ってしまった、と千紗子は後悔したが、亀田は意に介するようすもなく、笑みを浮かべていた。

「ぼく、世田谷《せたがや》に住んでたんですよ。大学病院に長年勤めていたんだけど、地域医療の問題には、ぼくなりに思うところがあってね。それで、まあ、独りもんになったことだし、都会の暮らしに踏ん切りをつけました。家を売っぱらって、どうせ地方へ行くんなら故郷がいいと、ここへやってきたわけです。この借家が、終《つい》の棲家《すみか》になるんだろうなあ」

Tシャツに短パン姿の亀田は、団扇《うちわ》で顔を扇《あお》ぎながら愉快《ゆかい》そうに笑った。白衣を着ていないせいか、家でリラックスしているせいなのか、亀田の顔にいかめしさはなく、その代わりに、老いの色が濃くなっているように見えた。

「暑かったらクーラー入れますよ」

「いえ、だいじょうぶです。夜風が涼しいですから」

「じゃあ、せめて扇風機をまわしましょう。あ、そうだ、冷たい飲み物のほうがよかったかなあ」

「いえ、いいんです。あったかいコーヒー、好きですから」

「そう？　いやあ、ぼくはやっぱり気が利かないなあ」

亀田は畳を這《は》って扇風機のスイッチを入れた。千紗子は送風になびく髪をかるく払って、言った。

「こないだ、先生、おっしゃってたでしょ？　あのひととわたしのあいだに何があったのか、聞かせてほしいって。だから、お言葉に甘えて、愚痴《ぐち》を言いに来ました」

「そりゃあいい。で、こうちゃんと何があったの」

さりげなく問いかけたのは亀田の気遣いだろう。本人は気が利かないと言うが、亀田ほど気遣いのできる人間は滅多《めった》にいない、と千紗子は思った。

「なんかもう、わたし、疲れちゃって。気持ち的にっていう意味ですけど。いらいらして、どんどんあのひとにきつく当たるようになってきてるんです」

亀田はうながすように首を縦に振った。

「あのひとのこと大嫌いだけど、それでも病人なんだから、自分を抑えなきゃって思うんです。でも、それができなくて。自分がどんどんいやな人間になっていくようで……」

「そうですか」

「子どものまえでもそういう態度が出ちゃうから、せっかくいい母親になろうと思ってるのに、あの子にも嫌われそうで……なんか、どうしていいのかわからなくて……」

「あなたはやさしいひとだね」

予想もしていなかった言葉をかけられ、千紗子は戸惑《とまど》った。

「なに言ってるんですか。やさしくないから悩んでるんじゃないですか」

「そういうことで悩むというのがね、やさしい証拠だよ」

「茶化さないでください」

千紗子は少しむっとした。

「茶化してるわけじゃない。ほんとのことを言ってるだけだよ」

亀田はコーヒーをひと口すすり、あちちっ、と言って顔をしかめた。「ぼくはすごい猫舌でね。そのくせ、熱いコーヒーが好きなんだなあ」

亀田はにっこり笑った。むっとしたばかりなのに、亀田の笑顔を見ると、心がほぐれていくようだった。千紗子はコーヒーをひと口飲み、話しはじめた。

「父はとても厳しいひとでした。教師をしていましたから。教師の子だから、みんなの見本になる子にしたかったんだと思います。小さい頃は、父の期待に応えようとがんばったんです。でも、ダメでした」

「ダメ？」

「ええ。わたし、おっちょこちょいで、ヘマばかりして、勉強はできないし、ルーズなところもあるし。父をうんざりさせるようなことばかりして。じつは、わたしには兄がいたんです。赤ん坊のときに死んだんですけど。突然死です」

「そうだったんですか。それは知らなかった」

「いまは、両親がどんなにショックだったかわかります。わたしも一人、子どもを亡くしてますから」

驚いたようすで亀田が目を向けてきたが、言葉を呑みこんだのがわかった。千紗子は話をつづけた。

「たぶん父は、長男を亡くしたショックを引きずっていたんだと思います。男の子がほしかったみたいですから。生まれたときは、それはもう大よろこびしたって母が言ってました。わたしみたいな出来損ないの女の子じゃなくて、長男が生きていたらって、ずっと思っていたに違いないんです」

千紗子はため息をつき、コーヒーをひと口すすった。開け放した窓の外から、カエルの鳴き声がひっきりなしに聞こえていた。亀田は黙ってこちらを見ていた。

「わたし、漫画家になりたくて、専門学校へ行きたいって言ったんです。でも、父に反対されてふつうの大学へ行きました。母は賛成してくれたんですけど。父は、わたしばかりじゃなく、母のことも叱りました。考えが甘いと言って。けっきょく女だから、世の中のことがわかってないと思っていたんでしょうね」

千紗子は目を伏せ、マグカップの縁を指でなぞった。

「それで都内の大学へ行って、漫画研究会にはいったんです。そこで夫と知り合いました。一年上の先輩だったんです。彼と付き合って、妊娠《にんしん》しました。わたしが大学二年、二十歳のときです。これについては、ほんとに、考えが甘いとなじられてもしかたないと思います。じっさい、父にはさんざん叱られました。でも、堕《お》ろせとは言われませんでした。勝手な都合で命を奪ってしまうのは倫理にもとる、という考えでしたから。立派な考えをするひとなんです、あのひとは。いつも立派すぎて、正論すぎて、なんだか常に見下されているようで、父の顔を見るのも息苦しかった」

千紗子は窓の外の暗闇に目を向け、それからマグカップのなかのコーヒーを見つめた。

「わたしも堕ろす気なんてなかったから、大学を休学して、いったん実家に戻って出産の準備にはいりました。その頃は奥平に住んでいたんです。まだ村だった頃です。村役場の近くに家がありました。母はやさしく接してくれましたが、父はずっと冷たい態度で、口を利かないどころか、まともに目も合わせてくれませんでした。何も言われないけど、ずっと責められているんです。そういう沈黙って、ほんとにこたえるんです。針のむしろっていうか。父はそういうことをちゃんとわかっててやるひとなんです。実家にいるあいだは、息苦しくて肩身がせまかった」

千紗子がコーヒーをひと口飲むと、亀田もコーヒーに口をつけた。急かすわけでもなく、千紗子が話しだすのを持っている。よけいな口をはさまず、聞き役に徹《てっ》してくれている態度がありがたく、話しやすかった。

「父は、堕胎《だたい》は許さないけど、妊娠にも結婚にも反対の立場をつらぬきました。親に援助してもらって学業をする身分で、その本分をまっとうせずに何をしてるんだって。自立もしていなくて経済力もないのに、あとさき考えずに子どもをつくるなんて、もってのほかだと父は言いました。まったく、そのとおりなんです。父はいつも正しいんです」

　千紗子は整った顔をわずかにゆがめて苦笑した。

「父は、彼に会ってくれませんでした。わたし、結婚するまえに子どもを産みたくなかったから、おなかが目立つまえに式をあげたんです。小さな教会で。父は出席してくれませんでした。赤ん坊が生まれても、抱っこをするどころか、顔も見てくれなかった。夫にも、子どもにも、会ってくれなかったんです」

　千紗子は肩を落としたが、すぐに背筋をのばし、話をつづけた。

「出産後しばらく病院にいて、そのまま東京に戻りました。都内にアパートを借りて、新婚生活をはじめたんです。大学は辞めました。復学してまで大学へ通う意味を見出せなかったから。もともと妥協《だきょう》してはいった大学だし。母は二、三ヶ月家にいればと言ってくれたんですけど、父が許さなくて。だから、母が東京まで出てきてくれて、しばらくわたしと赤ん坊の世話をしてくれました。夫は卒業して一般企業に就職していて、新入社員だったから、研修もあって忙しい時期だったんです」

　母は、せっかくの新婚生活を邪魔してはわるいと、近くにウィークリーマンションを借り、そこから毎日かよってきてくれたのだった。

　夫と娘との板ばさみに苦労しながら、母はどちらにも気を遣って、父娘の仲を修復しようと努めていた。愚痴のひとつもこぼさず、いつも笑顔を絶やさずに、損な役回りをしてくれた。

　思えば、父とわたしは意地の張り合いをしていただけだったのかもしれない。父もわたしも、母の苦悩など考えもしなかった。亡き母への感謝の気持ちと、申し訳ないという気持ちが入り混じり、千紗子は胸が苦しくなった。

「息子は、純という名前なんですけど、五歳のとき事故で亡くなりました。けっきょく最後まで、父はあの子に会うことはありませんでした。わたしもずっと、父には会ってなかったんです。結婚してから実家に戻ったことはありません。母とはよく電話でしゃべったし、孫の顔を見るために、母はときどき東京に出てきてくれました」

「拓未くんはどうなんですか。こうちゃんは、拓未くんとも会ったことがなかったんですか」

「えっ」

　亀田の問いかけに、千紗子はあわてた。ついつい話にのめり込んでしまい、拓未のことを失念していた。ただ愚痴を聞いてもらうつもりが身の上話になり、包容力のある亀田の人柄に甘え、ありのままを打ち明けていた。

「ええ……そうなんです……」伏し目がちに千紗子は言った。

「そうですか。じゃあ、こんどのことで、彼ははじめて孫と対面したんですね」

「はい」

亀田は考えこむように腕組みをして、うなずいた。「そう考えれば、つらい病気だけど、いいこともあったということですな」

「まあ……そうですね」

「すいません、話の腰を折ってしまいましたね。どうぞ、続けてください」

「はい」

疑われてはいないようだった。助かったと思った。そして、二度とこうした失敗をしないよう気をつけなければいけないと思った。ちょっとした不注意が、命とりになりかねない。

「どこまでお話ししましたっけ？」

「ご長男がお亡くなりになったところです」

「そうでしたね」

千紗子は気を取り直して、話しはじめた。

「父は純の葬式にも参列してくれませんでした。父の理屈でいえば、それが筋を通すということなんです。生まれてくることを認めなかった存在だから、死んだからといって悲しむのは筋が通らない。そういう考え方をするひとなんです。ただ、電話はかけてきました。それでちょっとでもうれしいと思った自分が、ほんとに情けないし悔しい。わたし、父に慰《なぐさ》めてもらえると思ったんです。でも、そんなことを期待したのが愚《おろ》かでした。父は、わたしと夫を責めるために電話してきたんです。五年も無視しつづけてきたのに、わざわざそのためだけに」

「そんなことはないでしょう。事情はわからないが、そんなことをするとは……」

「先生は子ども時代のあのひとしか知らないから、そう思うんです」

千紗子が厳しい目を向けると、亀田は気まずそうに目を伏せた。「たしかに、そうですな。わかったようなことを言ってしまいました。申し訳ない」

「いいえ。わたしのほうこそ、ごめんなさい」

千紗子は感情的になってしまったことを反省した。髪の毛を払い、唇《くちびる》を嚙《か》んでから千紗子は言った。

「純は、わたしたちの不注意で死んだんです」

大きく息を吸いこみ、ゆっくり吐きだす。そのときの父との会話が思い出されて、こぶしを固く握った。

「父はそれを責めました。親としての自覚がないまま子どもをつくり、親としての自覚がないまま子どもを死なせたと非難しました。わたしたちは何も成長していないと。子どもを生み育てることが、どれほどの責任を負うことなのか真剣に考えたことがあるのか。父はそう言いました。無責任きわまりない、親になる資格などない、そう言って、わたしたちを断罪しました。わかってるんです、そんなこと……あのひとに言われなくても……」

千紗子はこらえきれず嗚咽《おえつ》を洩《も》らした。手のひらで口もとを覆い、歯を食いしばって、胸のなかをぐちゃぐちゃにかき乱す感情に耐えた。

亀田はじっと千紗子を見つめていた。安っぽい慰めの言葉などかけることなく、彼もまた歯を食いしばって、視線をそらすことなく見つめていた。

「だから、わたし、あのひとと縁を切ったんです。もう二度と父親とは思わない。そう心に決めました」

洟《はな》をすすりながら千紗子は言った。

「わるいことは続くもので、純が死んだ同じ年に、母が亡くなりました。虚血性心疾患《きよけつせいしんしっかん》と聞きました。あっけない死に方だったそうです。スーパーへ買い物に行って、そこで倒れて救急車で運ばれて、そのまま息をひきとりました。わたしは、自分がいちばんつらい想いをしてると思ってたんです。でも、そうじゃなかった。いちばんつらかったのは、きっと母なんです。最愛の孫を亡くしたうえに、夫と娘のことで心を砕き、それでもなんとか家族の傷を癒《いや》し、修復しようと悩んでいました。その心労で、きっと心臓に負担がきたんだと思います。だから、母の死の原因はわたしにもあるんです。わたし、自分がいちばんつらいんだから、慰めてもらってあたりまえだと思ってました。母につらく当たったし、ひどいことも言いました。母の気持ちなんて、考える余裕がなかった」

千紗子はハンカチを目頭に当て、それをぎゅっと握りしめた。

「母の葬式で、五年ぶりに父の顔を見ました」そう言ってから、千紗子は拓未のことを思い出し、「あ、あの……拓未は連れていかなかったんです」と、あわてて言った。

それから千紗子は真実の話に戻った。

「お葬式のときは、父もわたしも、おたがい目も合わせず話もしませんでした。まわりのひとが気を遣ってくれて、申し訳ないことをしたと思っています。それ以来、父とはずっと絶縁状態で、久江《ひさえ》から……役場の福祉課の野々村《ののむら》さんです。彼女から電話があったとき、帰らないってゴネたんです。あのひとの面倒《めんどう》をみるなんて絶対いやだって。でも説得されて、一ヶ月のがまんだと思ってここに来ました。引っ越しのときに、ハガキだけは父から届いていました。定型文が印刷されただけの、そっけないハガキでした。それで父が上山《かみのやま》集落にいることは知っていました」

千紗子は手のなかでハンカチをもてあそびながら話をつづけた。

「父が引っ越した翌年に、わたし、夫と離婚したんです。新しくアパートを借りて、ひとり……いえ、拓未を連れて、二人で暮らしはじめました。父には、離婚したことも引っ越したことも知らせていません。もう縁を切ったひとだから」

千紗子が話し終わり、しばらく沈黙がつづいた。亀田は冷めてしまったコーヒーを飲みほし、それから、おもむろに口を開いた。

「意地を張って、素直になれなくて、どんどん関係が悪化するということは、よくあることです」

そう言って、マグカップを座卓の上に置く。

「こうちゃんも意地っぱりだからなあ。でもたしかに、あいつはあなたにひどいことを言った。赦《ゆる》せないと思う気持ちはわかります。えーと、だれだったかなあ。そうそう、フランスの哲学者で、ヴラディミール・ジャンケレヴィッチという変な名前のひとがいるんですがね、そのひとがこんなことを言っています。〈赦しとは、どんな言い訳も許されない罪を赦すためにこそある〉と。いやあ、頭のいいひとの言うことは違いますなあ。これはじっさい難しいことだ。できるわけないだろうというレベルのね。だけど、ほんとにそれができる人間になれたら、きっとすばらしいだろうなあ、なんて、ぼくは思うわけです。失礼。つまらないことを言いましたなあ」

千紗子はかぶりを振った。「すばらしい言葉だとは思います。でも、わたしには無理です。赦せないことは、やっぱり赦せません。それこそ仏さまにでもならないと、無理です」

「ま、そうですすなあ」

「先生に話を聞いてもらって、気持ちが少し楽になりました」千紗子は微笑《ほほえ》んだ。

「ありがとうございました」

「いやいや。こんなことでお役に立てるのなら、いつでもどうぞ」亀田は少し身を乗りだした。「で、今日は、こうちゃん何やらかしたの？」

千紗子はため息をついてから、孝蔵が薬缶を空焚きしたことを伝えた。注意しても悪びれたようすもなく、平然としていたと話した。

「ああ、そういうの、けっこうあるんですよ」

亀田は事も無げに言った。

「認知症の患者はね、二つのことを同時にできないんです。きっと、湯を沸かしているときに、ほかのことに気持ちがいっちゃったんだなあ。そうするともう、薬缶を火にかけていることが頭から飛んじゃうんです。これからは、ガスの元栓《もとせん》を締めて出かけるようにしてください」

千紗子はうなずいた。

「それから、注意してても平然としてるってやつだけど、これも基本的には同じことなんです。二つのことを同時にできない。つまり、相手の言い分に配慮《はいりょ》しながら、自分の意見を言う。これは二つの異なる行為だから、できないんです。反省していないように見えるのは、病気のせいです。認知症の患者さんは、他人の話を聞かずに勝手なことばかり言う、わがままな人間だと思われてしまうが、そうじゃない。これはね、れっきとした病気の症状なんです」

「いいえ、あのひとはもともとああいうひとなんです」

亀田は苦笑した。

「まあ、たしかに、認知症になりやすいひとっていうのはいるんですよ。そういう意味では、こうちゃんはなりやすいタイプだな。あいつ堅物《かたぶつ》でしょ？　つまり、まじめすぎるんです。認知症はそもそも、心や体が環境の変化に対応できなくなって起きる。ぶっちゃけて言うと、マイナスの現実から逃れたい、という目的があるわけです。まじめなひとは、あれをしなければいけない、これをしなければいけない、失敗しちゃいけない、なんて、いろいろ考えて、常にプレッシャーを感じている。そういうことから解放してくれるのが、認知症です。だから、認知症は人生のプレゼントだ、なんて言うひともいます」

蚊がとまったのか、亀田は胡坐を組んだ膝《ひざ》のあたりをパチンと叩《たた》いた。

「老化によって、どうしても自分のマイナス条件が増えていく。だから、まじめなひとや目的意識の強いひと、向上心のあるひとなんかは、いまを見たくない、という現実逃避がはじまるんです。それから、そうだなあ、つらい記憶やいやな想い出があって、それを忘れてしまいたい、そのつらさから逃れたい、と願っているひとも、認知症になりやすいのかもしれません。いや、これはあくまでぼくの個人的な見解だけど。そういうひとにとっては、認知症はある種の救済になっているのかもしれませんなあ」

千紗子は目を丸くした。「救済、ですか」

「そうです。病気じたいは過酷《かこく》なものだけど、いろんな側面をもっています。彼もつらかったんじゃないのかな。でも、どうしても意地を張ってしまうんだろうなあ」

「いやだから、つらいから忘れるなんて卑怯《ひきょう》です。それで救われたと思うのは、身勝手すぎます。いくらつらくても、忘れちゃいけないことがあります。忘れることが救いだなんて……そんなの、ほんとの意味で救いだとは思いません」

純の死をひきずる千紗子を戒《いまし》め、まえを向いて生きよう、と言った夫の顔が浮かんだ。純のためにも、ぼくたちのためにも、それが大事なんだ、と言った夫の面影《おもかげ》をふり払うように、千紗子は眉間《みけん》に皺《しわ》を寄せて頭を振った。

「あなたも、とてもまじめなひとだね」亀田は、千紗子の心を真綿で包むようなやさしい声で、言った。「とても誠実なひとだ」

「あのひとと似てるなんて言わないでくださいね」

「親子というのは難しいなあ。ぼくは子どもがいないから、よくわからないけど」

「都合のわるいことは忘れて、都合のいいことだけおぼえてるんですよ。ほんと、頭にきちゃう」

「認知症はもともとそういうものです。いらない部分から順に消えていく。そのいらない部分というのは、本人が嫌っていることなんです。好きなことの記憶が書きこまれている脳の部分は、最後まで萎縮《いしゆく》しない。それはつまり、まだ自分を失っていない証拠です。都合のいいことだけおぼえている状態というのは、じつは、好ましい状態なんです。好きなものまで忘れるようになったら、末期だと覚悟してください」

千紗子は、孝蔵に財布を盗んだと疑われた話をしたが、「それは物盗《ものと》られ妄想《もうそう》といって、代表的な症状のひとつですよ」と、驚いたようすもなく言われ、拍子抜《ひようしぬ》けした。

「よくあることなんですか」

「ええ、よくあります」

「認知症の患者ってみんな、ひとを泥棒だと思うんですか」

亀田は笑って首を振った。

「財布を盗まれるというのは、大事なものが失われてしまう不安や焦りを象徴しているんです。彼らは、依存したいという想いと、それを拒絶する攻撃性の、相反する気持ちで心が引き裂《さ》かれています。老いていろんな能力が失われても、自尊心はありますから。物盗られ妄想は、このアンビバレンツを見事に解決します。もっとやさしく労《いた》わってほしいとすがる気持ちと、なんでそんなふうに扱うんだ、許せない、という怒りを、同時に表現できる。だから、とても重宝《ちょうほう》な妄想なんです。解決法としては、できるだけ家族のなかで居場所をつくってあげて、役割をあたえるようにする。そういうことが安心感につながって、しだいに落ちついてきますよ」

孝蔵が夜中に、庭の仏像を意味もなく動かしていた話をすると、亀田は〈夜間せん妄〉だと言った。心の底にある不安が、唐突に浮き上がって、異常な行動を誘発するのだという。亀田は思案げな顔になり、これからもいろいろ問題が起きてくるだろうと言った。

「戸惑うことが多くなると思いますが、いつでも相談してください。ひとりで抱えこんじゃいけませんよ」

千紗子は礼を言って頭を下げた。

「どうです？　明日、釣りにでも行きませんか」

暗い気分を払拭《ふっしょく》するように、亀田は笑みを浮かべ、陽気な声で言った。

「釣り、ですか」

「診療所、明日は休みだから。みんなで行きましょう。ぼくと、千紗子さんと、拓未くんと、こうちゃん。四人でね。道具はみんなのぶん用意しますから」

「でも、釣りなんてしたことありませんから」

「拓未くんもそう言ってたなあ。ぼくが教えてあげるから、ぜひ行きましょう。拓未くん、きっとよろこびますよ」

拓未がよろこぶと言われては、断ることができなかった。

3

ふと目をあけると、布団《ふとん》の上に座る拓未のシルエットが見えた。夜中なのか、夜明けに近いのか、千紗子にはわからなかったが、部屋は暗く、窓から仄《ほの》かに射しこむ星の光が、拓未の姿を浮き上がらせていた。

拓未は布団の上に正座していた。まどろみながらぼんやり見ていると、拓未が自分の頬を平手で何度もぶっているのだと気づいた。千紗子はあわてて起き上がった。

「何してるの、拓未！」

拓未の手首をつかみ、その顔を正面から覗きこむ。暗くて表情がよく見えなかったが、彼が目を伏せていることがわかった。

「ねえ、拓未。どうしたの？　何をしてるの？」

拓未が寝ぼけているのだと思った。いやな夢でも見たのだろうと思った。

「ごめんなさい」と拓未は言った。「オネショ、しちゃった」

拓未の布団に手を這わせると、たしかに濡れていた。

千紗子は拓未に顔をあげるように言い、暗いなかで、その瞳をまっすぐ見つめた。暗闇《くらやみ》に慣れた目は、拓未の表情を判別することができた。怯《おび》えた表情だった。緊張で体を硬直させている。拓未の両肩にそっと手をのせ、揉《も》みほぐした。

「だからって、自分を傷つけることはないのよ」千紗子はやさしく言った。「ごめんなさいって謝ればいいの。自分で自分を傷つけちゃ絶対ダメ。わかった？」

拓未はうなずいた。

「もう二度と自分をぶったり傷つけたりしないって約束できる？」

拓未は再びうなずいた。

「ほんとに？」

「はい」

「わるいことをしたり、失敗したら、ごめんなさいって謝るの。それがいちばん大切なことなのよ。あなたが自分を傷つけたって、だれもよろこばない。もし、よろこぶひとがいたら、そのひとが間違ってるの。いい？　わかる？」

「はい」

「ただ、ごめんなさいって言えばいいわけじゃない。心から反省して、ごめんなさいって謝るの。拓未、それができる？」

「はい」

「だったら、ちゃんと謝って」

　拓未は、はい、と返事をして、正座をした膝に両手を置き、頭を下げた。

「ごめんなさい。ほんとに……ごめんなさい」

「よしっ」千紗子は彼の頭を撫でた。「ちゃんと謝ったから許してあげる」

「いいの？」

「もちろんよ。ちゃんと謝ったひとは、許してあげないといけないの。そうやって、ひとは心を通じ合わせていくものなの。わかった？」

「はい」

「じゃあ、着替えちゃおうか」

千紗子は文机《ふづくえ》の上の携帯電話をとって、時刻を見た。そろそろ夜が明ける頃だった。今日は朝早くから釣りへ行く予定だった。そのまえに、四人分の弁当をつくっておかないといけない。二度寝をすると起きられなくなるので、このまま起きることにした。

「着替えたら、お母さんの布団で寝てていいわよ。いまタオル絞ってくるから、ちょっと待っててね」

千紗子は立ち上がり、脱衣場へ向かった。

あの歳になって夜尿《やにょう》をすることは、まずない。記憶を失った状態というのは、思ったより深い困惑《こんわく》と精神的負担になっているのかもしれない。そう思うと、拓未が不憫《ふびん》だった。そして、ふと、孝蔵のことが頭をよぎった。孝蔵もまた、拓未と同じような混沌《こんとん》のなかで、苦しみ喘《あえ》いでいるのかもしれない。「自業自得よ」と千紗子はひとりごち、孝蔵への想いを思考から締めだした。

千紗子は、拓未と孝蔵を車に乗せて診療所へ向かった。それから亀田の運転する車のあとについて、鹿見川《しかみ》の上流へ向かった。釣りの場所は鹿見川の支流だった。

亀田は、地元のひとにイワナ釣りの穴場を教えてもらったらしい。得意げに笑う彼の表情は、まるで子どものように無邪気だった。遊漁券はもう買ってあるから心配いらない、と亀田は言ったが、そもそも千紗子には遊漁券の意味がわからなかった。亀田に教えられ、釣り堀でなくても対価が必要なのだとはじめて知った。

亀田は持参した釣り竿に餌《え》をつけ、千紗子たちに渡した。孝蔵は竿を受けとると、ひとりで勝手に釣りをはじめたが、千紗子と拓未は、亀田から釣りの方法や餌のつけ方を教わり、亀田の指導で岸から竿を振った。

「そうそう。拓未くん、うまいなあ」と亀田は笑った。「千紗子さんはもっと上流のほうへ竿を振って。川の流れと同じスピードで、釣り糸を下流へ動かしていくんですよ。もう一回やってみてください」

川の流れは穏やかで、なだらかな浅瀬だった。川幅もそれほど広くなく、両岸の岩肌の上には、背の高い木々が生い茂っている。降り注《そそ》ぐ木洩《こも》れ陽《び》に川面がきらめき、涼やかな川音に混じって、頭上から鳥のさえずりが軽やかに聞こえている。

「見てのとおり水深は浅いんですが、ところどころ深みがありますから。川にはいるときは足もとをよく見て、気をつけてくださいよ。それでね、そういう深みに魚が潜《ひそ》んでいますから。釣り糸を垂らしてみてください」

二人が慣れるまで、亀田は自分の竿を振らず、あれこれと世話を焼いた。

千紗子は何度も針を底石や倒木にひっかけ、背後の枝にひっかけてしまうこともそのたび亀田は笑いながら釣り糸を切って、新しい仕掛けを結びつけた。

拓未も何度か針をひっかけたが、コツをつかむのは早かった。

千紗子がある程度慣れたところで、「藪《やぶ》のほうへ行ってみるか」と、亀田は拓未を誘った。

「この仕掛けはね、ちょうちん仕掛けといって、初心者向きの仕掛けなんだが、じつは藪の下で威力を発揮するんだ。こいつは短い仕掛けだから、藪が覆ってるようなところに向いてるんだよ。それで、これはここだけの秘密なんだが」

亀田は役者ぶりを発揮して、いかにも特別な秘密を教えるといったふうに声を潜め、拓未の耳もとに口を寄せ、もったいぶった口調で言った。「藪の下にはね、大物が潜んでいるんだよ」

「ほんとに？」拓未は目を輝かせた。

「さあ、いっちょデカいやつを釣り上げにいくか」

「うん」

拓未ははしゃいだ声をあげた。その笑顔は、夏の陽射しを照り返す川面よりも輝いているように見え、千紗子は目をほそめた。

「じゃあ、あの藪のあたりまで移動しますから、千紗子さん、すいません、こうちゃんのこと見ててくれますか」

認知症の老人をひとりで残しておくわけにもいかず、千紗子はしぶしぶうなずいた。ふり向くと、孝蔵は大きな岩のあいだの窪《くぼ》みに針を沈めていた。

「お母さん、競争しよう」と拓未は言った。「ぼくのほうが先に釣り上げるからね」

拓未は千紗子に手を振り、亀田とともに川岸の草むらを歩いていった。上流へ移動しながら、二人はときどき立ち止まり、白く泡立つ瀞《とろ》のなかや、土手の下、倒木の陰などへ針を落とした。

拓未は素足にサンダルを履《は》いていたので、サンダルを脱いで川にはいり、長靴を履いた亀田とともに、川のなかほどで深みへ竿を振った。うれしそうに顔をあげ、亀田に向かって何事かしきりに話している。連れてきてよかった、と千紗子は思った。そして、誘ってくれた亀田に感謝した。しばらくして二人は川岸に戻り、上流のほうへ歩いていった。

小さくなっていく二人の姿を眺めながら、ふと、戻ってきたときには、拓未が記憶を取り戻しているのではないかと不安になった。二人について行きたい気持ちに駆られたが、どうにか抑えた。こんなことでいちいち不安になっていては、精神的に参ってしまうし、この先、まともに拓未と暮らしていけない。だいじょうぶよ、と無理して微笑み、スニーカーと靴下を脱いで、川に足を踏みいれた。

清流の冷たさが心地よかった。照りつける陽射しの暑さと水の冷たさの差が、爽《そう》快感《かいかん》をもたらした。千紗子は竿を持っていないほうの手で水をすくい、首筋を濡らした。それから孝蔵へ視線を向け、しかたないといったふうにため息をつき、水を撥《は》ねながら歩み寄った。

そういえば、幼い頃家族三人で川釣りをしたことがあった。すっかり記憶の底に沈んでいた想い出が、とつぜん浮き上がった。父に釣り方を教えてもらったような気がする。それがとてもうれしかったような気がする。父は笑っていただろうか。わたしは笑っていただろうか。たぶん、そうなのだろう。先ほどの拓末と亀田の姿が脳裡《のうり》に浮かんだ。あんなふうに、笑っていたのだろうか。

孝蔵は川に突き出た大きな岩の上に胡坐をかいて、岩と岩のあいだの窪みに針を沈めていた。千紗子は彼の横に立ち、すっかり薄くなった白髪や、肉の落ちた肩を見下ろした。孝蔵は首にタオルをかけ、白いランニングシャツを着ていた。シャツの肩甲骨のあたりに汗が染みている。

「千紗子は今頃、どうしているだろうなあ」

川面を見つめたまま孝蔵がぽつりと言った。予想もしなかった唐突な言葉に、千紗子は啞然《あぜん》とした。

「かあさんが、もし先に死んだら、わしはどこか山ん中にでも引っ越すよ。ひっそり暮らして、ひっそり死ぬ。でもまあ、あんたは元気だから、きっとわしより長生きするなあ」

　ぽちゃんと音がした。目を向けると、川面のハリスが小刻みに揺れている。孝蔵はそれに気づいていないようだった。千紗子は声をかけようとして、ためらった。

「なあ、かあさん」のんびりした口調で孝蔵が言った。「ずいぶん、あんたには苦労かけたね。もうわしのことはほっといてくれていい。けっきょく、わしは何も残せなかったよ。何も……」

　ハリスの揺れはやんでいた。魚は逃げてしまったらしい。千紗子は、皺の寄った孝蔵の横顔を見つめた。孝蔵は焦点の定まらぬ目を川面に向けていた。

「釣れたよ！　お母さん！　ぼく、釣れた！」

　後方から拓未のはしゃいだ声が聞こえ、ふり向くと、川岸をこちらへ駆けてくる拓未の姿が見えた。彼は立ち止まって、大きく手を振った。千紗子も笑顔で手を振りかえす。

「ねえ、はやく来て！　大きいやつだよ！　イワナだよ！　ぼくが釣ったの！」

　まるで歌うような軽やかな声が、緑濃い山あいに響いた。

「おじいちゃんをひとりにできないの。拓未、こっちに持ってきて見せて」

「わかった！　すぐ持ってくる！」

　拓未は言うがはやいか背中を向け、駆けていった。

千紗子は身を屈《かが》め、孝蔵の肩にそっと手を触れた。「拓未が魚を釣ったの」孝蔵の耳もとに口を近づけて言う。「大きなイワナを釣ったんだって。ねえ。一緒に見てやってくれる？」

ふり向いた孝蔵は、不思議そうな顔をしていた。戸惑ったまなざしで見つめてくる孝蔵に、千紗子が微笑むと、孝蔵は竿を置き、のろのろと立ち上がった。


その夜は、亀田をうちに招き、釣果《ちょうか》で夕食をこしらえた。魚をさばくのは、千紗子より亀田のほうが手馴れていた。

拓未が釣った体長三十センチほどのイワナは、亀田が刺身にした。亀田はそれよりも大きな、四十センチ以上もあるイワナを釣り上げていたが、すぐ川に放したのだった。亀田が言うには、あまり大きなイワナは食べても美味《おい》しくないらしい。亀田は、酢飯に刺身をのせてイワナ寿司もつくった。定番のイワナの塩焼きや唐揚げ、千紗子が工夫したムニエルなど、ご馳走《ちそう》が食卓にならんだ。

亀田はさすがに釣り人だけあって、さまざまな料理の仕方を知っており、千紗子がはじめて食べる料理もいくつかあった。

亀田はどんな部位も無駄にしなかった。剝《は》ぎとった皮は、ペーパータオルでぬめりや水分をとり、ひと口サイズに切って、唐揚げ粉をまぶして油で揚げた。カリッと揚がったイワナセンベイは絶品で、ひと口で拓未の大好物になった。イワナの卵と白子《しらこ》は、そのまま酢と醤油《しょうゆ》であえた。三十分ほど寝かせるのがコツだと亀田は言ったが、これも美味だった。胃袋は塩をふってモツ焼きにした。大人がよろこんだのは骨酒《こつざけ》だった。イワナを丸ごと素焼きにして深皿に入れ、熱燗《あつかん》を注ぐのだ。

　四人は居間で食卓を囲み、ご馳走と美酒に舌鼓《したづつみ》を打った。孝蔵はあいかわらず意地汚い食べ方で、気に入った料理は皿ごと抱えこんで――みんなで分け合って食べるという協調性を完全に無視して――がつがつと口いっぱいに頬張った。やたらに食べこぼしながら、むさぼり喰う孝蔵の姿を、亀田も拓未も笑顔で見守った。千紗子もしかたなく、笑ってやり過ごした。

「まだ魚は残ってるから、食べたい料理があったら、いくらでもつくってやるぞ」

　亀田は拓未の頭を乱暴に撫でながら言った。

「いやー、こうしてみんなでうまいもん喰って、うまい酒を飲むっていうのは、至福のよろこびですなあ」

　亀田は快活に笑ったが、ひとり暮らしのむさ苦しい部屋を目にしていた千紗子は、その笑顔の奥にある侘しさをおもんぱかった。

「あ、そうだ。千紗子さん。玄関の靴箱の上にある仏像のこと、こうちゃんから聞いてますか」

「仏像？」

「ええ、靴箱の上にあるでしょ。へんてこな観音菩薩像」

はじめて見たとき心魅《ひ》かれた、あの不格好《ぶかっこう》で稚拙《ちせつ》な仏像のことを言っているのだ。千紗子は、いいえ、とかぶりを振り、骨酒をひと口飲んだ。

「あれはねえ、奥さんが亡くなって、ここへ越してきて、こうちゃんがはじめてつくった作品だそうです」

笑顔がゆるやかに後退し、亀田はしみじみとした表情になった。

「八重子《やえこ》さん、でしたね？　お母さんの名前。あれは、八重子さんの遺骨を混ぜて、素焼きにした仏像なんですよ」

千紗子の箸《はし》を持つ手がとまった。孝蔵に目を向けると、拓未が取ろうとしたイワナセンベイを横から奪い、すばやく口に放りこんだところだった。「もう、おじいちゃん」と拓未は声をあげたが、怒っているようには見えなかった。

「なあ、こうちゃん」亀田が孝蔵に呼びかけた。「玄関の仏さまだけど、あれは何でつくったんだったかなあ？」

「土だ」

食卓にならんだ料理を真剣な目で見まわしながら、孝蔵は言った。

「土だけじゃないだろ？」

「命」

孝蔵の視線が固定された。どうやらイワナの唐揚げに狙いを定めたようだった。

「命？」と千紗子はつぶやいた。

「おじいちゃんがまえに言ってた」拓未が自慢げに口をはさんだ。「土はね、命が生まれて還《かえ》るところなんだって。だから、土をこねる作業は命をこねる作業なんだって」

「おじいちゃん、そんなこと言ってたの」

千紗子は拓未を見て、それから孝蔵に目を移した。孝蔵は唐揚げに箸をつけたが、うまくつかめず苦戦していた。

「なあ、こうちゃん。あんた、奥さんの遺骨を仏像に混ぜたんだろ？　ぼくに話してくれたじゃないか」

「なんの話だ？」

箸で取るのをあきらめた孝蔵は、手で唐揚げをつかみ、亀田に視線を向けた。

「わしに女房がいるなんて、いまはじめて聞いたぞ」

苦笑する亀田を怪訝《けげん》そうな目で睨んでから、孝蔵は唐揚げを口に入れた。

亀田は孝蔵によく話しかけた。反応のわるかった孝蔵も、腹が満たされたからか、料理への執着がなくなり、亀田との会話に身を入れた。とくに、子ども時代の想い出話には反応がよく、認知症患者とは思えないほどのスムーズな会話をした。

孝蔵は小学生の頃の記憶を、細かなことまでおぼえていた。

近所のだれそれという友だちがザリガニのハサミで指をはさまれて泣いただの、川で溺《おぼ》れそうになった亀田を助けた話だの、近所のだれそれというおじさんをからかった話だの、田んぼの畦塗《あぜぬ》りやしろかきを手伝わされた苦労話だの、山の雑木を鋸《のこぎり》で切り倒し、冬越し用の薪を集めた話だのと、つい昨日の出来事のように、淀《よど》みなく話すのだった。

孝蔵にとって亀田はいまも、幼い頃のかめよしのままなのだろう。いまここにいる自分と当時の自分が、頭のなかで混在しているのだ。だが、いまここにいる孝蔵は、虚《うつ》ろでぼやけた現実味のない存在でしかなく、遠い過去の鮮明な記憶のなかに生きている。そんなふうに千紗子には見えた。

だがその過去も、やがて孝蔵の手からこぼれ落ち、最後には何も残らなくなってしまう。(何も残せなかったよ。何も……)昼間、川で聞いた孝蔵の言葉がよみがえった。千紗子は胸の痛みを笑顔でごまかし、得意げにウインクしてみせる亀田にうなずいてみせた。

「たいしたもんでしょ?」と亀田は言った。「古い記憶はね、けっこう忘れずに残ってるものなんですよ」

「今日は何月何日だ」唐突に孝蔵が言った。

亀田がそれに答えると、孝蔵はいつのまにか手にしていた新聞紙に目を落とした。拓未がテーブルをまわりこんで、孝蔵の肩口から紙面を覗きこんだ。

「仏像の写真が載ってるよ」

どれどれ、と言って亀田が腰をあげた。千紗子も紙面を覗きこむと、県内の博物館で開催される仏像展の広告が目にはいった。

「おじいちゃん、観に行きたいの？」

拓未の言葉に、孝蔵は紙面を見つめたままうなずいた。

「ダメよ」あわてて千紗子は言った。

「行こうよ。おじいちゃん、よろこぶよ」

「どうせ行ったって忘れちゃうんだから、意味ないわよ」と千紗子は言ったが、亀田がそれをやんわりと否定した。

「そんなことはないんですよ。エピソード自体はたしかに記憶から消え去る。でもね、そのエピソードにまつわる感情は蓄積されるんだ。楽しいことは、脳にとってよい刺激になります。だから、できるだけ楽しい思いをさせてあげてください」

「ほら、先生もそう言ってるんだし、行こうよ、ねえ、お母さん」

拓未にそう言われては、無下に撥ねつけることができなかった。人目のある場所に拓未を連れていくのは極力避けたかったが、しかたないと肚《はら》をくくった。

「わかったわ。連れてってあげる」

拓未は声をあげてよろこんだ。「よかったね、おじいちゃん。連れてってくれるって」

「子どもにねだられると、千紗子さん、イチコロだなあ」

亀田も拓未も笑っていたが、孝蔵はしげしげと新聞に見入るばかりだった。

最後に、ホクチを混ぜた草餅《くさもち》をみんなで食べ、ささやかな宴《うたげ》はお開きとなった。

孝蔵は腹が満たされているだろうに、むさぼるように草餅を四つも食べた。母がつくった草餅の味を、そのなつかしい匂いを、父の心がおぼえているのだろうかと、口いっぱいに草餅を頬張る孝蔵を見つめながら、千紗子は思った。

亀田は電話で運転代行業者を呼び、ほろ酔い気分で帰っていった。今日は楽しかった、今日は楽しかった、と亀田は何度も言い、土産《みやげ》に渡した草餅を大事そうに抱えて手を振った。千紗子と拓未は庭に出て亀田を見送った。車のライトが見えなくなると、二人は手をつないで母屋《おもや》に戻った。居間の畳の上で、孝蔵は鼾《いびき》をかいて眠っていた。


さっそく翌日、千紗子たちは仏像展へ出かけた。

早いほうがいい、と拓未が千紗子を急かしたのだ。拓未はわがままを言えるほど、臆《おく》することなく自分の意見を言えるようになった。それだけ心を開いてくれたのだと千紗子はよろこんだ。

拓未はまた、少しずつ自信をつけているようでもあった。

自分が否定されるべき存在ではないことを、心から受け入れられている存在であることを、日に日に自覚しているようだった。拓未は、自分が愛されていることを感じている。親の愛情で満たされ、甘えているのだ。そのせいか、痩《や》せぎすだった体に少し肉がついてきて、血色もよくなった。このまま、わたしたちは本当の親子になれる、と千紗子は思った。そしてまた、そうなれるよう強く祈った。

博物館に着いてしばらくのあいだ、孝蔵は緊張しているようだった。見知らぬ場所に身を置き、動揺しているのがわかった。落ちつきなく目を泳がせ、座っていても貧乏揺すりをして、絶えずそわそわしていた。少しでも千紗子や拓未の姿が見えなくなると、あからさまにうろたえた。

陳列された仏像を眺めているうちに、孝蔵は落ちつきを取り戻していった。気に入った仏像のまえでは、いくら千紗子が急かしても、テコでも動こうとしない頑固さを見せるまでになった。千紗子と拓未はわざと隠れてみたが、二人の姿が見えなくなっても、孝蔵は平気で仏像に見入っていた。

この展覧会には、奈良時代から江戸時代までの、一木彫《いちぼくちょう》の名品が集結していた。一木彫とは、その名のとおり、一本の木から仏像の全身を彫ることで、孝蔵が普段やっている彫り方だった。

会場には、国宝や重要文化財に指定された仏像も多く陳列されていて、仏像に興味のない千紗子でさえ、その精巧《せいこう》で厳《おごそ》かな佇《たたず》まいと、木材とは思えない生々しい質感に、感嘆の声を洩らした。

年寄りばかりが来ているのかと思ったが、意外にも若い男女の姿が多く、会場は賑《にぎ》わっていた。

はしゃいでやってきたものの、子どもの拓未にはつまらないだろうと思っていたが、意外にも、拓未は孝蔵に負けないくらいの熱心さで仏像に見入った。千紗子には二人ほどの熱心さはなく、ひととおり見終わったところで、会場内のベンチに腰を下ろし、肩をならべて仏像を鑑賞する二人のうしろ姿を眺めた。

まるで本当のおじいちゃんと孫のようだった。あの二人はなぜか気が合うのだなと思った。記憶の欠如《けつじょ》という共通項が、無意識に二人の心を結びつけているのだろうか。いや、それだけではない感情の機微《きび》が、二人のあいだにあるような気がした。千紗子は複雑な心境に陥《おちい》った。うれしいような悔しいような、つらいような癒されるような。

千紗子は、自分の感情をつかめぬまま二人を見守った。そして、かつてあんなふうに肩をならべていたであろう、自分と父の姿を思い描いた。唐突に目頭が熱くなり、バッグからハンカチを取り出して洟をすすった。そして微笑んだ。心地よい時の流れに、千紗子は身をゆだねていた。

帰りの車中、孝蔵は上機嫌だった。よほどうれしく、感動したのだろう。彼はめずらしく饒舌《じょうぜつ》だった。隣に座る拓未に顔を向け、仏像の話を次々と語って聞かせた。

たとえば、結跏趺坐《けっかふざ》で座っている仏像は〈座って冷静に考えよ〉と諭していて、半跏趺坐《はんかふざ》は〈一度とりあえず行動を起こせ〉、立像は〈すぐ決断せよ〉、立像のなかでも片足をまえに出しているものは〈積極的に行動せよ〉と、姿勢で教えが違うのだとか、仏像は指を曲げたりのばしたりしているが、それは、ひとつひとつの指に仏の名称が決まっているからだとか、印相《いんそう》というものがあって、指のかたちと手の位置の組み合わせによって、意味が違ってくるのだとか、そうした説明を、手足を使いながらこまかく語るのだった。

拓未が孝蔵の話を熱心に聴き、質問をするものだから、孝蔵はどんどん興が乗り、道中会話がやむことはなかった。後部座席の二人の会話に、千紗子はときおり口をはさむ程度だったが、それでも、和《なご》やかな会話を楽しんだ。

家に近づいた頃、孝蔵はとうとう話し疲れたのか、ようやく会話が途切れた。外はすでに暗く、山々は夜の闇に沈んでいた。車内は、心地よい疲労感と静けさに包まれていた。その静けさに染みいるような、か細い声で、孝蔵がふと口ずさんだ。

「歩こう、歩こう、わたしはーげんきー」

しわがれた声で歌いだしたのは、子どもの頃、千紗子がよく大声で歌っていた、お気に入りの歌だった。

おぼえていたんだ……そう思ったとたん、胸に熱いものがこみ上げた。

父がこの歌を歌ったことなど、一度もなかった。家のなかで歌っていると、顔をしかめた父に、「家のなかで大声を出すんじゃない」と叱られたものだった。その歌を、いま父が口ずさんでいる。

どうして歌えるの？　あの頃、わたしの歌をいつも耳にしていたから？　だから、おぼえているの？

「……くものす、くぐってー、くだりーみーちー」

孝蔵は一番を歌いきった。二番を歌いはじめたとき、そのしわがれた声に、千紗子の声が重なった。

「歩こう、歩こう、わたしはーげんきー」

嗚咽をこらえているせいか、千紗子の声も少ししわがれていた。

「……みつばちー、ぶんぶんー、はなばたけー」

歌っているうちに、千紗子の顔に笑みが広がっていった。

「……ひなたにとかげー、へびはひるねー」

変な歌詞だと思った。おかしくておかしくて、いっそう笑いがこみ上げてきた。

「……ばったがとんでー、まがりーみーちー」

歌うほどに、元気になってくるようだった。あの頃もそうだった。この歌を口ずさんでいると、意味もなく元気になったのだった。

「歩こう、歩こう、わたしはーげんきー」

孝蔵はまだ歌っている。先日の散歩でおぼえたばかりの拓未も、声を合わせて歌いはじめた。三人の合唱が、せまい軽自動車のなかに響いた。

「歩くのー大好きー。どんどんいっこぉおーっ！」

4

千紗子は家の裏手で摘んだノアザミを花瓶《かびん》に活け、靴箱の上の菩薩像の横に置いた。それから朝食の支度にとりかかった。

孝蔵と拓未は、二人そろって阿弥陀堂《あみだどう》へお参りに行き、裏庭でトマトを捥《も》いで戻ってきた。孝蔵に昨日の疲れは残っていないようだった。千紗子がトマトを切っているあいだに、拓未がお供《そな》え用の水を替えて仏壇《ぶつだん》に運び、孝蔵が線香に火をつけた。

「お母さん、用意ができたよ」

「はーい。いま行く」

千紗子はエプロンで手を拭いて居間へ行き、三人ならんで仏壇に手を合わせた。それから拓未に手伝ってもらって、朝食を居間へ運び、三人で食べはじめた。トーストとスクランブルエッグ、それにトマトときゅうりのサラダだった。

千紗子と拓未は、楽しかった昨日の気分が残っていて、朝食を食べながら仏像展の話をした。笑いながら語らう二人の姿を、孝蔵はむっつりした顔でちらちら眺めた。パン屑《くず》を食べこぼしながら、黙々と食べつづける。

「ねえ、おじいちゃんも楽しかったでしょ?」

話に乗ってこない孝蔵に焦《じ》れて、拓未が言った。孝蔵は拓未を一瞥《いちべつ》しただけで、ぷいとそっぽを向いてしまった。

「さっきもね、阿弥陀堂へ行くときに、昨日の話をしたんだけど、おじいちゃん知らん顔して黙ったままで、何も言ってくれなかったの。だから、話すのやめたんだ」

「ああ、あれを取ってくるの忘れた」とつぜん孝蔵が言った。

「なに？」と千紗子が訊ねた。

「あれだ、あれ。あのー、ほら、いろいろと、テレビのやつとかニュースとか……」

「ああ、新聞ね。あとで取ってきてあげるわ」

「ねえ、おじいちゃん。あの十一面観音菩薩立像って、すごかったね。頭の上に、ちっちゃな顔がいくつもあってさあ」

孝蔵はいきなりテーブルをばんっと叩いた。食器が揺れ、千紗子と拓未は驚いて息を呑んだ。

「そうやって、二人でグルになってわしを騙《だま》そうとしても、そうはいかんぞ」鼻息荒く、孝蔵は言った。「嘘ばかりならべおって。わしをバカにするな！」

「嘘じゃないよ」泣きそうな顔で拓未が言った。「昨日、一緒に行ったじゃない？」

「わしは行っとらん。そうやってごまかして、行かずにすませようって魂胆《こんたん》だろ？ 見え透いた嘘ばかり、よくもしゃあしゃあと……」

「違うよ。ちゃんと行ったんだよ」拓未は信じてもらおうと、懸命になっていた。「ほら、帰りの車で歌を歌ったでしょ？　二人で歌ったでしょ？」

拓未は歌いはじめたが、すぐに孝蔵がそれを制した。

「食事中に歌など歌うな」怒鳴るような激しい声で言う。「まったく行儀のわるい。なあ、あんた。一体どういう教育を子どもにしてるんだ」

孝蔵の目は千紗子に向けられた。千紗子はその目を睨みかえし、「この子のことをわるく言うのは、わたしが赦しません」と言った。

朝の食卓はたちまち険悪な空気に満ちた。孝蔵はふんっと鼻を鳴らし、立ち上がった。

「まだ残ってるわよ」

「いらん」

土間のほうへ向かう孝蔵に、千紗子は呼びかけた。「ちょっと待って。お薬呑まなきゃいけないでしょ」

孝蔵はその言葉を無視し、サンダルをつっかけて玄関から出ていってしまった。しょんぼりとうなだれる拓未に、千紗子は声をかけた。

「ほら、そんな顔しないの。おじいちゃん、病気だからしかたないのよ。悪気があって言ってるわけじゃないから」

「わかってる。でも、あれだけ楽しかったのに、すっかり忘れちゃうなんて、なんか、すごくかわいそう」

「そうね。でも、そのことは忘れても、そのときの気持ちは残るって、亀田先生が言ってたでしょ。それを信じましょう」

「うん。いい先生だもんね」

「とってもいい先生よ」

「ねえ、お母さん」千紗子は驚いて拓未を見つめた。「ぼく、少しずつ思い出してるよ」

その言葉で、千紗子は顔をあげた。拓未は驚いて拓未を見つめた。

まさか、そんな……記憶が戻りはじめているというのか。胸の鼓動《こどう》が早鐘《はやがね》を撞《つ》くように速まった。だが、そうであれば、こんなふうに無邪気に笑っているのはおかしい。一体どういうことなのか、と千紗子は困惑した。

「思い出してるって……何を思い出してるの？」

千紗子は恐る恐る訊ねた。自分の声が少し震えているのがわかった。

「あのノートを読んでると、そのときの光景がなんとなく思い浮かぶんだ。ほんとだよ。なんとなくだけど、ぼくがそこにいたって思えるんだ」

千紗子はほっと胸を撫でおろした。

そして、手応えを感じた。拓未の無垢《むく》な心によって、嘘が真実に変わりはじめている。新しい想い出が古い想い出を駆逐し、根付きつつある。それはまるで奇跡を見るようだった。いま目のまえで、奇跡が起きている。わたしは、それを目撃しているのだ。

「あのノートを読んでると、ぼくね、そのときの楽しかった気持ちになって、すっごく楽しくなる。だから、何回読んでも飽きないんだ。あのノートはぼくの宝物だよ」

拓未とわたしは本当の親子になりはじめている。そしてきっと、このままずっと親子でいられる。澱《おり》のように心の底に溜《た》まっていた不安が溶け、安堵感《あんどかん》がじわじわと胸に広がった。千紗子は満面の笑みを浮かべた。

「まだ楽しい想い出がいっぱいあるから、少しずつ話してあげる」

「ありがと」拓未は少し照れたように微笑んだ。「ぼく、ぜんぶおぼえる。それで、もうぜったい忘れない」

千紗子は手をのばして拓未の頰を撫でた。

「さあ、食べちゃいなさい」

「うん」

拓未は大きな口をあけ、トーストに齧《かじ》りついた。

午後になって亀田がやってきた。千紗子と拓未が庭に出ると、亀田は開口《かいこう》一番、仏像展はどうだったかと千紗子に訊ねた。どうやら、それが気になっていたらしい。千紗子は、孝蔵が仏像展に満足したことを話し、今朝の出来事も話した。

「あなたたちの心遣いは、しっかり彼の心に残っています。そして、彼をしあわせにしている。支えているんです。それを忘れないでください」

「ほんとにそうでしょうか」ため息まじりに千紗子は言った。「嘘ついてごまかしてるって、テーブルをばんって叩いて。すごい剣幕《けんまく》だったんですよ」

「認知症患者は常に不安な状態にいます。だから、被害妄想になりやすいんですよ。自分自身でさえ信じられないのに、他人を信じるなんてできないでしょ？　いろんな能力が失われて、簡単なことさえできなくなって、自分がバカになっていくように思える。どうしても、自己否定的になりますから、他人にも否定されているように感じてしまう。これはしょうがないんです。だから、バカにされてるんじゃないか、ごまかされてるんじゃないかと疑ってしまう」

亀田はハンカチで額の汗を拭いた。

「そういうマイナスの感情は表に出やすい。カッとして爆発してしまう。でもね、まえにも言ったように、うれしかった、楽しかった、ありがとう、というプラスの感情はあるんです。ただ、なかなか表に出てこないだけでね。ちゃんと彼の心に蓄積されていますから、気を落とさないでください」

「そう言われても、手応えがないっていうか、そういう気持ちが伝わってこないと、うんざりしちゃう」

千紗子は腕組みをして、ため息をついた。亀田のスクーターにまたがって遊んでいた拓未が、話に割りこんできた。

「おじいちゃんに楽しい想いをいっぱいさせてあげようよ」

その声で、千紗子と亀田は拓未に目を向けた。

「先生はお医者さんなんだから、先生の言うことはきっと正しいよ。お母さん、それを信じなきゃダメだよ。おじいちゃんの心が楽しい気持ちでいっぱいになるように、ぼくたちでいろいろしてあげようよ」

にこやかに言う拓未の姿は、頭上から降り注ぐ夏の陽射しよりもまぶしく、きらきら輝いているように見えた。ほんとにまぶしい子だ、と千紗子は思った。

「さすがは拓未くん。よくわかってるなあ」

亀田が拓未の額を指で小突き、拓未は照れくさそうに笑った。

「あ、そうだ」と亀田が声をあげた。「こんど夏祭りがあるんですよ。どうですか、みんなで行きませんか」

「行きたーい！」

拓未が手をあげ、千紗子は微笑んでうなずいた。

「あいつ、お祭りが大好きだったんですよ、子どもの頃」

「ぼくも大好きだよ」

「そうか。じつはおじさんも大好きなんだ」

「わたしも」と千紗子が手をあげた。「お祭りは大好きよ」

5

神社のまわりには露店がひしめき合い、家族づれや子どもたちや浴衣《ゆかた》姿の男女で賑わっていた。通りの両側には提灯《ちょうちん》が吊《つ》るされ、オレンジ色の灯明《とうみょう》の帯が鳥居までのびている。人々の笑い声や露店主の呼びこみの声に混じって、太鼓《たいこ》や笛の音が境内から聞こえている。

孝蔵をよろこばせるためにやってきた祭りだったが、いちばんはしゃいでいたのは拓未だった。彼は千紗子の言いつけに従って野球帽を目深にかぶっていたが、それを気にするようすもなく、千紗子の手をひっぱり、人波をかき分けて、あちこちの露店を覗きこんでは目を輝かせた。

「やりたいものがあったら、なんでもしていいわよ」

「ほんとに？　いいの？」

千紗子はTシャツの襟元《えりもと》を団扇で扇ぎながら、うなずいた。こんなことなら帰省の荷物に浴衣を入れてくれればよかったと思ったが、こうした展開になるとは予想もしなかった。うれしい誤算だった。心のなかで拓未に、そして亀田に感謝した。

「何か食べたいものがあったら、なんでも買ってやるぞ」

孝蔵を連れて追いついてきた亀田が言った。

「あら、いいわねえ、拓未くん」と笑ったのは久江《ひさえ》だった。

久江は千紗子の誘いに応じ、息子の学《まなぶ》を連れてきたのだ。

「ねえ、かあちゃん。おれは？」

つっけんどんな言い方だが、期待に満ちた目で学が言った。小学三年生だが、身長は久江とほぼ変わらない。がっしりした体軀で、いかにもやんちゃ坊主といった男の子だ。

「あんたはがまんしなさい」

久江にぴしゃりと言われると、学はふくれっ面《つら》をして舌を出した。

そんな学に、「おじさんがついてるから、遠慮はいらないぞ」と、亀田が胸を張って言った。

学は「やったーっ」と声をあげ、うしろからのしかかるように拓未の肩に腕をまわした。拓未は驚いて身をすくめたが、なにやら学に耳打ちされると、困惑した顔が笑顔に変わり、二人は肩を組んであちこちの露店を物色しはじめた。

「こら、勝手に行かないの。迷子になっちゃうわよ」

久江は苦笑を浮かべ、千紗子に顔を向けた。千紗子は笑みを絶やさず二人の子どもを見守っていた。拓未は学にひっぱられるようにしてくじ屋のまえに行き、店頭にならんだエアガンを覗きこんでいる。

「もう兄貴分気どりなんだから」あきれたように久江が言う。「ほんと、調子いいんだよね」

「ううん。助かるわ。あの子、ひっこみ思案なところがあるから」

「すっかり親の科白《せりふ》だね」

「だって、母親なんだもん」

久江は千紗子の背中をどんっと叩いた。「まあ、しっかりやんなさい。あたしはもう何も言わない」

「ありがとう、久江」

「やめてよ。お礼を言われるようなことなんて何もしてないよ」

久江はふり返り、亀田と孝蔵がついて来ているか確認した。千紗子もふり返ると、二人は三メートルほどうしろをゆっくり歩いてきていた。

同い年なのに、孝蔵のほうが十ほども老けて見えた。前屈《まえかが》みで地面を摺《す》るような歩き方は、見ていて危なっかしい。亀田もそれを承知しているらしく、通行人に気を配りながら、いざというときには手を貸せるように、ぴったり孝蔵に寄り添っている。千紗子と久江は立ち止まって、二人が追いつくのを待った。

孝蔵は、落ちつきなく周囲を見ていた。その目は、戸惑っているようでもあり、目にはいるものすべてに心を動かされているようでもあった。孝蔵はいま、子ども時代に戻っているのだろうか。亀田やほかの子らと連れだって訪れたであろう、遠い日の祭りの夜に、さまよい込んでいるのだろうか。現在と過去が混在した奇妙な世界のなかで、彼は何を思い、何を考えているのだろうか。千紗子は孝蔵の心に思いを馳せた。

「ねえ、亀田のおじちゃん。くじ引いていい？」

くじ屋の店先にいた学が、ふり返って声をあげ、亀田は「いいぞ」と手をあげた。

「ひとり一回ずつだよ」久江が言うと、「はーい」と学が不満そうに返事をした。

亀田が代金を払おうとするのを断って、それぞれの親が支払った。二人はくじを引き、二人ともハズレだったが、ハズレでももらえる景品のエアガンに満足したようすで、さっそく箱から出して撃ち合いのまねをはじめた。

「こらっ。ひとにぶつからないように気をつけなさい」

久江の注意におざなりな返事をして、ときどき通行人にぶつかりながら、二人は撃ち合いをつづけた。学が撃たれて負傷したポーズを大げさにしてみせると、拓未もまねをし、二人は声をあげて笑った。拓未は目深にかぶった野球帽が邪魔になってきたようで、ひさしに手をかけて持ち上げたり、いったん脱いでかぶり直したりした。

「帽子、かぶってて蒸れるんじゃないかなあ」と亀田が言った。「夜だし、帽子はいらないいんじゃないですか」

「いいえ、だいじょうぶです」思わず強い口調になってしまった。千紗子はあわてて笑顔で取り繕った。「あれはいつもの癖《くせ》なんです。帽子をかぶってないと、あの子、落ちつかないんです」

そうなんですか、と亀田は笑った。不審には思っていないようだ。千紗子は安堵の息をついた。横目で久江を見ると、苦笑する顔があった。

大人たちも子どもらと一緒に、射的や輪投げやヨーヨー釣りに興じた。孝蔵は意外な射的の腕前をみせ、みなの賞賛を浴び、自慢げな顔をした。千紗子は何をやってもダメで、子どもらからさんざん悪態をつかれた。亀田もまるで子どもに戻ったようにはしゃいでいた。リンゴ飴《あめ》を齧り、みなでたこ焼きやお好み焼きを分けあった。拓未と学は、一個の綿菓子をまるで競争するように両側から齧り、チョコバナナやベビーカステラやフランクフルトを次々に食べ、ラムネで流しこんだ。

神社の境内では櫓を組んで盆踊りをしていた。櫓《やぐら》の上では、法被《はっぴ》姿の男が大太鼓を打ち鳴らし、櫓から四方に張られた提灯の下で、老若男女が入り交じって炭坑節を踊っている。

亀田は孝蔵と子どもたちを連れて、その輪に加わった。拓未は最初恥ずかしそうにしていたが、悪のりをして踊る学につられ、けらけら笑いながら踊りはじめた。孝蔵は黙々と踊っていた。おぼつかない足どりだったが、体が踊りをおぼえているのだろう、なかなか堂に入った姿だった。亀田は、孝蔵や子どもたちに目を配りながらも、笑顔を絶やさず踊っている。

そんな四人の姿を眺めているだけで、千紗子は涙がこぼれそうになった。これまでの五年間、悲しみの涙ばかり流していた。そして、それは涸《か》れることがなかった。だが、この土地に来て、拓未と出会い、亀田と出会い、孝蔵や久江と再会して、悲しみ以外の涙がこみ上げてくるのだった。

「久江、ありがとうね」嗚咽をこらえ、千紗子は言った。

「なにが?」

「久江が電話してくれたから、説得してくれたから、いまこうして、ここにいる」

「あれ? なんか感動的になってたりする?」

照れくさいのだろう、久江は茶化して笑い、千紗子を肘《ひじ》で小突いた。千紗子も肘で小突き返し、二人は顔を見合わせて笑った。

「楽しそうね、あの子。あんなに笑って」目をほそめて久江が言った。

「学くんのおかげよ」

久江は境内の隅の桜の木にもたれかかった。ときおり吹く夜風が、提灯をわずかに揺らしている。

「えっ？」

「事故でケリがついたらしいよ」

「事故で処理されたって」

「そう……」

子どもに缶チューハイを飲ませて笑っていた犬養安雄《いぬかいやすお》の姿が目に浮かんだ。わざとらしく泣きまねをした犬養真紀《まき》の姿が目に浮かんだ。膝にのせた子どもを殴り倒し、睨みつけてきた安雄のまなざし、その巻き舌でドスの利いた声、豹変《ひょうへん》した真紀に襟首をつかまれた恐怖……それらが次々によみがえった。

「あたしたちも踊ろうか」久江が言った。

「うん、踊ろう」

二人は駆け足で踊りの輪にはいった。千紗子は見よう見まねで踊った。笑顔で見上げてくる拓未の顔があった。はちゃめちゃな踊りをする学の姿があった。亀田の笑顔が、久江の笑顔があった。陶酔《とうすい》したように無心に踊る孝蔵の姿があった。父がこんなに踊りが好きだったなんて、はじめて知った。千紗子はその発見をうれしく思った。

やがて、踊り疲れた孝蔵を、亀田とともに両側から支え、千紗子は境内の隅のベンチに腰をおろした。孝蔵は、提灯の明かりに煌々《こうこう》と照らされた踊りの輪を、うす暗い境内の隅から見つめていた。

拓未と学が金魚すくいをやりたいと言いだし、孝蔵を亀田にまかせて、千紗子と久江は子どもたちに付き添った。

金魚すくいの露店は鳥居のすぐわきにあった。鳥居をはさんで道の両側に露店がひしめき合うなか、学と拓未は人混みをかき分け、金魚が泳ぐ水槽のまえにしゃがみこんだ。千紗子が二人合わせて十回分の代金を払い、二人は〈ポイ〉と呼ばれるすくい網と椀《わん》を受けとり、水槽に身を乗りだして獲物を物色しはじめた。

さっそく学が狙いをつけて金魚をすくったが、勢いこんで乱暴にすくったため、紙が真ん中から破れた。「あーっ！」と声をあげて学が頭を抱える。それを見て拓未がくすくす笑った。学に肘でつつかれても、拓未は笑いつづけた。

「へたくそだねー、あんた」

背後から覗きこんでいた久江が言った。

「もっと、そーっと水に浸けなきゃダメよ。それから、ポイには表と裏があんの。

よく見てごらん。紙が張ってあるほうが表だから。表のほうですくわないと、すぐ破れちゃうよ」

「えーっ、どっちが表？」

「新しいポイ、貸してごらん」

学からポイを受けとった久江は、二人に見えるように持ち、表と裏の見分け方を教えた。

「いい？　ポイを水に入れるときは、斜《なな》めにして、いっきにぜんぶ水に浸《つ》けるの。いっきにって言っても、そーっとだよ。乱暴にしちゃダメ。それから、金魚を追いかけちゃダメ。網の上に来たやつを、さっとすくう。わかった？」

「オッケーッ！」

学は声をあげたかと思うと、すぐにポイを水に浸け、前回とまったく同じ失敗をした。

「えーっ！　なんでーっ」

「なんでー、じゃないよ。あんた、ぜんっぜんできてないじゃない」久江がうんざりした顔で言う。「ひとの言うこと、ちゃんと聞きなさいよ。いっつも言ってるでしょ。ほんと、もーっ、バカなんだから、あんたは」

「おれはバカじゃない、アホでんねん」

おどけて言う学に、久江は苦笑した。

いい親子だなと千紗子は思った。あの夜、あたしと学を助けて、と言って、草地に土下座した久江の姿がよみがえった。

もしあのとき、その懇願を拒否していたら、この久江の笑顔も、学の笑顔も、そして拓未の笑顔もなかったのだ。正しい選択だったのかどうかはわからない。でも、自分が選択した結果にいま、よろこびを感じている。

おっちょこちょいの学とは好対照に、拓未は慎重すぎるほど慎重だった。慎重になりすぎて、少しずつポイを水に浸けるものだから、すぐに紙が破れてしまった。帽子のひさしが邪魔でよく見えない、と拓未が言いだし、しかたなく千紗子は帽子を受けとった。

拓未は真剣そのものだった。久江の指導を熱心に聴き、忠実にやろうと努力するのだが、失敗がつづいた。拓未が金魚をすくい損ねたり、ポイの紙が破れてしまったりするたび、千紗子は声をあげて天を仰いだ。背後から、拓未の肩を揉んだり叩いたりして励ました。隣に立つ久江が、そんな千紗子をしみじみとした目で見た。

「なんか、もうほんとの親子だね、あんたたち」

千紗子の耳元に口を近づけ、久江がささやいた。千紗子は黙ったままうなずいた。

　拓未はコツをつかんだのか、続けざまに三匹、金魚をすくい取った。千紗子は大声を出してよろこび、拓未の肩を乱暴に叩き、久江とハイタッチを交わした。

「すっげーっ！　タクちゃん、すっげーっ！　なんで？　えーっ、なんで？」

「なんで？　じゃないわよ。あんたも、ちょっとは言われたとおりにやってごらんよ」

「やってるよ、おれ」

「やってないから！」

　拓未はそのあとも一匹すくい取り、つづけて大きな黒出目金をうまくすくい上げた。ちょうどそのとき、横で金魚すくいをしていた若い男がよろけて拓未の肩にぶつかり、拓未は椀に入れるはずの出目金を水槽に落としてしまった。

「あーっ！」と声をあげたのは学だった。「もったいねー」

　浴衣姿の彼女と来ていた男は、あわてて拓未に謝った。彼女にいいところをみせようとして、はりきりすぎたのだ。

「ごめんね、坊や」男は言った。「せっかく大きな出目金をすくったのに、ぼくのせいだね。ほんと、ごめん」

　頭を掻き、ぺこぺこと頭を下げる。

「そうだよ、おじちゃん」と喰ってかかったのは学だった。「おじちゃんのせいなんだから、弁償してよ！」

「こらっ、マナブ」

久江がたしなめると、学は「だって……」と不服そうにつぶやいた。

「弁償しますよ。ほんとに、ぼくのせいだから」男は露店主に目を向け、「すいません、あの黒出目金のでかいやつ、幾《いく》らで譲ってくれますか？」と言った。

男は露店主と交渉をはじめようとしたが、それを止めたのは拓未だった。

「ぼく、自分でとるから」

「いや、だって……」

「自分でとりたいから」きっぱりと、拓未は言った。

「ああ……そう」

それなら、と言って、男は、拓未のために五回分の料金を露店主に支払った。千紗子はそれを止めようとしたが、男は金を払い終え、五枚のポイが露店主から拓未に渡された。

「すいません」と千紗子は男に言った。「なんだか、逆に気を遣わせたみたいで」

「いえ、いいんです。ぼくがわるいんですから」

男はさわやかな笑顔で言い、彼女にウインクしてみせた。それから男は気合を入れ直して、金魚すくいをはじめた。

拓未は男からもらったポイのうち三枚を学に渡した。

「お、サンキュ！　タクちゃん」学が調子よく言う。

「お、拓未くん、調子はどうだ？」

声の主は亀田だった。ふり向いた拓未は、亀田を見上げ、自慢げに微笑んだ。

亀田は拓未にうなずいてから千紗子に顔を向けた。「こうちゃんが少し疲れたみたいなんだ。そろそろ帰りませんか」

「ちょっと待ってよ、まだ終わってないんだから」

抗議の声をあげたのは学だった。

「それが終わったら帰るわよ」

久江の言葉に、学は「へーい」と不満げに答えた。

最終的に拓未は二十匹近く金魚を獲得し、その半分を学に譲った。学も彼なりに上達し、自力で三匹の金魚をすくい上げた。金魚を入れたビニール袋をうれしそうに提げた二人を連れて、千紗子たちは駐車場へ向かった。

拓未と学は、歩きながらエアガンで撃ち合いのまねをしてはしゃいだ。すっかり二人は友だちになったようで、千紗子は子どもたちの姿に目をほそめた。

孝蔵はそわそわと落ちつかないようすで、まるでだれかを探すように、行き交う人々の顔を眺めていた。見知らぬひとたちに対しても、千紗子たちに対しても、孝蔵は同じようなまなざしを向けるのだった。それは戸惑っているような、問いかけているようなまなざしだった。一体あなたたちは何者で、この世界はどういう世界なのか。その答えを求めていながらも、答えなど得られないとあきらめているような、そんな混沌としたまなざしだった。

6

千紗子が孝蔵の日記を見つけたのは、それから数日後だった。散らかり放題の孝蔵の部屋を掃除している最中だった。千紗子はできるだけ孝蔵の部屋に手をつけないようにしていた。泥棒呼ばわりされるのがいやだったこともあるが、孝蔵なりに秩序があるらしく、放り出してあるだけとしか思えない物でも、片付けてしまうと、それがないことでパニックを起こしてしまうのだ。だが、このところ、孝蔵の部屋の散らかり具合は急速にひどくなり、放置していられない状態になっていた。

新聞紙やメモや服や下着や本ばかりでなく、どこから拾ってきたのか訳のわからない布切れや菓子袋、空き缶などのゴミのほか、よその家の盆栽《ぼんさい》まで、いつのまにか部屋に置いてある。夜中に出歩いて持ち帰っているらしいのだ。布団に縛りつけておくわけにもいかず、千紗子は頭を悩ませていた。
大きなゴミ袋を抱え、畳の上に散乱したゴミを放りこんでいく。盆栽は持ち主がわからないので返しようがなく、とりあえず庭先に置くことにした。新聞紙や広告紙をまとめてビニール紐《ひも》で結わえ、国語辞典や広辞苑や仏像関係の本などは、文机のわきに積んだ。畳の上から詩集を拾い上げたとき、栞《しおり》がはさんであるページをふと開いてみた。そこに書かれている詩に、千紗子はなにげなく目を落とした。

雪はひとたび　ふりはじめると
あとからあとから　ふりつづく
雪の汚れを　かくすため

純白を　花びらのように　かさねていって
あとからあとから　かさねていって
雪の汚れを　かくすのだ

千紗子は詩集を閉じ、文机の上に置いた。
たまたまこのページに栞がはさまっていただけなのか、あるいは、意図的にはさんだのか、わからない。もともと国語教師だから、詩にも関心のあるひとだった。それだけのことだろうと思った。

だが、もしも、この詩にあるような、欺瞞的《ぎまんてき》な自己に対する嫌悪《けんお》を、父が抱いているのだとしたら……千紗子はそれ以上考えるのをやめた。それでも、雪の上に雪が積み重なってゆく光景は、心の深い場所に留まり、消えそうになかった。

千紗子は拓未のことを思った。拓未に嘘をつきつづけている自分自身を思った。拓未の心に純白の雪を降りつのらせているいまの自分を、この先も、あとからあとから降りつのらせるであろう自分を、思った。

その想いを断ち切って、部屋の掃除をつづけた。

文机の上に散らばったメモを集めながら、何が書かれているのか、ざっと見ていった。乱雑な字で、阿弥陀堂へお参りにいくこと、阿弥陀堂の場所、トマトを裏庭で三人分捥ぐこと、畑の手入れをすること、毎朝薬を一錠《じょう》呑むこと、その薬がどこに置いてあるかなど、日常のこまごましたことが走り書きされていた。

〈サトヤタクミ〉と書かれたメモがあった。その文字の横には、子どもが描いたような稚拙な似顔絵が描かれている。

千紗子はメモ紙を束ねて文机の端に置いた。そのとき、文机と脇置《わきおき》のあいだのわずかな隙間に、一冊のノートがはさまっているのが見えた。

脇置の三段ある抽斗《ひきだし》はすべて引き出されたままで、溶けて変形した飴玉がガス料金の領収書にへばりついていたりした。抽斗のなかの整理はあとまわしにして、脇置を少し横にずらし、落ちていた大学ノートを拾い上げた。

そのノートは孝蔵の日記だった。どうやら、診療所で亀田に認知症だと診断されたときから、物忘れ対策のためにつけはじめたようだった。そこには、単なる備忘録としてのメモばかりでなく、困惑や苦悩を吐露《とろ》する書きこみもあった。千紗子はいつしか掃除を忘れ、畳に座りこんで日記を読みふけった。

最初のうちは、角ばった孝蔵の字で、いかにも教師らしく理路整然と、日々の出来事が詳細に記述されていた。

徘徊《はいかい》したときに感じた混乱や恐怖のこと。亀田との突然の再会に驚いたこと。問診で〈改訂長谷川式簡易知能評価スケール〉というテストを受けたとき、亀田が自分をバカにしているのではないかと憤慨《ふんがい》したこと。そのバカらしい質問にまともに答えられなかった自分に驚愕《きょうがく》し、恥辱《ちじょく》を感じたこと。亀田が足しげく家に来てくれること。亀田の人柄に触れて感謝の念を抱いたこと。亀田に車のキーを取り上げられて腹が立ったこと。亀田に連れられて町の総合病院へ行き、ＣＴやＭＲＩやＳＰＥＣＴの検査を受けたこと。検査の結果、脳の萎縮や血流の低下が判明し、正式にアルツハイマーと診断されたこと……。

日に日に物忘れがひどくなる苛立《いらだ》ちや、ふたたび徘徊してしまうのではないか、という恐怖が記され、このままでは他人の世話にならないと生きていけなくなる、という不安が綴《つづ》られていた。醜態をさらし、他人の世話になってまで生きたくない、と孝蔵は記していた。ましてや、娘に面倒をかけるわけにはいかない——

わたしのことで、これ以上、千紗子にいやな思いをさせたくないのだ。

その一文をしばらく見つめ、千紗子はページをめくった。

はじめのうち、日記は毎日書かれていて、翌日にすべきことが細かく列記されていた。孝蔵は毎朝、この日記を見てから行動していたのだろう。やがて、日記は日をあけて書かれるようになる。おそらく、日記の存在じたいを忘れる日が出てきたのだろう。この頃から、文章がしだいに雑になり、誤字や脱字も目立ちはじめている。

娘が来ることを亀田から知らされたときの記述が、千紗子の目をひいた。娘が来たらどんな顔をして、どう言葉をかければいいのか……孝蔵は赤裸々《せきらら》に困惑を綴っていた。そして、千紗子を驚かせる記述が次のページにあった。

それはおそらく、千紗子がこの家にやってきた日の、夜に記されたものだった。

あの日、千紗子が工房へ行くと、孝蔵は仏像を彫りつづけながら、どなたかな？

と言ったのだ。どこかでお会いしましたかな？　とも言った。その反応を見て、認知症だから娘のことも忘れてしまったのだと千紗子は判断した。

しかし――

娘にうそをついてしまった。娘と目を合わせる勇気も、こえをかけてやる勇気も、もち合わせていなかった。それ以上に、娘が来てくれたことを素直によろこぶ勇気を、わたしはもち合わせていなかった。なんとおろかでよわい人間なのだろう。思うえば、今まで娘を無ししつづけてきたのは、つまり、自分のよわさから目をそうらせてきただけのことだったのだ。

この記述に引きつづいて書かれた内容は、千紗子をさらに驚かせた。千紗子は何度も、その箇所を読みかえした。

純の出産のとき、わたしはしゅく福してやらなかった。娘が自分の思うぃとおりにそだってくれなかたので腹を立てていたのだ。妻にもいさめられたが娘をゆるすことができなかった。意地になて結婚式にも出ず、娘につらい思いをさせたしまった。千紗子がわたしをきらうのは無理もない。けれどあの子はわたしのために来たくれた。わたしのために。千紗子にいらぬ苦ろうはかけたくない。だが正直に言えば、そばにいてほしい。娘がはなれていってしまうことに、たえられる自信がない。わたしはこどくというものにたえる力を、急そくに失いつつあるのだろう。わたしはこんなにもよわくもろい人間だったのか。

この日を境に、日記を記入する間隔がさらに開き、文章の読みにくさも増していった。それでも千紗子は、崩れて乱れた字体をなぞるように読み進んでいった。

この日きには、あの女がわたしのむすめだと書いてある。あの女がわたしのむすめ？　わたしはそれをついさい近まで知てたというのか？　わからない。わたしにほんとうにあたまがどうかしまっているようだ。じぶんのきおくさえ当てにならないら、わたしが何ものかをかく信する手かかりなどないではないか。

あの女はいったいだれだ？　なぜわたしの家にいる？　わたしのざい産をうばうとしているのか？　気をつけねば。

お手伝いさんがいるというは楽なものだ。だができるかぎりじぶんでやらないと病気がしん行しまうので気をつけるべし。

あの子どもはとても頭がいい。せいかくも素直でよし。だれの子かしらないが、なぜかわたしになついている。うれしことだ。

こんなものよみ返しても、なにひとつよみかえてくるものがない。じぶんで書いたことにちがいないようだが、わたし目しんのことと思えない。いいや、ここに書いてあるきじゅつじたいが、あたまのおかしくなたわたしの、たたのもうそうでしかないのでないか。わからない。なにひとつ、たしかにわかったと思えるものがない。

そもそもわたしは、いったいなにものなんだ？　わたしがだれであるかわたしはかたることかできない。わたしがだれであるかをあかすすべを、わたしは知らない。運天めんきょしょうやけんこう保けんの名まえを見ても、それが今ここにこうしているわたしと同じわたしであるとはおもうえない。あんなものクソのやくにもたたないかみ切れ。あんなものにわたしという主たいはない。だれかにおしつけれたき号のようだ。わたし目しんがそれを全しん全れいをもてうけ入れられない。まるで犬のかんさつのようだ。

じがとはなんとむなしくたよりないものか。じがにこうでいし、がをとおしつつけてきたじぶんはなんとおろかだたのか。じがなどとるにたらない。わたちたちはただのつながりなのだ。おやから子へ、子からまごへとみゃくみゃくとつながていくながれの一ぶにすなない。それをじかくするけんきょさがこれまてわたしになかた。わたしはたたごうまんだた。にん知しゅうにならなければそれにきづかぬまま人せいをおえたこだろうそうかんかえれば、このやまいになたのもしゅくごうというもかもしれない。

そのうちからっぽになるのだるうな。わたし目しんがわたしのからにげだしていくようだ。すっからかんのからっぽになて、はやくきえたなくなりたい。

文しょうをよんでられない。いみをよむとれない。かきのこしておきたいことたくさんあるが、ことばがでてこない。ことばがわたしのあたまのからどんどにげていく。

もじがもぞもぞうごきたしてじとしてくねない。かくのもはもうしんどい。

日記はここで終わっていた。

おそらく、このあと隙間に落としてしまい、そのままノートの存在を忘れてしまったのだろう。千紗子はノートを閉じ、しばらく胸に抱いてから、立ち上がり、離れに行って、キャリーバッグのなかにしまった。

無性にタバコが吸いたくなり、縁側からおりてサンダルをつっかけ、車へ向かった。孝蔵の車の隣に停めた軽自動車に乗りこむと、ダッシュボードのなかにしまってあるタバコを取り出し、一本ひきぬいて火をつけた。

運転席の窓を開け、煙を外に吹きだし、そのまま工房に目を向けた。開け放した窓のなかに、孝蔵の姿が小さく見えた。夏の太陽が頭上から照りつけ、車のなかはうだるような暑さだった。千紗子は三口ほど吸ってから火を消し、車から出た。それからまっすぐ工房へ向かって歩いていった。

7

工房では、いつものように孝蔵と拓未が作業机に向かっていた。

窓から射しこむ陽を受け、黙々と木を彫る二人の姿は、どこか絵画的な美しさと、聖《きよ》らかな静謐《せいひつ》さを湛《たた》えていた。そこだけ時間が緩やかに流れているような、安らいだ沈黙のなかで、さくさくと木を削る音だけが聞こえている。

とても居心地のよさそうな場所だと千紗子は思った。そんなふうに思ったのは、これがはじめてだった。木屑《きくず》だらけの、ごちゃごちゃした埃《ほこり》っぽい場所だと、ずっと敬遠《けいえん》していた。

千紗子が近づくと、拓未が気づいて顔をあげた。拓未は、かわいいお地蔵さんを彫っていた。ほとんど装飾のない単純な工作だったが、単純さゆえの、親しみやすさと愛らしさがあった。拓未の小さな手のなかで、お地蔵さんは気持ちよさそうにニコニコ笑っていた。それはきっと、拓未の心象をそのまま表したものだろう。この家での暮らしを、拓未がこんな気持ちで過ごしているのかと思うと、千紗子は思わず頬がゆるんだ。

「わたしもやってみようかな」

さりげなく聞こえるように言った。

「お母さんもやるの？」拓未が目を輝かせた。「お仕事もう終わったの？」

「うん。だいたいね」千紗子はそう言ってから、孝蔵に目を向けた。「わたしにも教えてくれる？」

作業に没頭する孝蔵の耳には、その声が聞こえていないようだった。拓未が手をのばして肘をつつくと、ようやく孝蔵はふり向いた。

「お母さんも一緒にやりたいんだって」

孝蔵は作業を邪魔されて不機嫌そうな顔をしたが、「ねえ、教えてあげてよ」と拓未にせがまれると、やれやれといったふうにため息をつき、千紗子に目を向けた。

「あんた、木を彫ったことあるのかね」

千紗子はかぶりを振った。

「だったら、粘土からやってみろ」

孝蔵は立ち上がり、作業机をまわりこんでポリバケツのある隅へ行き、バケツのなかから粘土の塊を出して作業机に置いた。孝蔵に手招きされ、千紗子は彼の隣に立った。孝蔵は粘土の塊からひと握りをちぎり取り、指で押したり広げたりしながら、あっという間に愛らしい地蔵をつくってみせた。

「うまくつくろうなんて考えなくていい」孝蔵は粘土をもうひと握りちぎり取って、指を動かしながら言った。「こうしてやっていれば、自然とかたちになってくる。顔の表情は、こうして爪で描くか、あれの先でもいい」

「あれって？」

「あれだ、あれ……あの……まあ、何でもいい。好きなものを使ってやれ」

「わかった。そうする」

「気に入ったものができたら、こんど素焼きにしてやる」

孝蔵はしゃべりながらつくった手びねり地蔵を机に置き、自分の椅子《いす》へ戻ろうと歩きだした。千紗子は礼を言おうと孝蔵の背中に声をかけた。

「ねえ、お父さん……」

自分でそう言って、千紗子は驚いた。自然と口をついて出た言葉だった。思えばこの家に来て、孝蔵に「お父さん」と呼びかけたのは、これがはじめてだった。

孝蔵はふり向き、訝《いぶか》しげな顔で千紗子を見た。「なんでわしがあんたの父親なんだ。そんなこと、わしは何も聞いてないぞ」

千紗子は孝蔵の顔を見つめ、「わたしが決めたの」と胸を張って言った。

孝蔵は苛立ったように顔をしかめた。「おまえたちは一体どういう魂胆なんだ、どうしてわしに付きまとう」

「おじいちゃんが好きだからだよ」

拓未が言った。そのあっけらかんとした言い方に、孝蔵は啞然《あぜん》としたようだった。口をぽかんと開け、拓未を見る。

「わしの、どこが好きなんだ」

「いっぱいあるよ」

「いやなところもいっぱいあるけどね」

千紗子が横槍《よこやり》を入れ、孝蔵はふんっと鼻を鳴らした。千紗子は拓未と目を見合わせ、舌を出してみせた。それを見て、拓未は笑った。孝蔵は指でうなじをぼりぼり掻《か》きながら、椅子に戻った。

千紗子は粘土の塊からひと握りをちぎり取って、押したり広げたりつまんだりした。そのたびに、ただの塊がひとのかたちになっていく。

土をこねる作業は命をこねる作業だと孝蔵が言ったという。それがなんとなくわかる気がした。手のなかにいま、命が生まれつつあるのだと、千紗子は想像した。それがとてもやさしい命になるように、とびきりの笑顔を爪で描いた。


夜中に目覚めた千紗子は、トイレに立った。離れを出て居間から縁側に出ると、孝蔵の部屋に明かりが灯っているのが見えた。また外に出てゴミを拾ってくるつもりなのかと思い、縁側から障子越しに声をかけた。

「こんな時間に何してるの？　ここ、開けるわよ」

障子を開けると、スーツを着ようと四苦八苦している孝蔵の姿があった。スラックスは穿《は》いていたが、ベルトをうまく通すことができなかったらしく、まるで尻尾《しっぽ》のように尻からベルトが垂れていた。白いワイシャツはボタンをかけ違えていて、無理やりスラックスにたくし込もうとしたらしく、下腹のあたりでダブつき、裾《すそ》がはみ出している。

孝蔵はネクタイを結ぼうとしていたが、何度やっても結び目をつくることができず、息を荒くしていた。千紗子が見ていることにも気づかず、額に汗を滲《にじ》ませながら、必死の形相でネクタイと格闘している。

その姿は、滑稽《こっけい》というにはあまりにも悲壮感に満ちていた。孝蔵は、人生の大半をネクタイを結ぶことではじめ、ネクタイをほどくことで終えていたのだ。それは、彼の人生を象徴する単純な行為だった。それなのに、いまの孝蔵にとってネクタイを結ぶ行為は、米粒に絵を描くほど困難な作業になっている。

正視に耐えない想いをこらえ、千紗子は孝蔵に歩み寄った。

「ねえ、どこへ行くつもりなの?」

「仕事に遅れる」

「仕事?」

「学校に決まってるだろ」

その言葉で、父はいまここにいるのではなく、かつて教師だった時間のなかにいるのだとわかった。あなたはもう教師ではないのよと言っても、父はそれを理解できないだろう。いまという時間は、父にとって、虚《うつ》ろで儚《はかな》いものなのだから。千紗子はどう言って説得しようかとしばし考え、よい考えが浮かんだ。

「今日は日曜日だから、学校はお休みなのよ」

「日曜？」孝蔵ははじめて千紗子のほうに顔を向けた。「ほんとうか」

千紗子はうなずいた。「だから、ゆっくり休んでください」

　そう言って、孝蔵の手からネクタイをとった。孝蔵は抵抗しなかった。孝蔵の服を脱がせ、パジャマに着替えさせた。孝蔵が布団に横になると、夏布団を胸のあたりまで掛けてやり、電気を消した。

「おやすみなさい」と千紗子は言った。

「おやすみ、かあさん」

　孝蔵はそう言って、すぐに寝息を立てはじめた。

8

　千紗子は精密検査の結果を聞くため、拓未を連れて町の総合病院へ行った。診断の結果は異常なしだった。拓未の脳に、機能的な損傷はなかった。

　拓未の記憶障害は脳ではなく、心の問題なのかもしれないと千紗子は思った。橋から川に落ちたことがきっかけで、あるいは、車に撥《は》ねられたことがきっかけで、拓未の心が、みずからの過去を葬り去ったのかもしれない。死に瀕《ひん》するアクシデントに見舞われたとき、物理的には生き延びたが、精神的には一度死んだのではないか。彼の心が過去を殺し、消し去った。そういうことではないのか。心理学や精神医学に詳しいわけではないが、無意識的な心の作用として、人生をリセットする好機を逃さなかったという考えは、さほど的はずれなものとは思えなかった。

もしそうであれば、拓未が過去の記憶を取り戻すことはありえない。みずから消去した過去なのだから。

千紗子はこの推測が気に入った。自分にとって都合がよく、魅力的な仮説だった。いずれにせよ、ひとつ心配ごとがなくなり、心が軽くなった。

その日の夜、千紗子たちは、奥平湖のキャンプ場に近い河原で花火をした。河原端には合歓《ねむ》の花が咲き乱れ、桃のような甘い香りがあたり一面に漂っていた。

花火は久江が大量に買いこんできてくれた。亀田と久江は、打ち上げ花火を何本もならべ、両端から火をつけていき、次々に花火が打ち上がるたび、子どものようにはしゃいだ。拓未と学も大よろこびで跳びはね、孝蔵はうっとりした表情で、夜空に咲く色鮮やかな火花を見上げていた。

「線香花火には四つの段階があるんだ」

手に持った線香花火に火をつけながら、亀田が子どもたちに言った。

「最初が牡丹《ぼたん》。ほら、先っぽに玉ができただろ。これが牡丹。その次が松葉。ほら、見てごらん。先っぽの玉が激しく火花を散らしている。これが松葉だ。それから……もうちょっと待ってな……ほーら、だんだん火花の勢いが弱くなってきただろ。これが柳。そして最後に……もうそろそろ、火が消えそうになってきたね。この消える直前が散り菊。この四段階だ。そして……あーあ、消えちゃったよ」

「そーか、亀田のおじちゃんは散り菊だね」

学が憎まれ口を叩き、亀田が「この野郎」と額を小突いた。

「きみたちはこれから松葉になっていく」亀田は言った。「美しい光の花を、どんどん咲かせていくんだ」

学は「松葉って、ちょっとダセェなあ」と、また憎まれ口を叩いたが、拓未は真剣な顔でうなずいた。その真剣さがおかしくて、千紗子と久江は顔を見合わせて笑った。

亀田と子どもたちは、だれがいちばん長く線香花火の玉を落とさずにいられるか、競争した。久江は、子どもたちからねずみ花火を足もとに投げつけられ、逃げまわった。

千紗子は孝蔵とならんで河原にしゃがみ込み、線香花火の光を見つめた。でためにに爆《は》ぜているようで、その刹那刹那《せつな》に、美しいかたちを出現させている。孝蔵の線香花火が消えると、そのたび、新しいものに火をつけて渡してやった。孝蔵の手からも、でたらめな光が美しく爆ぜては、瞬く間に消えていった。

その夜、拓未はいつものように、千紗子に寝なさいと言われるまで、ノートを読みふけっていた。拓未のノートの記述は少しずつだが日に日に増え、おぼえることも増えていった。それは拓未のよろこびであり、千紗子のよろこびでもあった。千紗子が語り、拓未が記録する。それは、二人の歴史を築き上げる共同作業だった。千紗子は純に宛てた日記も怠《おこた》らずに書きつづけていた。拓未との日々を純にも共有してほしい、という想いがあったのだ。

部屋の明かりを消し、拓未が眠りに落ちてからも、千紗子はしばらく眠れずにいた。瞼《まぶた》の裏にはまだ、花火の残像が色鮮やかに映っていた。やがてその色がぼやけて滲み、まどろみはじめた頃、物音が千紗子をまどろみから揺り戻した。

物音は、板戸を一枚隔《へだ》てた台所からした。水をこぼしているような音だった。千紗子は拓未を起こさぬよう布団から起き上がった。板戸をそっと開ける。暗がりのなかに、孝蔵が立っていた。近づくと、気配を感じて孝蔵はふり向いた。窓から射す月明かりが、暗がりのなかに彼の横顔を浮き上がらせ、黒い瞳にわずかな光が宿った。

「来るな」

孝蔵は手をまえに出して千紗子を制し、肩を落としてうなだれた。彼の足もとに目を向けると、そこに溜まった水が、斜めに射しこむ月明りをわずかに反射し、鈍く光っていた。目を凝《こ》らして見ると、孝蔵のパジャマのズボンも濡れているのがわかった。

「トイレに行こうとしたんだ」

そう言った孝蔵の口調は、普段の話し方よりも、どことなくしっかりしているように聞こえた。

「最初はわかっていた。わかっているつもりだった。だが、突然、どこにあるのかわからなくなってしまった」

いくら認知症とはいえ、小便を漏らした姿を他人に見られるのはいやだろうと思い、千紗子はできるだけさりげなく、「着替えを取ってくるから、そのままでいて」と言った。

脱衣所から雑巾とタオルをとり、孝蔵の部屋から下着とズボンをとって、台所に戻った。明かりはつけなかった。恥ずかしい場面を白日《はくじつ》のもとに晒《さら》すような真似はしたくなかった。

千紗子が雑巾《ぞうきん》で濡れた床を拭いているあいだに、孝蔵はパジャマと下着を脱ぎ、濡れた部位をタオルで拭いてから、新しいものに着替えた。

「すまない。おまえにこんなことをさせて」

四つん這《ば》いになって床を拭いていた千紗子は、思いがけない言葉に驚き、顔をあげた。

孝蔵は千紗子をまっすぐ見下ろしていた。その目は、いつもの孝蔵の目ではなかった。探るような目つきでも、虚ろな目つきでも、怯えているような目つきでもなく、自他を把握した者がもつ、揺るぎないまなざしだった。

「わたしのことが、わかるの？」

「何を言っとる。娘の顔がわからなくてどうする」

「お父さん……」

「おまえに下の世話までさせるとは、わしは一体どうなっとるんだ」

「いいのよ。気にしないで。家族なんだから」

「おまえがこの家に来るとは」孝蔵は窓のほうへ顔を向けた。「そんなことは思ってもみなかった」

「わたしもよ」千紗子はしみじみと言った。

「おまえは、とうにわしなど必要としなくなった」

「そんなことないわ」

「子どもは大事なことを親に相談するものだ。だがおまえは、勝手に子どもを身ごもって、勝手に大学を辞めて、勝手に生きてきた」

「違うわ」千紗子は思わず大きな声を出した。「お父さんがわたしの言うことに耳を貸そうとしなかったんじゃないの」

胸の底に溜まっていた感情が急激にこみ上げ、千紗子の声が震えた。

「お父さんはわたしを見てくれなかった。わたしの言葉を聞こうとしなかった」

「そんなことはない」

「いいえ、そうよ」

語気強く言い、感情の奔流《ほんりゅう》にまかせて千紗子は言葉を継いだ。

「お父さんはわたしのことを、小さい頃から愚かな娘だと思ってた。だから、関心を示してくれなかった。お父さんを尊敬していたし、いろいろ話をしたかった。だけど、子どもの頃から、お父さんとは会話らしい会話をしたことがなかったし、お父さんに何かを相談するなんて、考えただけで身が竦《すく》んだ。お父さんはそれだけ遠い存在だったの。わたしは、自分を価値のある人間だと思えずに育った気がする。お父さんのまえでは、お父さんが思うとおりの愚かな娘でいるほうがいいんだと思ってた。そうすることでしか、お父さんの想いに応えることができないって……」

話しているうちに涙がこみ上げ、千紗子は嗚咽を洩らした。洟をすすり、手のひらで口元をぬぐう。

「子どもに劣等感をもたせてしまったのなら、わしは親として失格だな」

孝蔵は静かに言った。その顔を月明かりが照らしていた。

「もっとわたしを見てほしかった。ありのままのわたしを、受け入れてほしかった」

孝蔵は窓の外へ目を凝らすようにして、皺の寄った目をほそめた。

「いまさら過去を変えることはできん。だが、ひょっとしたら、明日は変えることができるかもしれん。孫の顔を見て、そう思った。純は大きくなったな。とにかく、戻ってきてくれて、ありがとう」

「お父さん……」

「疲れたろうから、もう休みなさい」

千紗子は「ごめんなさい」と言ったが、その言葉は嗚咽にまみれ、聞きとりにくいものだった。涙が、あとからあとから溢《あふ》れ出て、止まらなかった。床に手をつき、うなだれて涙をぬぐいながら、離れてゆく父の足音を聞いていた。

9

朝食を食べ終えると、孝蔵はそわそわと立ち上がった。自室にはいって押入れをごそごそしていたかと思うと、サファリ帽をかぶって土間におりようとする。ふだん工房へ行くのに帽子などかぶらない。おかしいなと思った千紗子は、土間に片足をおろした孝蔵に声をかけた。

「ねえ、どこへ行くの？」

孝蔵は千紗子に目を向け、他人行儀な口調で遠慮がちに言った。「そろそろ、おいとましないと。家に帰りますので」

「家って、ここが家よ」

孝蔵はただ控《ひか》えめな笑みを浮かべただけで、軽く頭を下げると背を向けた。

「ちょっと待って」

千紗子の呼びかけに応えず、孝蔵は玄関の戸を開けた。

拓未が心配げな目を向けてきた。千紗子はまだ朝食を食べ終えていなかったが、拓未に家で待つように言い、孝蔵のあとを追った。無理やり連れ戻そうとしても、混乱するだけだと思い、せっかくだから父と散歩を楽しむことにした。

千紗子は孝蔵と肩をならべ、何も言わずに歩いた。前庭を出て林のなかの道をくだり、せまい隧道《すいどう》をくぐって集落のほうに出ると、孝蔵は阿弥陀堂へ向かう道と反対の道を進んだ。

ホクチや青大豆を植えた畑の向こうに、ササゲが蔓《つる》を伸ばしているのが見えた。

大輪のひまわりが朝陽に顔を向け、空の青さにヤマボウシの白が映え、路傍《ろぼう》のスズランが朝露に濡れている。千紗子はときおり孝蔵の横顔を見やりながら、のどかな山里の風景を楽しんだ。孝蔵は口を横一文字にひき結び、ひたすら道の先を見つめている。

父がいまどんな風景を見ているのか、そしてどこへ向かおうとしているのか、千紗子には推し量ることができなかったが、それを自然なこととして受け入れた。

孝蔵は前屈みに足を摺るような歩き方で、道をくだった。ムクゲが白や赤や紫に咲きほこり、小高い丘にこんにゃく畑が青々と広がり、その向こうに、緑濃い山の稜線《りょうせん》が見える。イチジクの木には熟れた実がなり、草むらで山百合《やまゆり》の白い花が風に揺れ、山に自生する山椒《さんしょう》の木には、まるでブドウの房のように、たわわに実がなっている。

千紗子は道ばたに咲くサルビアの赤い花を摘み、甘い蜜《みつ》を吸いながら歩いた。曲がりくねった道を歩いていると、やがて山の急斜面に広がる茶畑が見えた。その下方に、鹿見川が滔々《とうとう》と流れている。

「ねえ、おぼえてる？」

散歩に出てからはじめて、千紗子は口を開いた。そろそろ話しかけてもいい頃合だと思ったのだ。

「何をだ？」

孝蔵の話し方は、いつもの口調に戻っていた。

「ゆうべのこと」

「ゆうべ？　何の話だ？」

ああ、やっぱり、と千紗子は思った。おぼえていないらしい。

「ねえ、お父さん」

わずかな期待をこめて言ってみたが、孝蔵は探るような目でこちらを見ただけだった。

「もう忘れちゃったのね」

「だから、何の話だと訊いとるんだ」

「オシッコ漏らして大変だったんだから」ちょっぴり皮肉をこめて、千紗子は言った。

「オシッコ？　だれがだ？」

千紗子は孝蔵の顔を指差した。

「ばかな」孝蔵はあからさまに顔をしかめ、理不尽な誹謗《ひぼう》に腹を立てた。「いい加減なことを言うな。わしがそんなことをするわけがない」

頭から湯気を立てているような孝蔵の渋面《じゅうめん》を見て、千紗子は思わず笑った。笑っている自分がうれしくて、さらに笑いがこみ上げてきた。

ついこないだまでの自分なら、父と同じように頭から湯気を立て、ふくれっつらをしていただろう。それがどうだ。こんなにおかしくて笑いが止まらない。

「いつまで笑っとるんだ。まったく、失礼な女だ」

孝蔵は憤慨して足を速めたが、気持ちに体が追いつかず、よろけて倒れそうになった。すかさず千紗子が手を差しのべて支えた。孝蔵は千紗子をちらりと見たが、すぐに目をそらした。

「ありがとうって言うのよ。こういうときは」

孝蔵はふんっと鼻を鳴らし、その言葉を無視した。

しばらく歩くと、道の向こうから老婆がやってくるのが見えた。スイカとホクチをくれた桑野《くわの》という老婆だ。かくしゃくとした足どりで坂をのぼってきた老婆は、二人の姿を見つけると、歩きながら腰を九十度に曲げて挨拶《あいさつ》をした。

「やあ、おはよーさん」

千紗子も笑顔で「おはようございます」と返した。桑野が近づくと立ち止まり、先日のお裾分《すそわ》けの礼を言った。

「いやー、礼を言われるようなもんじゃねえから。ホクチで草餅つくったかい?」

「はい。みんなで食べて、とってもおいしかった。それからスイカも甘くておいしかった。ほんとにありがとうございました」

「なんの、なんの。そんなに礼言われっと、こっちが恐縮しちまうよ」

「まだお礼を言うことがあるんですよ」

「まーだあんのかね？　そんなにいいこと、おら、したっけ？」

老婆は衒《てら》いなく、けらけら笑った。

「桑野さんの言うとおり、笑ってたら、なんかしあわせな気分になってきました」

「そうかい、そうかい。そりゃえーこった。お父ちゃんの具合もよさそうだねえ」

老婆は孝蔵に目を向けた。「娘さんもお孫さんも来てくれて、よかったねえ」

孝蔵はぷいとそっぽを向いて老婆を無視した。

「ありゃ。ちょっとご機嫌ななめかねえ」

「すいません。悪気はないんです」

頭を下げる千紗子に、老婆は手を振った。「気にせんでいい。まあ、しっかり親孝行してやんなさい。こんど、そこの茶畑でとれたお茶っ葉、持ってってやっから」

老婆はにこにこ笑いながら坂をのぼっていった。そのうしろ姿をしばし見送ってから、千紗子は孝蔵を見た。

「なんで無視するのよ。失礼じゃない。近所付き合いは大切なのよ。それに、あのおばあさん、とってもいいひとよ」

「あいつは嘘つきの盗っ人だ。信用するな」

孝蔵が眉間に皺を寄せ、厳しい口調で言った。

「なんてこと言うのよ」

「うちに忍びこもうと、夜中にウロウロようすをうかがっとる」

「人聞きのわるいこと言わないで」

「こんどうちに来たら容赦《ようしゃ》せん。まったく、いけしゃあしゃあと……」

孝蔵はぶつぶつ言いながら歩きだした。千紗子はあきれながらもついて歩き、しばらく歩いてから、さりげなく言った。「そろそろおうちに帰りましょう」

孝蔵の手をとり、方向転換する。孝蔵は抵抗しなかった。来た道を戻りながら、千紗子はつないだ手を大きく振った。

「歩こう、歩こう、わたしはーげんきー」

千紗子は大きな声で歌いだした。孝蔵は親に手をひかれた子どものように腕を振られるにまかせ、無言で歩きつづけた。

第五章　死神

1

　その日は送り盆だということで、上山《かみのやま》集落の住民が阿弥陀堂《あみだどう》の境内に集まった。桑野《くわの》から誘われ、千紗子《ちさこ》たちも阿弥陀堂へ出向いた。久江《ひさえ》は地元の盆踊りと重なって来られなかったが、亀田《かめだ》はいそいそとやってきた。

　桑野によると、かつては集落のお盆も賑《にぎ》やかだったそうだが、住民が減り、年寄りばかりになって、質素なものになったそうだ。

　それでも十三日の迎え盆までには、住民たちは思い思いに山から花を摘んできて、それぞれの家の盆棚や墓地に供《そな》えた。迎え盆の夕方には、家々の門口や道の辻に迎え火が焚《た》かれ、盆中の十四日には、墓参りに向かう人々の姿が見られた。

千紗子も、拓未《たくみ》と一緒に山にはいり、山撫子《やまなでしこ》や山百合《やまゆり》や桔梗《ききょう》を摘んで仏壇《ぶつだん》に供えた。

奥平《おくひら》にある母の墓には、孝蔵《こうぞう》と拓未を連れてお参りした。孝蔵は、それが自分の妻の墓であることもわからずに手を合わせていた。純の遺骨は、別れた夫の実家の墓に納めてあるので、千紗子はいつも盆の時期をはずし、夫の親族に会わぬよう気を配って墓参していた。今年はいつ墓参できるかわからないが、できれば拓未を同行させたいと思っていた。

「子どもらや若いもんがいた頃にはねえ、みんな集会所で笛や太鼓《たいこ》や念仏踊りの練習をしたもんだよ。毎晩毎晩さあ」

桑野は遠い日をなつかしんで目をほそめた。

阿弥陀堂の境内には、集落の住人がほとんど集まっていたが、それでも二十人に足りなかった。みな老人ばかりで、千紗子と拓未を物珍しげな目で見ていた。

「盆礼《ぼんれい》って言って、生きたひとの魂を供養《くよう》する行事もあったんだ。みんな、あちこちの家を訪問して、そうめんとか小麦粉とか、畑でとれた野菜だとか、まあ、たいしたもんじゃないけんど、贈りものをすんだ。念仏踊りが賑やかだったんだよ。村のみんなが行列して、新盆の家を一軒ずつまわって、庭先で念仏踊りをしてさあ、供養すんだ。笛や太鼓をかき鳴らしてさあ」

桑野は笑っていたが、その表情はどこか淋《さみ》しげだった。

日が暮れはじめ、境内に集まった老人たちは、輪をつくって手踊りをはじめた。千紗子たちもそれに加わり、単純な所作を見よう見まねで踊った。音楽はなく、単調な盆唄を口々に歌いながら踊るのだった。

暮れなずむ境内で一心に歌い踊る老人たち。まわりつづける輪のなかで、彼らとともに踊っていると、いつしか俗世から遊離した異界に迷いこんでしまったような、不思議な感覚にとらわれた。

このひとたちもやがて、こうして迎え送られる霊になるのだ。迎える側が迎えられ、送る側が送られる。生者も死者も、この輪のなかで渾然《こんぜん》一体となる。そんな不思議な感覚に千紗子は身をゆだねた。とても心地よい感覚だった。

ひとは六道《りくどう》を輪廻《りんね》するという。ならば、生と死の隔《へだ》たりなど、取るに足らぬものかもしれない。そう思うと、心が軽くなるような気がした。

純のことを思った。母を思った。二人が身近にいるような気がして、心が慰《なぐさ》められた。

手踊り盆唄が終わったあと、老人たちは盆灯籠《ぼんどうろう》に火を灯した。それらはすべて老人たちの手作りだった。長い竹竿の先に、色もかたちもさまざまな飾りがついていて、どれも個性的で華やかな灯籠だった。

桑野は、千紗子たちのぶんまで盆灯籠を用意してくれていた。灯籠を四つもつくるとなると、手間も時間もかかったに違いない。いつも多めにつくっているから、と桑野は笑ったが、亀田が来ることを千紗子が話したのは直前だった。きっと急いで亀田のぶんもつくったのだろう。その心遣いに、千紗子は頭の下がる思いがした。

千紗子たち四人は盆灯籠を掲《かか》げ、列の最後尾を歩いた。暗い夜道をしずしずと進む老人たち。彼らは声をそろえて和讃《わさん》を詠《うた》った。野道を揺れながら進む灯籠の明かりが、霊を導き彼岸《ひがん》へ送りだす。

弥陀成仏《みだじようぶつ》の　このかたは
いまに十劫《じつこう》を　へたまへり
法身《ほつしん》の光輪《こうりん》　きはもなく
世の盲冥《もうみよう》を　てらすなり

星降る夜の静寂《しじま》のなか、老人たちの掠《かす》れた声が風に乗り、野山に広がり散ってゆく。

一切《いっさい》の功徳《くどく》に　すぐれたる
南無阿弥陀仏《なむあみだぶつ》を　となふれば
三世《さんぜ》の重障《じゅうしょう》　みなながら
かならず転じて　軽微《きょうみ》なり

行列は林のなかの小路を川まで歩いた。鹿見川《しかみ》へと注《そそ》ぐ山あいの小川は、暗い夜の底を流れていた。すぐ近くに沢があるらしく、水の流れ落ちる音が、夜闇《よやみ》の向こうで響いている。

一行は橋の上で灯籠を燃やした。いくつもの灯籠が一斉《いっせい》に燃え上がり、暗闇に炎が躍動した。それはまるで闇を照らす光明の炎のようであり、送り火と呼ぶにふさわしい情念の炎のようでもあった。

「あれ見て。蛍《ほたる》」

川辺の草むらでちらちら光る場所を、千紗子は指差した。拓未は欄干《らんかん》から首をのばし、川辺を覗《のぞ》きこんだ。

「わかる?」

「うん、わかる。きれいだね」

「ほんと、きれいね」

季節はずれの蛍の光は、暗い川辺で儚《はかな》げにまたたき、揺れ動いていた。

灯籠を燃やし尽くしたあと、一行はそのまま橋を渡り、懐中電灯で道を照らしながら、遠まわりして帰路についた。桑野が言うには、ふり向いたり戻ったりすると、仏さまに連れていかれるらしい。

孝蔵には亀田がずっと付き添ってくれていた。二人のうしろ姿を見ながら、千紗子は拓未と手をつないで最後尾を歩いた。暗い夜道をたどりながら、千紗子の心はいつしか、純が死んだ日の記憶をたどっていた。


事故の日は、純が当時かよっていた保育園の仲間とキャンプに行き、河原でバーベキューを楽しんだ。その河原へ行くのは二度目だった。前年に同じメンバーで訪れ、気に入ったので再訪したのだった。

流れはゆるやかで、川のなかほどまで行っても、膝《ひざ》が浸《つ》かるほどの深さしかなく、小さな子どもを水遊びさせるには絶好の浅瀬だった。大人たちは河原で飲み食いし、子どもらは好き勝手に川にはいって遊ぶ。そんな憩《いこ》いのひとときを過ごせる場所だった。

ただひとつ心配だったのは、少し離れた下流に、巨岩が連なる深みがあり、そこは川幅がせまくて流れが急だった。この日も、地元の中学生や高校生らが巨岩から飛びこんで遊ぶ姿が見え、彼らの奇声や哄笑《こうしょう》が谷間に響いていた。

千紗子は、ほかの親たちとバーベキューを楽しみながらも、子どもたちが下流へ行かないよう目を光らせていた。夫にも、純から目を離さないようにと言っておいたが、夫は「わかってる、わかってる」と、缶ビール片手に生半可《なまはんか》な返事をするばかりで、頼りにならなかった。

夫に限ったことではなく、親たちはみな安穏《あんのん》としていた。心配しすぎている自分がバカらしく思えるほど、のどかで気持ちのよい夏の日だった。

それでも千紗子は、不安を追い払うことができなかった。こんなに心配性になったのは、純が生まれてからだ。あまり心配しすぎると神経質だと思われ、ほかの親たちに敬遠《けいえん》されるだろうし、和《なご》やかな雰囲気《ふんいき》に水を差すことにもなる。だから、自分ひとり、子どもたちへの目配りを怠《おこた》らずにいようと千紗子は思った。

男たちは椅子にふんぞり返り、次々に缶ビールを開け、談笑していた。女たちは、冷えたビールを飲みながら肉を焼き、野菜を焼き、焼き鳥やフランクフルトを焼いて、ときどき子どもらを呼びつけては料理を食べさせ、ジュースを飲ませた。

八組ほどの親子が参加していただろうか。この年度の親たちは結束力があると保育士に言われるほど、親子まじえての交流が盛んだった。

大人たちはよく食べ、よく飲み、よく笑った。賑やかな話は尽きることなく、子どもらに注意を向ける者はいなかった。

子どもらは子どもらで、好き勝手に遊んでいた。川で水を撥《は》ね散らかしているだけで楽しいようだった。ときどき河原に上がっては、料理をつまんだりジュースを飲んだりして、川へ駆けていく。川には大きなスイカを三つほど浸けていて、あとでスイカ割りをする予定だった。

照りつける太陽が肌を焼き、川の両岸にそそり立つ木々がマイナスイオンをふり撒き、清流のせせらぎと野鳥のさえずりが涼《すず》やかに心を癒《いや》す、そんな夏の午後だった。

千紗子は子どもらが目の行きとどく範囲で遊んでいることに安堵《あんど》し、ようやくくつろいだ気分になった。

夫は顔を真っ赤にして、もう何本目かわからない缶ビールを飲みながら、バカ話に大口をあけて笑っている。仕事のストレスから解放されてリフレッシュしているようだった。千紗子も、子どもらを視野に入れながら、母親仲間と談笑していた。車の運転があるので酒は飲まなかった。ほかの母親たちは平気で飲んでいて、千紗子も勧められたが、嫌味にとられないよう、やんわりと断った。

母親の一人が、子どもをかよわせているスイミングスクールの話をしているときだった。携帯電話が鳴り、千紗子はテーブルチェアから立ち上がった。担当編集者からの電話だった。出版間近の絵本にトラブルがあったと言う。編集者は詳しい説明をはじめようとしたが、そのとき、バッテリー切れを知らせる警告音が鳴った。

千紗子は、この場を離れるから純を見ていて、と夫に頼んだ。夫はまかせておけ、というようなことを上機嫌で言った。少し不安はあったが、急いで駐車場へ向かった。車載式充電器が車に置いてあったのだ。急いで土手をのぼり、道をはさんで向かい側にある青空駐車場にはいった。そこでバッテリーは切れてしまったが、すぐ充電器につないで、編集者に電話をかけた。

営業のほうから内容についてのクレームが急にはいった、と編集者は言った。そのせいで印刷がストップしているという。その説明や今後の対応などで話は長くなった。気に入っていた箇所の修正を要求され、千紗子は食い下がった。ようやく双方が折り合える案を見つけ、編集者が営業に確認するということで話はついた。

すっかり話に熱がはいり、千紗子は時間が経《た》つのも忘れていた。子どもたちのようすからして、問題はないだろうという思いもあった。

純のことになると、神経質なほど心配性になってしまう。それは常日頃、夫からも指摘され、揶揄《やゆ》されていた。もっと大らかな気持ちで子育てをしなきゃ、きみ自身がもたないぞ。夫は笑いながら、よくそう言った。夫の言うとおりだと思い、自分自身に辟易《へきえき》することも多々あった。だからこのときも、急ぎ足で河原に戻ろうとする自分に、少しうんざりしていたのだ。

せっかく休日をのんびり過ごすために来ているのに、これではのんびりどころではない。たかだか二十分や三十分目を離したところで、こんなに気持ちのよい休日が一変するはずはない。大勢の大人たちがすぐ近くにいるのだ。ほったらかしているように見えても、自分たちの子どもなのだから、それなりに気を配っているはず。きっと彼らのほうが、よほど心のバランスがとれているのだろう。

そんなことを考えながら土手をくだったが、それでも千紗子の目は、純の姿を探していた。

いくら見まわしても、純の姿が見えなかった。純だけではない。ほかに四人ほどの子どもの姿がない。

千紗子は夫に駆け寄り、純の姿がいないと言った。夫はとぼけた顔で「えっ？」と言い、椅子から身を起こして川のほうを見た。

「あれー、ほんとだ」

「ほかの子どももたちもいないの。ねえ、何か聞いてない？」

「いやー、何も聞いてないなあ。ここから離れるなって言ってあったのに。あいつら、どこ行っちまったんだろうなあ」

夫は呑気《のんき》な声を出した。二人の会話に気づいた親たちも、どうせそのへんをうろついているんだろう、と呑気なことを口々に言った。

「わたし、ちょっと探してくる」

「いいよ、そんなの。どうせそのうち戻ってくるよ」

夫の頬《ほお》を張り倒してやりたい気持ちになったが、それをこらえ、睨《にら》みつけるだけにとどめた。ほかの親たちはみな笑って、神経質すぎると千紗子を茶化した。焼きそばが焼けたばかりだから、座って食べろと勧める者もいた。冷えたビールを勧める者もいた。それらの声を無視して、千紗子は、心配の種である下流の岩場へ急ぎ足で向かった。

そのときにはすでに、純は川底に沈んでいたのだ。

純を含めた五人の男の子が、連れだって岩場に行き、ふだんから調子のいい子が率先《そっせん》して川へ飛びこんだ。そのあと次々に飛びこみ、彼らはその遊びがひどく気に入った。彼らはより高い岩場から飛びこんだ。さらに高い岩場から次々に飛びこんだが、いつまで待っても、純だけが浮き上がってこなかった。

千紗子は岩場へ向かう途中で、親を呼びに戻ってきた子どもたちと出会った。千紗子の通報で警官やレスキュー隊が駆けつけ、岩場から五十メートルほど下流で、純の溺死体《できしたい》が発見されたのだった。

前方で揺らめく懐中電灯の明かりが、涙で滲《にじ》んで見えた。千紗子は拓未と手をつなぎ、集落へ戻る行列の最後尾を歩いていた。気がつけば、少し遅れをとっていた。指で目頭を押さえ、洟《はな》をすすってから、千紗子は足を速めた。

「泣いてるの？」

その声で、千紗子は拓未に目を向けた。不安げに見つめてくる愛らしい顔を見ると、涙がいっそうこみ上げてきて、千紗子は思わず天を仰いだ。

「ごめん。お母さん、泣いちゃったみたい」

満天の星空を見上げながら、千紗子は言った。夜空にきらめく星たちの美しさに、ほんの少し心が慰められる気がした。

「どうして？」

「思い出しちゃったの。純が……お兄ちゃんが、死んだときのことを」千紗子はまた洟をすすった。「まだあなたに話してなかったわね」

「ぼく、知らないほうがいい？」

「誤解しないで。話したくなかったわけじゃないの」

千紗子は純の事故の経緯をおおまかに話した。黙って聞いていた拓未は、千紗子が話し終えると、遠慮《えんりよ》がちに訊ねた。

「ぼくはどうしてたの？　そのとき、ぼくは……」

「あなたは……」千紗子はとっさに考えをめぐらせた。「水疱瘡《みずぼうそう》がちゃんと治ってなかったから、お外に出られなかったの。ちょうどおばあちゃんが来てたから、あなたのことを任せたのよ」

「お仏壇に写真が飾ってある、あのひとだよね」

「そうよ」

拓末は納得したようすでうなずいた。

「ぼく、悲しんだよね？　お兄ちゃんが死んで、すごく悲しんだんでしょ？」

「ええ、あなたもおばあちゃんも、すごく悲しんだわ」

千紗子はつないでいた手を離し、拓末のほそい肩を抱き寄せた。

「お父さんも悲しんだんでしょ」

千紗子は大きくため息をつき、歩みがのろくなった。帰路をたどる一行は、往きの厳粛《げんしゅく》さとは異なり、死者を無事に送りかえした安堵感からか、のんびりした足どりだった。それでも千紗子は、ふたたび行列から遅れをとりはじめた。

「お父さんもすごく悲しんだわ。それに、すごく後悔してた。でも……」

千紗子は唇《くちびる》を噛《か》み、苦さに耐えるように顔をしかめた。

「どうしても赦《ゆる》せなかったの。お父さんばかりじゃない。その場にいた大人たち、みんなを赦せなかった。自分自身も含めてね。よりによって、どうして純だけが……どうして、あの子だけが……」

千紗子はこらえきれず嗚咽《おえつ》を洩《も》らし、拓未の肩にまわしていた手に力をこめた。

その手に、拓未の小さな手が重なった。


夫とはもちろん、保育園の親たちとも気まずくなった。千紗子はもう二度と、彼らに笑顔を向けることはなかった。といっても、保育園に行く理由はなくなったのだから、わずかな期間で彼らとは疎遠《そえん》になったのだが。

夫の顔を見るのもいやだったが、こればかりは、そう簡単に疎遠になれるものではなかった。千紗子は夫の謝罪を受け入れず、夫の苦悩を顧《かえり》みなかった。「あなたのせいよ。あなたが純を殺したのよ」そんなひどい言葉をたびたび投げつけた。夫の心を傷つけることでしか、壊れそうになる自分自身を食い止めることができなかった。

夫は深く傷ついていた。千紗子より傷ついていたのかもしれない。彼は子を亡くしたつらさに耐え、妻を悲しみのどん底に突き落とした罪に耐え、自己嫌悪と後悔の無間地獄《むげんじごく》に耐え、どうにかして、夫婦で支えあって苦しみを乗り越えようとしていた。

きみをしあわせにする責任がぼくにはある。そう言う夫を千紗子は鼻で笑い、罵《ば》倒《とう》し、憎みつづけた。当時まだ存命だった母は、娘のかたくなな心を解きほぐそうと、娘夫婦の不和を解消しようと心を砕いたが、そんな母の想いも千紗子には届かなかった。そして母は、娘夫婦のことを気に病んだまま他界した。

母の死が千紗子の心をさらに傷つけ、いっそうかたくなにした。まえを向いて生きようと主張する夫を、まるで異星人を見るような目で見た。うつ状態になった千紗子を、夫は苦労して病院へ連れていった。そのたび千紗子は夫の顔をひっかき、唾《つば》を吐きかけ、最後は包丁まで持ちだして威嚇《いかく》したのだった。

この時期から千紗子は、聞こえもしなかった純の声を聞いたと主張しはじめた。溺《おぼ》れながら「ママ、助けて」と呼ぶ声が聞こえた、と千紗子は言い張った。

物理的にはありえない話だが、母子一体と言われるほど、母と子は密接な関係にある。なにか超自然的な現象で、わが子の声を感知したのかもしれないが、精神科医は罪悪感に起因する幻聴《げんちょう》だと診断し、治療に努めた。しかし、千紗子の心からその声を消し去ることはできなかった。

千紗子はやがて絵本の制作を再開した。だが、当時描いた絵本は、暗い絵や暗い話ばかりで、どれもボツになり、出版されることはなかった。それでも絵本を描いているあいだだけは、純がそばにいるようで、少しは心が楽になるのだった。

純の死後二年が過ぎても、千紗子は何も変わらなかった。純が死んだあの日から、一歩たりともまえに進んでいなかった。

甲斐甲斐《かいがい》しく妻を労《いた》わっていた夫も、さすがに疲れを見せはじめた。夫の心は徐々に離れていった。二人が一緒にいれば、ハリネズミの夫婦のように傷つけあうだけで、抱きしめあうことは叶わない。それが彼にもわかってきたようだった。

やがて夫は深夜に帰ってくるようになった。それまでは、できるだけ残業をせず、休日も出かけずに、妻との時間をもつ努力をしていた。彼にとって妻と過ごす時間は、針のむしろに座らされているような苦痛と忍耐のときだったが、それでも妻の絶え間ない攻撃から逃れようとはしなかった。

その努力を、夫は放棄《ほうき》した。どんなに心を尽くしても、まるで要塞《ようさい》のような千紗子の心は、彼の言葉も、おこないも、そして心も、いっさいを撥ねつけるばかりだった。彼はうちひしがれてしまったのだ。

「ぼくたちが一緒にいても、悲しみや苦しみや憎しみしか生みださない」

ある日の深夜、帰宅した夫は言った。

「きみはずっとうしろを向いてばかりで、まえを向いてくれない。ぼくはまえを向いて生きていきたいんだ。純のためにも、そうすることが大切だと思う。きみにもわかってほしかった。でも、きみは変わらない。ぼくにはきみを変えることができない。ひとの心なんて、そう簡単に変えられるものじゃないと学んだよ。それができると思っていたのは、ぼくの思い上がりだったんだ。ほんとに愚《おろ》かだった。ぼくたちはこれ以上、一緒にいないほうがいいと思う」

　ぼくは人生をやり直す、と彼は言った。きみもそうしなきゃダメだ、とも言った。このままじゃ人生を台無しにしてしまう。それで純がよろこぶと思うのか？

　夫が最後に言ったのは、そんな言葉だった。千紗子はその言葉も、いつものように鼻で笑って撥ねつけ、マシンガンのように罵《ば》詈《り》雑《ぞう》言《ごん》を浴びせかけた。

　その後、夫は新しい伴侶《はんりょ》と出逢ったようだった。離婚して一年ほど経った頃、風の噂《うわさ》に彼が再婚したと聞いた。


「いま思うとね」

　千紗子は頬《ほお》を伝う涙の冷たさを肌に感じながら、言った。

「あの頃のわたしは、あのひとを利用していただけだったの。自分を傷つけるより、他人を傷つけるほうが楽だから。あのひとを責めることで、自分を責めることから逃げていたの。拓未にはちょっと難しい話かな。自分の後悔だとか、怒りだとか、自分を赦せないと思う気持ちだとか、そういうものをぜーんぶ投げつけてた。まるで泥団子を、えいや、えいやってぶつけるみたいに。そうしているあいだは自分の苦しみを忘れていられるから。そうでもしないと、正気を保っていられなかったのね。あのひとも苦しんでいたのに、自分のことよりもわたしを気遣って、懸命に尽くしてくれたのに。わたしはあのひとのことなんて、これっぽっちも考えてなかった」

一行は集落の手前まで坂をのぼってきていた。家々の明かりが、暗い山影のなかにちらほら見える。

「お父さんはね、自分がそばにいるから、わたしが純のことを忘れられないんだって思ったみたい。わたし、ほんとにひどいことをしていたのに、あのひとはまだそんなふうに、わたしのことを思ってくれていたの。いまは……それがわかるわ」

まえを歩いている亀田がふり返って、千紗子たちがついて来ているか確認した。千紗子が手を振ると、亀田も手を振りかえした。

「でも、あなたがいてくれたから……」

千紗子は拓未の肩にまわした腕に力をこめた。

「拓未のおかげよ。あなたがわたしの心を支えてくれたの。だから、立ち直れた……ありがと」

拓未は照れたのか、うつむいて、かぶりを振った。

「これからもずーっと、お母さんの子どもでいてね」

「うん」拓未はうなずいて顔をあげた。「ぼくはずーっとお母さんの子だよ。何があっても、ぜったい」

「わたしのこと、忘れないでよ」

千紗子は拓未の頭を乱暴に撫《な》でまわした。

拓未が笑い声をあげた。その声が山あいに響き、暗い木立の奥から鳥がはばたく音が聞こえた。

2

ふだんは昼行燈《ひるあんどん》のような孝蔵だが、工房にいるときだけは非凡な集中力を見せていた。仏像を彫《ほ》る技術の高さや知識もさることながら、その言動にも揺るぎない威厳があり、認知症患者であることを忘れさせるほどの、存在の確かさを見せていた。

だが、ついに、唯一の牙城《がじょう》である工房のなかでさえ、彼自身を灯すはずの光が、まるで蠟燭《ろうそく》の炎が一陣の風に吹き消されるように、あるいは、電球のフィラメントが切れるように、あっけなく消えてしまった。

その朝、孝蔵は朝食後いつものように工房にはいった。そして、いつものように作業机に向かって座り、彫りかけの観音菩薩《かんのんぼさつ》像に手を伸ばした。あとはいつものようにノミや彫刻刀《ちょうこくとう》を駆使して彫り進めていくだけだったが、彼はそこでピタリと動きを止めた。

拓未は最初、孝蔵が何か考えごとをはじめたのだと思った。ここまでの作品のできぐあいを吟味《ぎんみ》し、どう彫り進めていくのか検討しているのだろうと、そんなふうに思っていた。だから気にせず、いつものように窓を開け、拭き掃除をし、作業後の掃除で掃き残した木屑《きくず》やゴミを集め、ゴミ箱に捨て、扇風機のスイッチを入れ、湯呑《ゆの》みやポットを作業机に置いた。

そうした毎朝の日課を終えたあとも、孝蔵はまだ仏像を持ったまま微動だにせず、まるで彼自身が彫刻になったかのように、椅子《いす》に腰かけていた。ただ、彼の眼球だけは、作業机の上をせわしく見まわしていた。

やがて孝蔵は、おずおずと手をのばして三角刀を手にとり、仏像の頭を叩《たた》きはじめた。拓未は目を疑ったが、きっと何か理由があるのだと思い、しばらく黙って、その奇妙な作業を眺めていた。

つぎに孝蔵は、作業机に仏像を寝かせて置き、いたるところを三角刀で叩きはじめた。そこかしこが欠け、傷つき、せっかく精緻《せいち》に彫り進めていた仏像は、無残な姿に変わっていった。

「おじいちゃん……」

拓未は控《ひか》えめに声をかけたが、その声は孝蔵に届かなかった。孝蔵は鬼気《きき》迫《せま》る表情で仏像を叩きのめしていった。

やがて千紗子が工房に姿を現した。三人そろって工房で過ごすひとときを、千紗子は楽しみにするようになっていた。笑顔で現れた千紗子は、孝蔵の異変を目にして、表情を曇《くも》らせた。

「おじいちゃんが変なの」

千紗子はうなずいて、孝蔵を凝視《ぎようし》した。

孝蔵は肩で息をしながら手をのばし、横たわる傷だらけの仏像を愛撫《あいぶ》した。そして頭を抱え、深くうなだれた。窓から射しこむ陽光が、彼を穏やかな光のなかに包みこんでいた。

拓未が歩み寄り、小さな手を孝蔵の肩にのせた。

「おじいちゃん」と拓未は言った。「一緒に粘土《ねんど》で遊ぼ」

千紗子が粘土を用意し、三人はそれぞれの粘土の塊《かたまり》をまえにして、作業机に向かった。孝蔵は粘土の塊をどう扱っていいのかわからないようすで、ただ不思議そうにその塊を見つめるばかりだった。

三人の真ん中に座った拓未が見本を示した。かつて孝蔵が拓未に、そして千紗子にやってみせたように、拓未はあっという間に愛らしい手びねり地蔵をつくってみせた。

「こんなふうに、指で押したり広げたりつまんだりするの」と拓未は言った。「粘土はいくらでもあるからね。おじいちゃんの好きなようにやってみて」

孝蔵はおずおずと粘土の塊に手をのばし、ひと握りちぎり取った。それからまたひと握り、ひと握りとちぎり取り、ちぎった粘土の上に積み重ねていった。

ただぐちゃぐちゃに重ねただけのもので、およそ造形と呼べるものではなかった。だが拓未は、「そうそう。なんかおもしろいかたちになってきたね」と笑顔で励まし、「ね？　楽しいでしょ？」と言った。

孝蔵はしだいに粘土遊びに夢中になっていった。重ねたものをぐちゃぐちゃと丸め、またちぎっては重ね、のばしたり、くっつけたり、つないだりした。そうしているうちに、奇妙だがおもしろみのあるオブジェが形作られていった。それはひとのようでもあり、木のようでもあり、塔のようでもあり、見る者の想像力をかき立てる不思議な造形物だった。

「なんかすごいよ、おじいちゃん。これ、おもしろい」拓未がはしゃいだ声をあげた。

「ちょっとした芸術家だわね」千紗子が微笑《ほほえ》んだ。

「こんなもの、何がおもしろい」

孝蔵がふてくされたようにつぶやき、せっかくのオブジェを壊そうとしたが、拓未と千紗子があわてて止めにはいり、二人がかりで孝蔵を押さえつけた。

「こら、放せ。何をするか」

孝蔵は二人の手から逃れようともがいたが、「ダメ。ぜったい壊しちゃダメ」と拓未が言い、「壊したらご飯つくってあげないからね」と千紗子が脅《おど》した。

千紗子の脅しが効いたのか、孝蔵はおとなしくなった。

「これは、おじいちゃんにしかつくれないかたちだよ」

拓未はしげしげとオブジェを眺めた。

「そうね」千紗子はうなずいた。「ねえ、これ、みんなで色を塗らない？」

「賛成！」拓未が声をあげた。

三人は絵筆を持ち、オブジェを真ん中に顔をつき合わせ、好きなところに思い思いの色を塗りはじめた。

でたらめな配色だったし、それぞれの色が混じり合って汚くなったりしたが、それがおかしくて、拓未も千紗子も終始笑いながら絵筆を動かした。孝蔵だけは憮然《ぶぜん》とした表情のままで、二人が塗ったところにおかまいなしに塗り重ねたりしたが、それでも、カラフルなオブジェができあがっていくことに満足しているようで、黙々と筆を動かした。

絵付けが完成したオブジェは、色とりどりの天然色で派手に彩《いろど》られ、どこか南国の島の置物のように見えた。眺めているだけで心が和むような、へんてこでおかしな、それでいて想像力をかき立てる、魅力的な作品だった。

千紗子はそれを天日干《てんぴぼ》しするため窓辺に置いた。

「絵の具が乾いたら、ニスを塗って完成よ」ふり返って言い、拓未がうれしそうにうなずいた。孝蔵は千紗子の声が聞こえていないようすで、新しい粘土の塊に手をのばし、ちぎっては重ねる作業を黙々とはじめた。

「おじいちゃん、粘土遊びが気に入ったようだね」

拓未が近づいてきて言った。

「拓未のおかげよ。いい思いつきだったわ」

千紗子が拓未の頭を撫でると、拓未は照れ笑いを浮かべた。

二人は窓の外に目を向けた。夏のまぶしい太陽のもと、世界は光に溢《あふ》れていた。草も木も車も古ぼけた家も、すべてが色鮮やかに輝いて見えた。

3

夜中に千紗子は孝蔵のわめき声で目が覚めた。まどろみから覚醒《かくせい》するまでの短いあいだ、何を言っているのか判然としなかったが、それが孝蔵の声であることだけはわかった。布団《ふとん》から上体を起こすと、拓未もむくっと体を起こした。

「娘は渡さんぞ！　死神め」

孝蔵の言葉がはっきり聞こえた。千紗子と拓未は暗がりのなかで顔を見合わせた。

「出ていけ！　ここからすぐに出ていけ」

吠えるような声で、孝蔵ががなり立てている。どうやら、声は家の外から聞こえてくるようだった。千紗子と拓未は同時に起き上がり、離れの部屋から出た。台所から目をやると、玄関の戸が開け放しになっていた。千紗子は土間におりてサンダルをつっかけ、玄関から外へ出た。拓未もすぐうしろをついてきた。

月明かりのもと、暗い庭に仁王立ちになる孝蔵のうしろ姿が、頼りなげに浮かび上がっていた。彼は上半身裸だった。ステテコ一枚の姿で、裸足《はだし》だった。敷地の入口に向かって、脚を広げて立ち、両腕を精いっぱい横にのばしている。それは明らかに、何者かの侵入を阻止する姿勢だった。

「そこから一歩も近づくな！　くそいまいましい死神め」

孝蔵の気迫に、千紗子と拓未はしばし固唾《かたず》を呑み、彼のうしろ姿を見つめた。

孝蔵が暗闇の奥に見ているものを、二人は見ることができなかった。だが孝蔵の真剣さが、実際にそこに何者かがいるような、不気味な真実味を醸《かも》し出していた。

暗闇《くらやみ》に潜む者に向かって、孝蔵はなおも、断固とした態度で言った。

「わしの娘には手を出させんぞ！　貴様なんぞに、娘を渡してたまるか」

父はわたしのことを言っているのだろうか。わたしを守ろうと、身を挺《てい》して、必死で死神と対峙《たいじ》しているのだろうか。

千紗子は困惑《こんわく》しながら、孝蔵のうしろ姿を見つめた。

送り盆の行事に参加したことが、父の頭と心に何らかの影響を及ぼしたのかもしれない。誕生後すぐ長男を亡くした父の心には、そのときの恐怖が根強く残っているのかもしれない。だから、娘まで死神に連れていかれないようにと、必死で立ち向かっているのではないか。きっとそうだ、と千紗子は思った。父はずっと、わたしを守ろうと必死になってくれていたのだ……。

千紗子の手を、拓未がひっぱった。二人は孝蔵に歩み寄り、両側から声をかけた。

「おじいちゃん」と拓未が言った。

「お父さん」と千紗子が言った。

孝蔵は肩で息をしていた。痩《や》せてあばら骨の浮かぶ胸が、前後に波打っていた。

彼は暗闇の向こうに目を凝らし、警戒《けいかい》を怠らない断固とした態度を見せていた。

「もう行っちゃったみたいだよ」

　拓末はそう言って、横に広げた孝蔵の腕をそっとおろした。それでようやく、孝蔵は警戒を解いたようだった。

「こんどまたやってきたら、叩きのめしてやる」

　孝蔵は荒い息をつきながら言った。

「ぼくがやっつけてあげるよ。おじいちゃん」

　孝蔵は不思議そうに拓末に目を向けた。「坊やは、どこの子だ？」

「おじいちゃんの孫だよ」

　孝蔵は訝《いぶか》しげなまなざしになった。「わしは聞いてないぞ。だれが決めたんだ、そんなこと」

　拓末は笑みを浮かべ、「ぼくが決めたの」と言った。

　孝蔵はしばし、唖然《あぜん》とした顔で拓末を見つめていたが、いきなり笑いだした。

「そうか。坊やが決めたのか。じゃあ、わしも決めよう。わしはおまえのおじいちゃんだ」

「おうちにはいろうよ、おじいちゃん」

「ああ、そうしよう」

　孝蔵は上機嫌になっていた。つい先ほどまでの悲壮《ひそう》ともいえる気迫は、もう跡形もなく消えていた。

「今夜も野村は打つかなあ」

「野村？　だれ、野村って？」

「おまえ、野村克也《かつや》を知らんのか。野球は観んのか」

「うん、あんまり……」

千紗子が口をはさんだ。「野村克也っていうのは、有名な監督だったのよ。もう辞めちゃったけど」

「監督？」孝蔵が驚いて千紗子に顔を向けた。「あんた、何を言っとるんだ？　あの男は去年、三冠王になった選手だぞ。引退などするものか。今年もパ・リーグの本塁打王は間違いない。監督だなんて、そんなこと、わしは聞いてないぞ」

千紗子と拓未は両側から孝蔵の手をとった。

「ねえ、野村選手のこと、詳しく教えてくれる？」と千紗子は言った。

「ぼくも聞きたい」

孝蔵はまんざらでもなさそうな顔で、うなずいた。

「野村ってのはなあ……」

家に向かってよろよろと歩きながら、孝蔵は、野村克也がいかにすごい選手であるかを語りはじめた。

4

その日はめずらしく、朝からどんよりした雲が空を覆《おお》い、山々は白く垂れこめた霧で霞《かす》んでいた。朝のうちに降った雨はやんでいたが、空は晴れる気配を見せなかった。それでも裏庭の畑にとっては、久々の恵みの雨だった。

畑は昨日の夕方、二人で草とりと間引きをしたばかりだった。そろそろ秋蒔《あきま》きの準備をする時期かもしれないなどと、それまで野菜の栽培になど興味がなかったのに、千紗子は考えていた。

朝から居間で仕事をして、絵本を完成させたばかりだった。作品を仕上げた達成感で、天候にかかわらず気分がよかった。縁側でノートを読みふける拓未を横目で見ながら、絵具を片付けていると、スクーターに乗った亀田が庭にはいってくるのが見えた。

「ちょうどいいお湿《しめ》りだったね」

縁側から顔を覗かせた亀田は、挨拶《あいさつ》がわりに天気の話をした。

「こうちゃんは？　工房にいるの？」

それに答えたのは拓未だった。「粘土で遊んでる」

「ほう。粘土で遊んでいるのか。彫りものをしないなんて珍しいなあ」

孝蔵が木を彫れなくなったことを千紗子が話すと、亀田は表情を曇らせた。

「そうか。構成失行《しっこう》が出たか」と亀田はつぶやいた。

「何なんです？　その構成失行って」

亀田は縁側に腰をおろし、千紗子の問いに答えた。

「失行というのはね、簡単に言うと、運動機能に障害がなくて、手足も正常に動くのに、うまく動作や行為ができなくなることなんだ。脳の機能障害によるものだよ。たとえば、認知症患者でよくあるのが着衣失行といって、服をまともに着られなくなる。ズボンを腕に通そうとしたり、ネクタイが結べなかったり」

それを聞いて千紗子は、孝蔵がスーツを着ようと四苦八苦していたときのことを思い出し、亀田に話した。

「ああ、それは着衣失行だなあ」亀田は思案げな顔で言った。「そうか、こうちゃん、仕事に行こうとしたのか」

千紗子は、孝蔵が夜中に小便を洩らして、そのとき一時的に千紗子のことがわかったことや、朝食後、とつぜん家に帰ると言いだして徘徊《はいかい》したこと、夜中に死神に向かってわめいていたことなどを話した。

「病態が進行してきたのかもしれないね」

ため息まじりに亀田は言った。

「ふつうのひとは体験の一部を忘れる。だがね、認知症患者は体験全体を忘れるんだ」

「体験全体？」

千紗子の言葉に、亀田はうなずいた。

「たとえば、スーパーへ買い物に行って、買うはずの品物をひとつ買い忘れる、というのはだれでもある。これが認知症になると、買い物をして帰ってきても、しばらくすると、買い物に行ったこと自体を忘れて、また買い物に出かけるんだ。体験そのものを忘れてしまうから、物忘れを自覚できないんだよ。それに、体験の時間的なつながりがないから、過去と現在が混在したなかで、常に瞬間瞬間を生きている。これは、たとえば、そうだなあ……」

亀田はつかのま言葉を探して庭のほうへ目を向け、それから口を開いた。

「小説を途中から読むようなものだと考えればいい。前後の脈絡《みゃくらく》がわからないから、いまこの場でこうであることが、一体どういうことなのか見当がつかない。何か手がかりをつかもうとしても、つかめないから、あきらめてしまうんだ。彼らが常に、どれほど不安な状態にあるのか、なんとなく想像がつくだろう？」

亀田の説明を受け、認知症の状態がどういうものであるのか、千紗子は少しわかったような気がした。

「ときにはね、ぽんっとね、正常な記憶が浮き上がってくることもある。しかし、しょせん脈絡のない一時的なものだから、すぐに記憶の底に沈んでいく。寄る辺ない混沌《こんとん》だよ」

「おじいちゃんね、こないだ野村克也の話をしてたよ」拓未が口をはさんだ。「まだ現役の選手だって言ってた」

亀田は拓未に顔を向けた。

「野村克也か。そりゃまた渋いひとが好きなんだなあ。月見草、だな」

「月見草？」拓未が言った。

「ああ。王や長嶋というスター選手がいてね。彼らが陽の目を見るひまわりなら、自分は、夜にひっそり月を見る草だと、野村は言ったんだ。すごい選手なんだぞ。戦後初の三冠王で、八年連続本塁打王にもなっている。なのに、注目されるのは王や長嶋ばかり。いつも日陰にいて、それでも倦《う》まずたゆまず努力しつづけたひとだ。日向《ひなた》のひまわりへの悔しさが、バネになっていたのかもしれないなあ」

「おじいちゃんも、そんなこと言ってた」

「そうか。まあ、日陰にいても努力することが大切だということだ。わかるかね？」

「うん」

「拓未くんは努力してるみたいだからなあ」亀田は拓未のノートに目を向けた。

「それ、お勉強してるのかい？」

「うん。ちょっとね」

「何の勉強かな。おじさんに見せてくれる？」

亀田の言葉で、千紗子に緊張が走った。

拓未がノートを亀田に見せたら、どう言い訳すればいいのか、あわてて考えをめぐらせた。記憶障害だと言ってしまっていいものかどうか、判断がつかなかった。うろたえる千紗子をよそに、拓未は「ダーメ」と笑って言った。「大事なものだから」

千紗子は胸を撫で下ろした。安堵の息をつきながら、残念だなあ、と笑う亀田に目を向けた。

「で、こうちゃんのことだけど、ほかには、何か気になることはありましたか」

亀田に訊ねられ、千紗子はいくつか気になることを思い浮かべた。

「最近、ご飯を食べたことを忘れるようになったんです」と千紗子は言った。「さっき食べたばかりなのに、ご飯はまだかって。いま食べたところでしょって言うと、わしに食事をさせないつもりかって怒鳴《どな》るんです。それで夜中に冷蔵庫をあけて、ごそごそ食べたりするんですよ。なんだか食べることに卑《いや》しくなったみたいで。座りこんで冷蔵庫に頭を突っ込んでる姿を見たら、ぞっとしました」

それもよくあることだと亀田は笑った。

「食べものを食べているときって、安心するでしょ？　認知症の症状がひどくなってくると、それに比例して不安もどんどん大きくなっていく。だから、安心感を得ようとして、食に固執するようになるんです。それに、食事のときは家族一緒に食べるでしょ。だから、食事には家族との交流という意味もある。それを求める気持ちもあるんでしょう」

亀田の説明を聞くと、とんでもないと思っていたことが、そうでもないような気がしてくる。亀田がいてくれてありがたいと千紗子は思った。

「それから、ゆうべなんですけど、夜中の三時に、朝なのにまだ寝てるのかって起こしに来ました」

「睡眠障害も認知症患者にはよくあります。睡眠のリズムが狂いますから、見当識に障害が出て、夜中なのに朝だと思うことがあるんです。ああ、見当識というのはね、時間や場所や人物といった、基本的な状況を認識する機能のことです。このままだと、そのうち昼夜逆転になるかもしれませんよ」

それは困ると千紗子は思った。二十四時間起きているわけにはいかない。

「睡眠障害は、多くの場合、排泄《はいせつ》の問題がかかわっています。たとえば便秘。便意を便意として認識できないから、違和感や切迫感があってもトイレに行かない。そのために眠れない場合があります。それから、オムツの交換がうまくいってない場合ですね。こうちゃんはまだオムツはしてないでしょ？」

千紗子はうなずいた。

「そのうち必要になるかもしれません。早めに用意しておくといいでしょう。もしオムツを穿《は》くようになったら、注意してこまめに交換してあげてください。失禁して汚れたままだと、気持ちわるくて眠れませんから、それで睡眠障害になります。だいの大人がお漏らしなんて恥ずかしいでしょ。だから、いくら気持ちわるくても言わずにがまんするんです。それで身内から失禁を指摘されると、自分の能力の低下を糾弾《きゆうだん》されたように感じて、余計にかたくなになってしまう。さっき、こうちゃんが台所でお漏らしをしたと言ってましたね。そのときは叱ったりしましたか」

「いいえ」

「そうですか。その現場を見たのは千紗子さんだけですか」

「はい」

「じゃあ、拓末くんに協力してもらおうかな」亀田は拓末に目を向けた。「拓末くん、すまないけど、今日から毎晩、寝るまえにおじいちゃんをトイレへ連れてってくれないか」

「うん。いいよ」拓未は笑顔で答えた。

「いい子だ。忘れずに頼むよ」

拓未はうなずいた。

「過去に失禁について騒がれたことがあると、それを潜在的におぼえているから、千紗子さんだと意地を張ってしまうかもしれない。拓未くんなら適任です。睡眠障害の原因が排泄なら、寝るまえに排尿させることで、いくらか違ってきますよ」

亀田は立ち上がり、孝蔵のようすを見に工房へ向かった。拓未をその場に残して、千紗子もついて行った。

亀田は孝蔵の粘土遊びを中断させ、いくつか簡単なテストをした。

まず孝蔵に軍隊式の敬礼をまねさせ、それから手指を順番に屈曲させたり、じゃんけんのチョキのかたちをさせたり、影絵のキツネのかたちをさせたりした。孝蔵はそれらをうまくやることができなかった。亀田は工房にあった紙とシャープペンシルを孝蔵に渡し、三角形や台形などの図形を模写させたが、孝蔵はまともな図形をひとつも描くことができなかった。

亀田は白衣のポケットから百円ライターを取り出し、「これは何かな?」と孝蔵に訊いた。

「あれだ……あの……クバコに火をつけるやつだ」

「うん、そうだね。こうちゃん、これ、使ったことある？」

孝蔵はうなずいた。

「じゃあ、つけてみて」

孝蔵はライターを受けとり、しばし眺めたあと、耳に入れようとした。その動作を見て、千紗子は思わず声を洩らした。

そのあと亀田は孝蔵と少し世間話をして、工房を出た。

「まあ、見てのとおりですよ」

亀田は悔しそうな表情を浮かべた。

「これからもっと大変になります。あなた一人じゃもう無理でしょう。介護の認定がそろそろおりる頃ですよね」

「ええ、たぶん」

「施設に入れることも含めて、よく検討してください。ぼくも相談にのりますから」

「はい」

亀田はふっと息を洩らし、曇り空を見上げた。遠くの空には、少し晴れ間が見えている。

「あいつ、木彫りの菩薩像ばかりつくってたでしょ」

「えっ?」

「顔が気に入らないと言って、床に仏像を投げ捨てていた。彫れば彫るほど、思い描いてる顔からどんどん遠ざかっていくと言ってね。以前はもっとはっきり見えていた気がすると言っていた」

「それが、どうかしたんですか」

「あいつ、死んだ奥さんの顔を彫ろうとしていたんじゃないかなあ」

亀田は淋しげに微笑んだ。

5

「ねえ、おじいちゃん。ぼく、トイレに行きたいから、一緒について来てくれる?」

縁側から孝蔵の部屋に顔を覗かせ、拓未は言った。

孝蔵は下着姿で布団にはいるところだった。彼は起き上がるのを渋っているようだったが、拓未が彼の腕をとり、「ね、お願い。おじいちゃんについて来てほしいの」と言うと、しぶしぶ立ち上がった。拓未は孝蔵を先に歩かせてトイレに誘導した。

「ぼく、おじいちゃんのあとでするから、先にオシッコして」

孝蔵は訝しげにふり返ったが、「ここで待ってるから、先にはいって」と拓未にうながされ、素直にトイレにはいった。

千紗子は居間から縁側に顔を半分ほど出して、そのようすを盗み見ていた。孝蔵がトイレにはいると、拓未はふり返って、Vサインをしてみせた。千紗子も笑顔でVサインを返した。

孝蔵が出てくると、拓未がトイレにはいった。孝蔵は縁側の突き当たりにある洗面台に向かい、蛇口《じゃぐち》を捻《ひね》ろうとしたが、その手がはたと止まった。彼は目のまえの鏡を見つめ、そのまま動きを止めてしまった。

千紗子はそのようすを居間から盗み見ていたが、声をかけようと思い、縁側に一歩足を踏み出した。そのときだった。孝蔵が怯《おび》えたように二、三歩あとずさり、いきなり意味不明な怒鳴り声をあげたのだ。それは喉《のど》からしぼり出すような声だった。

千紗子はあわてて駆け寄ったが、それよりはやく、孝蔵が鏡に殴りかかった。破砕音《さいおん》が響き、ガラスの破片《はへん》が飛び散った。孝蔵がなおも殴りかかろうとするところを、千紗子は背後から羽交《はが》い絞《じ》めにして、そのままうしろへ引きずった。

孝蔵は荒い息をつき、ぎらついた目で割れた鏡を睨みつけながら、千紗子の腕を振りほどこうと、もがいた。

「放せ！　あいつを追い出さなきゃならん」

「何してるのよ、落ちついて」

「くそっ、まだ睨みつけてやがる。出ていけ！　おまえなんぞに騙《だま》されんぞ！　卑怯で嘘つきな死神め！　おまえなんぞ恐れるものか。さっさと出ていけ」

千紗子は孝蔵を居間まで引きずり込んだ。拓未が駆けてきて、二人がかりで前後から孝蔵に抱きつく。拓未は孝蔵にすがりつきながら、おじいちゃん、おじいちゃん、と呼びかけた。

「だいじょうぶだよ。ぼくたちがいるから」と拓未は言った。「ぼくとお母さんが、おじいちゃんを守るから。だいじょうぶだよ、安心して。だいじょうぶだから」

二人に強く抱きしめられ、孝蔵は徐々に落ちついていった。

千紗子は孝蔵を座らせ、ケガの手当てをした。こぶしから流れる血をぬぐい、細かなガラスの破片をとって、ガーゼを当てて包帯をまいた。

拓未もガラスの破片を踏んでいたが、たいしたケガではなかった。拓未のケガの手当てをしてから、二人で孝蔵を寝かしつけた。電気を消し、居間との仕切り襖《ふすま》を閉める。先に寝るよう拓未に言ってから、千紗子は床に散ったガラス片を掃いて集め、割れた鏡を注意深くはずした。

ふと見ると、縁側のガラス戸に自分の姿が映っていた。いまにも泣きだしそうな顔が、深い闇のなかに浮きあがっていた。

6

仕事で外出したついでにやってきた久江は、居間の畳に座り、座卓の上に一通の封筒を置いた。千紗子が封筒を開けると、なかに介護保険被保険者証がはいっていた。ようやく孝蔵の認定がおりたのだった。要介護状態区分の欄には〈要介護1〉と記されてあった。それは、五段階にわかれた要介護区分の、最も低いレベルだった。

「部分的な介護を要する状態、と判定されたのね」

久江は冷えた麦茶に口をつけてから、残念そうに言った。

「この認定レベルだと、特別養護老人ホームはまず無理ね。グループホームは六十五歳以上が条件だから、おじさんはまだ六十四歳でしょ。それに、ひとりで着替えや食事や排泄ができないと入所できないからねえ。おじさん、ひとりで着替えができなくなってるんでしょ？」

千紗子がうなずくと、久江はトートバッグからA４版のパンフレットをいくつか取り出した。それらは民間の入所施設を紹介するパンフレットだった。久江はすでにいくつかの施設を訪問し、実際にどんな施設なのかを見てきてくれていた。

「ごめんね、忙しいのに」千紗子は頭を下げた。「わざわざそんなことまでしてくれて」

「いいの、いいの」久江はあっけらかんと笑った。「それでね、ちょっと遠いんだけど、ここの施設がよさそうなのよ」

久江はパンフレットのひとつを千紗子に渡した。

「料金は安いし、設備もそこそこしっかりしてる。部屋もきれいで気持ちのいいところよ。スタッフもきちっとしているし、いいと思うんだ」

千紗子はパンフレットをぱらぱらとめくっただけで、座卓に置いた。

「気に入らない？」

千紗子はかぶりを振った。「忙しいのにいろいろと動いてくれて、ほんとに感謝してる。ありがと。でもね……」

「でも、なに？」

「しばらくここで、拓未と二人で、お父さんの世話をしようと思うの」

久江は少し驚いたように千紗子を見た。それから、しみじみとした声になって、「でも、あまり無理しないでね」と言った。「訪問介護のサービスがあるから、利用できるものは利用したほうがいいよ」

「大変になったら相談するわ」

「ケアプランだけでも先に立てておけば？　利用限度額があるから、要介護１だと、あまり多くは利用できないと思うけど、ヘルパーさんが来てくれたら助かるわよ」

「うん。でもまだしばらくは、拓未をできるだけ他人の目に触れさせたくないから」

「そうねえ。万が一ってことがあるからね」

「そのうち利用することになると思う。そのときは相談に乗って」

まかして、と久江は胸を叩き、それから意味深長な微笑みを浮かべた。

「なによ」

「角が取れたなあって思って」

「なに、それ」

「おじさんもきっと、よろこんでるよ」

「もう呆けまくってるわよ。ほんと、世話が焼けるんだから」

久江はくすっと笑った。

「なに笑ってんのよ、もう」

「ごめんごめん。でも、あんたたち三人を見てると、いい家族だなあって思う。拓未くんもいい子だし」久江は感慨深げに息をついた。「ほんとの親子みたいだよ、あんたたち」

久江は前庭のほうへ目を向けた。照りつける陽射しのなか、拓未が庭の真ん中でシャボン玉を飛ばしている。拓未が息を吹くたびに、夏の陽を浴びて虹色に輝くシャボン玉が、いくつもいくつも、競い合うように宙に舞い踊った。

「久江には感謝してるの」目をほそめて拓未の姿を眺めながら、千紗子は言った。「久江のおかげで、拓未とめぐり逢えたんだから」

「あたしはいまでもすっごくうしろめたいんだけど」

久江は自嘲《じちょう》するような笑みを浮かべてから、深刻な顔になった。

「あのとき、あの子を見殺しにしていたらと思うと、ぞっとするの。あたし、エゴ丸出しだったもんね。めちゃくちゃテンパってたし、自分と学《まなぶ》のことしか考えられなかった。あとになって、ほんとに情けなかった。自分がどれだけ身勝手でひどい人間か、あの一件で思い知ったわ」

「久江……」

「チサは、あの子だけじゃなく、あたしも救ってくれたのよ」久江は千紗子をよっすぐに見つめた。「あたしは飲酒運転の罪を逃れるため、もっとひどい罪を平気で犯そうとした。あのとき、あたしね、本気で……あの子が死のうが生きようが関係ないと思ったの」

「もういいよ、久江」

「よくないよ。チサのおかげで、飲酒運転なんかよりもっとひどい罪を犯さずにすんだ。チサには心から感謝してるのよ。あんたは二重に、あたしを救ってくれたんだもの」

千紗子は座卓の上で手をのばし、固く握られた久江のこぶしに手のひらを重ねた。久江がもう片方の手を、その上に重ねる。木洩《こも》れ陽《び》の射す縁側に、一羽のブッポウソウがとつぜん舞い降り、ひと声鳴いてから木立のほうへ飛び去っていった。

「このまま、あの子の記憶が戻らなければいいね」久江が言った。

「だいじょうぶよ」千紗子は強がって微笑んだ。「拓未にはもう、新しい想い出がいっぱいあるから。楽しい想い出がいっぱいあるから。いやな想い出がはいり込む隙間なんて、もうどこにもないわ」

「そうね」

久江も微笑んで、千紗子の手の甲を軽くぽんぽんと叩いた。

「子どもを失うことは、未来を失うことなの」

「えっ?」

「純が死んで、わたしは生きる意味を見つけられずにいた。わたしの時間は止まったままだったの。弱い人間だから」

千紗子は唇を噛んでから、口を開いた。

「でも、あの子のおかげで変われた気がする。だから、何があってもあの子を守るわ。あの子に、しあわせな過去と未来をあたえてあげる。えらそうな言い方だけど、それができる気がするの」

「チサ……」

「だって、拓未はもう、わたしに明日をくれたんだもの」


千紗子は夜中に一度起きて孝蔵のようすを見に行くことにしていた。携帯電話のアラームを三時にセットし、枕もとに置いて眠るようにしたのだ。

その夜も、アラームが鳴るとすぐに止め、布団から起き上がった。拓未が熟睡していることを確認し、部屋を出る。台所も居間も真っ暗だったが、孝蔵の部屋との仕切り襖の隙間から、明かりが洩れていた。

襖を開けると、布団の上で孝蔵が四つん這《ば》いになっていた。頭を垂れ、その姿勢のままじっとしている。声をかけようとしたとき、悪臭が鼻をつき、千紗子は思わず顔をしかめた。それはまぎれもなく糞便《ふんべん》の臭《にお》いだった。

千紗子は孝蔵の肩甲骨に手を触れ、「体をきれいにしに行きましょう」と言った。そっと引き起こすと、孝蔵はうなだれたまま立ち上がり、導かれるまま浴室へ向かった。

千紗子は浴室のなかで孝蔵の下着を脱がせ、糞便まみれの下着をビニール袋に入れた。それを脱衣所の床に置いてから、風呂の湯を出したままにして盥《たらい》に溜《た》め、孝蔵の下半身に何度も湯をかけた。孝蔵は裸で突っ立ったまま、虚《うつ》ろな目を浴室の壁に向け、されるがままになっている。湯で流しきれない糞便を、千紗子は雑巾《ぞうきん》で丁寧《ていねい》に拭きとった。

汚れた雑巾は、下着を入れたビニール袋へ入れ、袋の口を縛った。あとで外のゴミ箱へ捨てに行くことにして、盥に湯を溜め、ふたたび孝蔵の下半身にかけた。スポンジにボディソープをつけて泡立てていると、唐突に孝蔵が口を開いた。

「どなたか知りませんが、こんなことまでしてもらって……」

孝蔵は裸で棒立ちになったまま、嗚咽を洩らしはじめた。ありがとう、ありがとう……涙を流しながらくり返す父の姿に、千紗子は目頭が熱くなった。

毎朝、阿弥陀堂へお参りに行った帰りに、裏の畑でトマトを捥《も》いできた孝蔵だったが、いまはすっかり畑に行かなくなった。仏像彫刻の合間にしていた畑の世話もしなくなり、千紗子がその役割を引き継いだ。

畑仕事などしたことのない千紗子は、はじめ孝蔵にいろいろと訊ねたが、孝蔵の話は支離滅裂《しりめつれつ》で要領を得ず、しかたなく桑野《くわの》を頼った。桑野から土のことや害虫のこと、連作のきかないものは輪作にすることなど、野菜栽培について話を聞くうちに、畑仕事に興味をもつようになった。

阿弥陀堂へは、拓未が孝蔵に付き添っている。朝のお参りに出かけてそのまま徘徊したことがあり、それからは、孝蔵をひとりで外出させないようにしていた。

以前の孝蔵は、千紗子たちより早く起きてお参りに出かけていたが、夜中に起きだすことが多くなったせいか、いまは千紗子が起こすまで鼾《いびき》をかいて眠っている。

規則正しかった孝蔵の生活はしだいに乱れ、病状は日を追うごとに進行しているようだった。放っておくと洗顔や歯磨きをせず、風呂にはいっても体を洗わずに出てきてしまう。平坦な場所でも転倒することが多くなり、迂闊《うかつ》に目を離せなくなった。

工房にいる時間は日に日に短くなり、ぼんやりと過ごす時間が増えていった。集中して作業することが難しくなってきているらしい。これもやはり、覚醒と睡眠のリズムがおかしくなってきた影響なのだろう。縁側でまどろむ孝蔵の姿を、よく目にするようになった。

木洩れ陽の射す縁側で、孝蔵は背を丸めて座っている。彼のうしろ姿の向こうには、ずらりと庭にならんだ仏像のうしろ姿が見える。彼らはみな、外の明るい世界に目を向けている。夏の陽射しが降り注ぐまぶしい世界に、緑の葉を茂らせた木々と、その上に広がる青く澄んだ空に、じっと目を向けている。

「よっこいしょっと」

千紗子はわざと声をだして孝蔵の隣に腰をおろす。だが孝蔵はそれに気づいたようすもなく、玄関わきの大きな柿の木を飽きもせず眺めている。千紗子は縁側から垂らした脚をときどき揺すりながら、孝蔵の横顔に目を向ける。孝蔵はぼんやりと、夢見るように柿の木を眺めている。お盆のまえに剪定《せんてい》した柿の木は、青い未熟な実を枝にぶら下げている。数羽の雀が枝にとまり、ちょこまかと動きながら何事かをささやきあっている。

千紗子はまるで幼い子どものように、孝蔵のほそい肩に頭をもたせかけるが、孝蔵はそれに驚くこともいやがることもせず、ただぼんやりと柿の木を見上げている。

きっと心の奥の深いところで気づいていてくれているのだと、受け入れてくれているのだと、千紗子の心は感じている。くつろいだ気持ちになり、殺風景な庭に目を向ける。ただ風が吹きぬけていくだけの、何もない庭を眺め、その心地よさに身をゆだねる。伸びてきた雑草をそろそろ刈らなきゃ、などと考えてみる。そんな、のんびりと過ぎてゆく時間を、千紗子は愛した。木洩れ陽に目をほそめ、父の肩に頭をあずけて過ごす時間を。

7

激しく降る夕立が、工房のトタン屋根を乱暴に打ち鳴らすなか、千紗子は拓未に教えてもらいながら木彫りを練習していた。

拓未は日を追うごとに上達しているようだった。孝蔵がつくった菩薩像を見本にして、何種類もの彫刻刀を駆使し、習作に励んでいた。孝蔵はいつもの窓際の椅子に腰かけ、ぼんやりと粘土をいじっている。

以前は孝蔵の居場所だった工房は、まるで世代交代をしたように、拓未の居場所になっていた。拓未は外で遊ぶことよりも、工房にいることを好んだ。

千紗子にとっては、人目につかない工房にいてくれるほうが安心だったが、それでも、天気のよい日に外出しようとしない拓未に、少し不安を感じていた。拓未には社交的な明るい人間になってほしいと願っていた。このままでは内向的な性格が助長され、人付き合いを疎《うと》んじる人間に成長するのではないかと不安だった。

千紗子も拓末も、それぞれの木彫りに集中していた。雨音がいちだんと激しくなり、千紗子は顔をあげた。窓の外を見ようと目を向けると、孝蔵がちぎった粘土を口に入れ、咀嚼《そしやく》しているのが見えた。あわてて席を立ち、孝蔵の口から粘土を吐き出させようとしたが、孝蔵は抵抗し、粘土を呑みくだしてしまった。千紗子は湯呑みに残っていた緑茶を孝蔵に飲ませた。

「おなか減ったのね」

千紗子の言葉に反応せず、孝蔵は手もとの粘土をちぎって、また口に入れようとした。千紗子はその手首をつかみ、手指を一本一本開いて、手のなかから粘土を取り上げた。千紗子。孝蔵の力は予想外に強く、手を開かせるのがひと苦労だった。

「こんなもの食べないで。いまおせんべい持ってくるから。お父さんの大好きなおせんべい。だから、ちょっと待ってて。ね、すぐ持ってくるから」

拓末が椅子から立ち上がり、「ぼく持ってくるよ」と言った。「お母さんはおじいちゃんを見てて」

「わるいわね。おせんべいのある場所、わかる？」

「うん。わかる」

「冷蔵庫に麦茶のポットがあるから、それも持ってきてくれる?」

「まかせて」

拓未は笑顔で言い、駆けだした。

「そんなに急がなくていいから。転ぶわよ」

拓未は工房の入口で急に足を止めた。その止まり方からして、千紗子の注意を受けたせいではないことが明らかだった。何か見えない壁にぶつかって止まったような、そんな唐突な止まり方だった。

「どうしたの? ねえ、拓未?」

拓未は二、三歩あとずさった。訝しく思った千紗子が近づこうとしたとき、戸口にひとりの男が姿を現した。

黒いTシャツを着て、黒いジーンズを穿いた、短い黒髪の痩せた男だった。千紗子の目には、その男が一瞬、死神に見えた。

男は片手に濡れたビニール傘を持っていた。男がその傘を振ると、工房の床や、拓未の顔に、水滴が降りかかった。男は拓未を睨みつけ、口をゆがめて笑みを浮かべた。

「おまえ、こんなとこで何してんだ?」

聞きおぼえのある、鼓膜《こまく》に粘《ねば》りつくような、巻き舌の声だった。拓未は蛇に睨まれた蛙《かえる》のように、男の顔を見上げたまま身を硬《かた》くし、立ち尽くしている。

千紗子も動けなかった。恐怖というよりも、あまりのショックと困惑で、動くということに意識が向かなかったのだ。

犬養安雄《いぬかいやすお》は、工房のなかを見まわし、千紗子に目を向けた。

「よう、久しぶりだなあ」

まるで捕らえた獲物をいたぶるようなまなざしで、にやけながら、安雄は言った。

「どなたですか」千紗子は言ったが、その声は小さく、しかも震えていた。「あなたに会ったことなんて、ありません」

安雄の顔から笑みが消え、鋭いまなざしが千紗子を射抜いた。

「ふざけたこと言ってんじゃねえ！」

安雄がいきなり怒声をあげ、千紗子の心臓が激しく脈打った。拓未が一歩あとずさるのが見えた。

「たいした悪党だぜ、まったく」安雄は吐き捨てるように言った。

濡れたビニール傘を拓未の胸に押しつけ、「持ってろ」と言うと、工房のなかに遠慮なくはいってくる。拓未が記憶を失っていることを、安雄は知らないのだ。

安雄を見て拓未が記憶を取り戻すかもしれない、と千紗子は急に不安をおぼえた。そんなことよりも深刻な状況に陥《おちい》っているというのに、千紗子の頭のなかはその不安でいっぱいになった。

安雄は工房の壁にならんだ仏像に目をやり、それから作業机に目を向けた。拓未が彫り進めていた菩薩像を手にとり、鼻で笑いながら眺める。

「なんか、変な宗教にとり憑《つ》かれてんのか」

横目で千紗子を見る。彼女が黙っていると、安雄は手に持った仏像を、机の縁に思いきり叩きつけた。木と木がぶつかる硬質で乾いた音が工房のなかに響き、千紗子は思わず声をあげ、あとずさった。

一本彫でなかったら、仏像の首は弾け飛んでいただろう。飛び散りこそしなかったが、仏像の首にはいびつな裂《さ》け目ができ、深く傷ついていた。ぼんやり粘土をいじっていた孝蔵まで、物音に驚き、目を丸くして男を見上げている。

「ひとをコケにしやがって」

安雄は木彫りの仏像を床に投げ捨て、千紗子の顔をねめつけるように見た。

「あんた、自分が何をしたのかわかってんだろうなあ」

「どうして……」千紗子は唾を呑みこんだ。「……どうして、ここがわかったの？」

安雄は鼻で笑った「知りたいか」そう言って、おかしそうに笑う。「まあ、時間はたっぷりある。こんな場所じゃあ、ひともやってこないだろうしなあ。いろいろと、お話しししようじゃねえか。なあ」

安雄は作業机に片手をつき、膝の破れたジーンズのポケットに手を突っ込んだ。

「あんたの顔写真が、保育園の会報に載ってたんだよ。うちの保育園、そういうのをさあ、玄関はいったとこの壁に貼りだすんだよなあ。女房がガキを迎えにいったとき、気づいてよ。あんた、絵本作家なんだって？　すごいじゃん。あんな記事になるぐらいだから、けっこう儲《もう》けてんだろ？」

安雄は誤解していた。たしかに、とびぬけて稼いでいる絵本作家はいるが、それはほんのひと握りで、千紗子から見れば雲の上の存在だった。保育園協会の会報で作品を紹介してもらえたのも、出版社の営業努力の賜物《たまもの》なのだ。千紗子にとっては、はじめてのインタヴュー記事だった。

「何とかの親の会だっけ？　えらそうに作家ヅラして、裏であんな詐欺《さぎ》まがいの商売やってんのかって、女房が腹立ててよお。あんたの化けの皮、剝《は》がしてやろうって言いだしたんだ。それで、ちょっと待てって言ったんだよ。有名な作家先生なんだからよ、社会的地位ってもんがあんだろ。人気商売なんだし。それを傷つけるのはよくねえって。穏便にすませようじゃねえかってな」

安雄は下卑《げび》た笑みを浮かべ、上目遣《うわめづか》いに千紗子を見つめた。ここまでの話を聞いて、安雄の魂胆が見えてきた。もし金銭で解決できるのなら、それで放っておいてくれるのなら、その要求を受けようと千紗子は思った。

「ネットカフェ行って、あんたのこと検索したら、ある図書館のブログを見つけた。ネットって便利だよなあ。金がはいったらパソコン買おうかって話してんだ、女房とよ。おぼえてっかな？　あんた、図書館に絵本を贈ったろ。そんときの記事だ。図書館の連中に囲まれて、笑ってる写真が載ってたぜ」

おぼえていた。それは奥平村の図書館だった。まだ純が生きていて、保育園にかよっていた頃。奥平村が合併して五合町《ごごう》になるまえのことだ。はじめて出版された絵本を寄贈したのだった。

「奥平って場所は、あの川の付近だ。おかしいなあって、ピンと来たぜ。で、電話帳で調べて、奥平に住んでる〈里谷《さとや》〉って名前の家に電話しまくった。たいした数じゃなかったけどよ。ペンネームじゃなくて助かったぜ。あんたのこと知ってる家があって、あんたは東京にいるけど、親父が上山集落に引っ越したって聞いてよ。この家を見つけるのはわけなかった。じつは昨日、ここに来たんだ。驚いたねえ、あのガキがいるじゃねえか。にこにこ笑って、あんたと一緒に洗濯物なんか干してよ。あんたがどういう魂胆《こんたん》なのか察しはついてる。そこで、お話し合いってわけだ」

夕立がまた激しさを増し、半分ほど開けた窓から、雨が降りこんできた。千紗子は目のまえの男を黙って見ていた。孝蔵も不思議そうに闖入者《ちんにゅうしゃ》を見ていたが、男が話す内容を理解しているのかどうかはわからなかった。

拓未は濡れた傘を胸に抱いたまま、怯えた表情でじっとこちらを見ている。拓未にはこの話がわかっているのか、それとも、訳がわからずに混乱しているのだろうか。千紗子はそれが気がかりだった。

「一億でいいや」犬養安雄は事も無げに言った。

「えっ？」

「それで忘れてやるよ。安いもんじゃねえか」

金銭での解決を望んでいた千紗子だったが、安雄が口にしたのは、あまりにも法外な金額だった。そんな大金、どうあがいても工面できる見込みはない。

「作家先生なんだから、それぐらい耳そろえて払えるだろ」

「無理です。一億なんて……」

「ふざけんな！」

安雄はいきなり声を荒らげ、大股で歩み寄ると千紗子の胸ぐらをつかんだ。硬いこぶしでぐいぐいと顎《あご》を突き上げながら、「てめえ、自分のしたことがわかってんのかよ！」と怒鳴り散らす。「誘拐《ゆうかい》だぜ、拉致《らち》だぜ、子ども攫《さら》って、そのうえ、おれたちを騙して金巻き上げようとしたんだぜ。なにが無理だ、なにが無理なんだよお！」

千紗子は胸ぐらをつかまれたまま背後の窓枠に押しつけられた。安雄のこぶしが喉《のど》をぐりぐりと押し、息が苦しくなる。

「犯罪を見逃してやるうえに、子ども一人くれてやるっつってんだぜ。涙流してよろこべよ、安いもんだろうが」

「ほ、ほんと、に……む、むり、で……」

「ぐだぐだ言ってんじゃねえ！　家売れよ！　土地売れよ！　なんならこのジジイぶっ殺して、保険金受けとれよ。おい、つくれんだろ。カネ、つくれんだろうが！」

安雄の声は、鼓膜《こまく》を震わせるような怒号だった。荒い息をつき、安雄はまだ何か言おうとしたが、それより先に、孝蔵の怒鳴り声が工房のなかに響いた。

「娘に手を出すな！　この卑怯でうす汚い死神め！」

その声で安雄はふり返った。孝蔵は椅子から立ち上がろうとしたが、安雄に蹴り飛ばされ、作業机の縁に背中を打ちつけて床に倒れた。

「おじいちゃん」と声をあげたのは拓未だった。

拓未は傘を振りかざして安雄に突進した。

「ダメ！　拓未、来ちゃダメ！」

千紗子は叫んだが、拓未の足は止まらなかった。

安雄は、拓未が振りおろした傘を難なく受け止め、平手で頬を打ちのめした。千紗子が犬養家を訪れたとき、缶チューハイをこぼした次男を打ちすえた、あのときの光景が一瞬、千紗子の脳裡《のうり》によみがえった。拓未は床に倒れてうずくまった。

「拓未！」

そう叫んだ千紗子に、安雄が顔を向ける。「タクミ？　なんだそりゃ？」

「あの子の名前は拓未です」

「はあ？」

「わたしの子です」

「おまえ、頭おかしいんじゃねえのか」

「あの子は、わたしの子です」

きっぱりと言う千紗子に、安雄は口をぽかんと開け、それからあきれたように笑った。

「ほう。じゃあ、警察呼ぶか。警官のまえで、それ、言ってみるか。いいんだぜ。どうしても金払わねえってんなら、出るとこ出ようじゃねえか。おい、いいのか。それでいいのかよ！」

安雄に睨みつけられ、千紗子は目を伏せた。

二人が口論をしているあいだに、孝蔵は作業机に寄りかかって起き上がろうとしていた。机の天板にのせた腕の力で、体を引き起こした孝蔵は、天板の上に胸をのせるような格好になった。彼の目のまえには、彫刻刀やノミや小刀などがあった。

孝蔵は小刀をつかんだ。それはマキリの小刀だった。鞘《さや》をはらい、腕をつっぱって上体を起こし、ふり返って安雄の背中を凝視する。

安雄は千紗子の首に手をかけていた。「死にてえのかよ、ぶっ殺すぞ」などと言いながら、千紗子を壁に押しつけ、喉をぐいぐい絞めあげている。千紗子は手足をバタつかせ、もがき苦しんでいる。

孝蔵はマキリを持った手を胸のまえに突き出したが、その手首を拓未がつかんだ。拓未は孝蔵の手からマキリを奪いとり、両手で持って、安雄の背中めがけて突進した。

安雄は喉が詰まったようなうめき声を発し、目を泳がせた。わが身に何が起きたのか、まだ理解していないような表情だった。困惑したような、泣きだしそうな表情を浮かべたままひざまずき、千紗子に土下座するような格好で背を丸めた。このとき、千紗子は安雄の背に深々と刺さった小刀を見たのだった。

安雄はまるでダンゴ虫のように体を丸めてうずくまったまま、動きを止めた。黒いTシャツは、小刀が突き刺さったところから、濁《にご》った赤に染まりはじめていた。

安雄を見下ろして震えている拓未の姿が、目のまえにあった。

その背後で孝蔵が何やらうわごとをつぶやいている。何を言っているのかわからなかったが、孝蔵の口は動きつづけていた。孝蔵の目はどこも見ていなかった。その目が彼の内側に向けられていることが、千紗子にはわかった。

拓末は蒼《あお》ざめた顔で、小刻みに身を震わせながら、うずくまった安雄をじっと見つめている。

千紗子はひざまずき、安雄の首にふれた。しばらくそのまま頸動脈《けいどうみゃく》に指を当てる。それから、安雄の背に刺さった小刀の柄を逆手《さかて》で握り、その手にもう片方の手を添え、奥歯を食いしばって小刀を引きぬいた。鮮血が溢れ出し、血に濡れたTシャツをいっそう赤く染めた。

千紗子は引きぬいたマキリの小刀を頭上まで振り上げ、声をあげて振り下ろした。マキリが肉を裂き、骨を砕く衝撃が肩まで伝わった。

吐き気を催したが、めげなかった。ふたたび振り上げ、振り下ろす。マキリの刃が欠けても、やめなかった。犬養安雄の背を四たび刺し貫き、その背にマキリを突き立てたまま、千紗子は立ち上がった。

脚にうまく力がはいらず、千紗子はふらついた。拓末が怯えた目でじっとこちらを見つめていた。孝蔵は、工房のなかをうろつきまわり、大声でわめいていた。さっきからそうしていたのだろう。だが千紗子の耳には、孝蔵の声は聞こえていなかった。

孝蔵はまるで蝶を追いかけるように、ほそい腕をまえに突き出して、「娘に手出しはさせんぞ」「くそいまいましい死神め」などとわめいていた。机の角や椅子にぶつかっても、彼はおかまいなしに幻視の敵を追いまわしていた。危なっかしい足どりだった。いつ倒れてもおかしくない足どりだった。けれども、孝蔵は倒れなかった。

千紗子は血まみれの死体を迂回《うかい》して拓末に歩み寄り、ひざまずいて拓末の目を見つめた。拓末もじっと見つめ返してきた。彼の瞳《ひとみ》は涙を湛《たた》えていた。抱きしめてあげたかった。胸のなかに、しっかり包みこんであげたかった。けれど、血塗られた手で拓末にふれることはできなかった。

「もうだいじょうぶよ」

千紗子の声は掠れていた。喉の痛みをこらえ、微笑んだ。

「わたしが殺したから。あのわるい男は、お母さんが殺したから」

「逃げようよ」拓末は洟をすすり上げた。「みんなで、一緒に逃げようよ」

拓末の頬は、安雄にぶたれたところが赤く腫《は》れあがっていた。千紗子は、拓末から孝蔵へ目を移した。孝蔵の向こうには、壁の木棚にならぶ仏像たちの姿があった。どの顔も、慈悲《じひ》深い目で穏やかに微笑んでいる。

「来るな、あっち行け！」孝蔵が腕を振りまわしながら怒鳴った。「この盗っ人め、さっさと出ていけ！」

唾を飛ばしながらわめく孝蔵を見ていると、千紗子の目に涙が溢れてきた。

「おじいちゃんを落ちつかせてあげて」

「お母さん……」

泣きべそをかきながら、拓末がすがるように言った。

「拓末、お願い」有無を言わさぬ口ぶりだった。

拓末は洟をすすりながら、うなずいた。目を伏せて千紗子に背を向け、重い足どりで孝蔵に歩み寄った。


とつぜん男の子に抱きつかれて、孝蔵は動きを止めた。彼は不思議そうな目で、すがりつく子どもを見下ろした。しばらくそのまま呆然《ぼうぜん》と立ち尽くし、自分の胸に顔をうずめる子どもを見ていた。やがて顔をあげた男の子は、その目に涙を溜めていた。

「純……」

孝蔵は目を輝かせた。

「おお、純よ……生きていたのか……そうか……そうか……よかった……」

孝蔵は目をほそめて、男の子を強く抱きしめた。

「違うよ」すがりつくような目で、その子は言った。「純じゃなくて、拓末だよ」

声が聞こえていないのか、孝蔵は嗚咽を洩らしながら、純、純、とくり返した。

「違うんだって。拓未だよ。思い出してよ、おじいちゃん。ぼく、拓未だよ。お願い、思い出してよ！」

声を張りあげたが、孝蔵は彼を、純、純、と呼びつづけた。

ふと、何かを感じて、男の子はふり返った。そこにいるはずのひとがいなかった。工房のなかを見まわしても、どこにもいなかった。

「お母さん……？」

うろたえ、母親を探しに行こうとしたが、孝蔵に強く抱きしめられていて、身動きがとれなかった。孝蔵は、よかった、よかった、と涙を流しながらつぶやいている。

「ねえ、放して」

腕を振りほどこうとしても、孝蔵の力は強く、振りほどけなかった。

「行かないでくれ、純」孝蔵は涙声で懇願した。「もう、どこへも行かないでくれ。会いたかったぞ、純……会いたかった……」

「放してよ。おじいちゃん！」

「放すものか。行っちゃいかん。純、もうあっちには行かせんぞ」

子どもは孝蔵の腕のなかでもがきながら、お母さん、お母さん、と声を張り上げつづけた。その声は、激しい雨音に混じって、工房のなかに虚《むな》しく響くばかりだった。

第六章　二人の影

里谷千紗子《さとやちさこ》は犯行後、みずから警察に通報し、その足で所轄署《しょかつしょ》へ出頭し逮捕された。

警察へ連絡するまえに、彼女は野々村久江《ののむらひさえ》に電話を入れている。事情を説明したあと、彼女は久江に「約束は守るから」と言った。久江は、警察署に同行して自分の罪を告白すると言ったが、千紗子はそれを止めた。

「学《まなぶ》くんをしっかり守ってあげて。わたしは平気だから」

嗚咽《おえつ》を洩《も》らす久江の声を聞きながら、千紗子は電話を切った。

千紗子は当初、殺害は自分ひとりの犯行だと主張したが、拓未《たくみ》の証言により、事実関係が明らかになった。

拓未は、十四歳未満の触法少年であることから、安雄《やすお》を刺傷した行為について刑事責任を問われなかった。

検察側は千紗子を殺人罪、略取誘拐罪《りゃくしゅゆうかい》、酒気帯び運転および自動車運転過失致死傷罪の四件において起訴した。

千紗子は弁護士にも久江のことは話さなかった。久江との飲食後、自分の車で少年を撥《は》ね、そのまま家に連れて帰ったと主張した。これについて弁護士は疑念を抱《いだ》くことはなかったが、犬養《いぬかい》安雄殺害の件で、彼は千紗子の証言に嘘があると考えていた。

それは計五箇所におよぶ刺し傷についてである。そのうち一箇所は心臓を貫いていた。解剖の結果、この一撃によって即死したものと判定されたのだった。

弁護士は、最初に少年が刺した一撃で、安雄はすでに死んでいたのではないかと疑った。

「あなたはそれに気づき、少年の罪を背負うために、故意に何箇所も刺したのではないのですか?」

千紗子は否定した。

「あの男はまだ生きていました。息をしていたんです。だから、わたしがとどめを刺しました。二度とあの子にひどいことをさせないように。生かしてはおけないと思いました。わたし、あの子に約束したんです。必ずあなたを守ってみせるって」

心臓を貫いた一撃が少年によるものなのか、千紗子の手によるものなのか。これは量刑にかかわる重要な争点になる、と弁護士は考えていた。現実的に、どちらの手によるものか判別するのは困難だ。それゆえ、弁護側の主張が通る可能性がある。真相がどうであれ、これを争点とするためには、被告人の口から、弁護方針に沿う証言を導きだす必要があった。

「彼は十四歳未満だから、たとえひとを殺しても刑事責任は問われません。それに、状況を考えれば、少年に明確な殺意はなかったと推定されます。あなたは被害者に首を絞められ、殺されそうになっていた。殺されそうになっていた。そのとき少年は、あなたのお父さんから小刀を取り上げたばかりだった。それで思わず、あなたを助けようと体当たりをした。持っていた小刀が、たまたま被害者の心臓を貫いただけなんです。これは殺人ではなく過失致死です。児童自立支援施設など、そうしたところへの入所も強制されないでしょう。だから、あの少年をかばって嘘をついているのなら、まったく意味がない」

弁護士の仕事は被告人の罪を軽減することにある。彼はその職務に忠実な弁護士であり、法廷で弁護士としての手腕を振るいたい、という熱意ももっていた。だからこそ、この争点を外すことはできないと考えていた。

「大事なのは、あなたの刑を軽くすることなんです。殺意をもって、じっさいにあなたが殺したのと、すでに死んでいる人間を、子どもを守るために刺したのとでは、まるで量刑が違ってくる。わかりますよね？　あの少年もきっと、あなたが一日もはやく刑を終えて、社会復帰することを望んでいるはずです。さあ、よく思い出してください。犬養安雄はすでに死んでいたんでしょう?」

弁護士は根気強く説得したが、千紗子は証言をひるがえさなかった。弁護士はついにあきらめた。彼は弁護方針を変更せざるを得なくなった。落胆は大きかったが、千紗子への好意的な態度を変えることはなかった。

「あなたはきっと、あの少年の心を危惧《きぐ》しているのですね」弁護士は言った。「たとえ法的な罪に問われなくても、自分がひとを殺したという罪悪感は生涯《しょうがい》残る。あなたは、その罪悪感から少年を守ろうとしている。つまり、身を挺《てい》して、あの少年の心を救おうとしている。そうなんでしょ?」

「いいえ。わたしは事実を言っているだけです。わたしが、あの男を殺しました」

千紗子はまっすぐに弁護士を見つめた。その鋭いまなざしに気圧《けお》され、弁護士はそれ以上なにも言えなかった。

千紗子が起訴事実をすべて認めていたので、裁判は、第一回の公判期日からおよそ三ヶ月で結審した。その間、検察側は一貫して厳しい態度でのぞんだ。

「飲酒運転で子どもを撥ねておきながら、みずからの罪を隠蔽《いんぺい》する目的で誘拐・監禁し、その発覚を恐れて、わが子を連れ戻しにきた父親を殺害した。この一連の行状は、きわめて利己的と言わざるを得ない。また、その殺害においても、負傷した被害者の背中を何度も執拗《しつよう》に刺すなど、明らかな憎悪と殺意をもって凶行におよんだというほかかない。残忍きわまりない犯行で、情状酌量《じょうじょうしゃくりょう》の余地はないと考えるものである」

糾弾《きゅうだん》の手をゆるめず、検察官はさらにつづけた。

「被害者が被告人に対して乱暴を働いたという主張については、被告人の父・里谷孝蔵《こうぞう》が当時錯乱状態であったため、証人としての能力がなく、また、監禁されていた少年についても、恐怖とパニックで当時の精神状態が不安定であると考えられるため、その主張の信憑性《しんぴょうせい》ははなはだ疑わしい。少年は長期の監禁によって、被告人に対する持続的な恐怖心があり、被告人に不利益となる証言ができない精神状態に置かれていたと考えるのが妥当である。もし仮に、被害者にそうした行為があったとしても、被告人の犯行を正当防衛とする要件に当たらないのは明白である」

証言台に立った安雄の妻・真紀《まき》も、千紗子を激しく非難した。

「あの女はわざわざうちにやってきたんですよ。子どもを亡くした親の会だとか嘘をついて。見舞い金を払うだとか、うまいこと言ってうちにあがりこんで、会費がいるだのなんだの、金を巻き上げようとしたんです。追い返してやりましたけど、ほんと、ひどい女なんです。ひとの子どもを攫《さら》っといて、おまけに金まで掠《かす》め取ろうとしたんですよ。詐欺罪も加えてほしいって刑事さんに言ったんですけど、起訴は無理だって言われて、ほんと、悔しいですよ。あたしたちはね、あの女が洋一《よういち》のことを何か知ってるんじゃないかと思って、そりゃもう必死になって探したんです。いま思えば、最初から警察の方に頼っていれば、こんなことにならなかったのに……主人もわたしも、洋一を……ほんとに……心から……心から愛していたんです……」

真紀はそこでハンカチを顔に当て、嗚咽を洩らしながら深くうなだれた。

それはだれの目にも、おろおろと泣き崩れているように見えた。彼女は愛する子どもを誘拐・監禁されたあげく、理不尽に夫を惨殺《ざんさつ》されたのだ。哀《あわ》れな女の姿は、裁判員や傍聴者の涙を誘った。

真紀はようやく顔をあげ、ハンカチで目もとをぬぐい、洟《はな》をすすり上げながら証言をつづけた。

「わたしたちはね、あの女が有名な作家先生だから、名前に傷をつけちゃいけないと思ったんです。あのひとの絵本を読んで、そりゃもう、心が温まるっていうか、いいおはなしばかりで。こんないい絵本を描くひとだから、きっと何か理由があるんだと思ったんですよ。どんな人間でも過ちは犯しますから。子どもたちのためにも、絵本を描きつづけてほしいねって、主人とも話してたんです。だから、穏便にすませようと思って、警察には知らせなかったんですよ」

真紀はときどきハンカチを目頭に押し当てながら、自分たちがいかに善良な市民であるかを主張した。

「主人があの家を見つけて……洋一がいるって、驚いて電話してきたんです。あのときの主人のうれしそうな声は、耳にこびりついて離れません。洋一のことを何か知ってるかもしれないと思ってただけでしたから。まさか、あの女が連れ去ったなんて……それでも、警察に知らせるまえに、ちゃんと理由を聞いて、話し合おうって決めたんです。話によっては許してあげようねって、主人と話してたんですよ。洋一さえ無事に帰ってくれれば、それでよかったんです。自分の子どもをダシにして、金を脅《おど》しとろうとしたなんて……そんなことするわけないじゃありませんか。よくも、そんなひどいこと言えたもんですよ。あたしたちは洋一を返してほしかっただけなんです。洋一が生きてると知って、ほんとによろこんでいたんです。それなのに……あの女は……」

真紀はまた両手で顔を覆《おお》い、深くうなだれた。顔を隠すように当てられたハンカチで、その表情は見えなかったが、彼女の唸《うな》るような泣き声は、地方裁判所の法廷によく響きわたった。

弁護側は、犬養安雄と真紀に対して、長男・洋一への虐待《ぎゃくたい》があったと主張し、千紗子が洋一を両親のもとに帰さなかったのは、あくまで洋一の身体、精神、および生命の保護のためであると主張した。バンジージャンプによる事故についても、高所をこわがる洋一がみずから飛びおりるとは考えられず、両親に強制されて飛びおりたか、もしくは両親が突き落としたか、どちらかだと主張した。

弁護士は、裁判員や傍聴者たちが犬養真紀への同情を強めていることを懸念していた。この心証をひるがえし、被害者とその妻の悪行を暴くことができれば、略取誘拐罪については酌量減軽を得られると考えていた。

しかし、彼はそれに失敗した。

洋一が記憶を失ったままであることが、大きな痛手だった。虐待を受けた本人の証言もなく、目撃証言なども得られなかったため、弁護側の主張は退けられた。洋一の体には、タバコを押しつけられたと思われる複数のやけどの痕《あと》があった。しかし、それが両親の仕業であると証明することができなかった。

おそらく検察側も、犬養夫婦による児童虐待を疑っていたはずだ。だが彼らは、犬養真紀の主張を正当化し、より重い量刑を被告人に科すことに専心していた。

弁護側は里谷孝蔵を証言台に呼ぶことを断念した。認知症の病態が悪化した孝蔵は、正常なコミュニケーションがとれる状態ではなくなっていた。仮に証言ができたとしても、認知症患者の証言が信憑性のあるものとして採用されるとは思えなかった。

犬養洋一については、記憶障害を抱《かか》えているものの、弁護側はあえて証言台に立たせた。彼と千紗子との暮らしが、監禁などという犯罪的なものではないと証明するためだった。

「ぼくは犬養洋一という名前じゃありません。ぼくの名前は、里谷拓未です」

少年は大勢の大人たちのまえで、臆《おく》することなく言った。

「お母さんはとってもやさしいひとです。おじいちゃんのことも、ぼくのことも、とても大切にしてくれました。お母さんはひどいひとじゃありません。あの男のひとがお母さんにひどいことをしました。ひどいことを言って、お母さんの首を絞めたんです。おじいちゃんも突き飛ばしました。ぼくも殴られました。あの男のひとはわるいひとです。だから、ぼくは、おじいちゃんの持ってたマキリで刺しました。お母さんが殺されると思ったから。お母さんが苦しそうで、助けなきゃと思いました。わるいひとだから、やっつけなきゃいけないと思いました。ぼくは、あいつが死ねばいいと思って刺しました」

検察側は、千紗子が少年に嘘の過去を植えつけようとしていたことを糾弾した。

少年が記憶を失ったことを幸いに、過去をすっかり塗り替えようとした。ノートまで買いあたえ、嘘の過去を書かせておぼえこませようした。これはある種の洗脳である。検察官はそう主張した。

「少年はすっかり嘘を植えつけられてしまったのです」

検察官は憤然《ふんぜん》として言った。

「彼はノートに書いた嘘をぜんぶ記憶しています。そして、それが自分の本当の過去だと思いこんでいます。恐ろしいことです。彼はうれしそうにその過去を語ってくれました。お母さんとあんなことをした、お兄ちゃんと一緒にどこそこへ行った。うれしそうに話す少年の姿を見ていて、わたしは涙が溢《あふ》れました。子どもといえども、一個人の人生を、そんなふうに勝手に塗り替えて、もてあそんでいいものでしょうか。少年はいまでも、その嘘を信じこんでいます。もし記憶がこのまま戻らなければ、彼は一生、真実の自分を取り戻せないまま生きていくのです。少年の笑顔を思い出すたび、わたしは涙がこぼれます。これはきわめて悪質な人権侵害です。けっして赦《ゆる》されるべきことではありません」

少年はこの検察官の意見に反論した。

「ぼくはかわいそうなんかじゃありません。いっぱい楽しい想い出があるから。お母さんが教えてくれたから……だから、すごくしあわせな気持ちになれるのに……どうして、いけないんですか……どうして……」

少年が切実に訴えれば訴えるほど、裁判員や傍聴者の目は、少年への憐憫《れんびん》の色を深めた。

検察官はまた、千紗子の凶行を少年の口から語らせることで、その残忍さを裁判員たちに印象づけようとした。

「……それで、そのあとあの女のひとが、背中に刺さった小刀をぬいて、男のひとを何度も刺したんだね？」

「お母さんは、ぼくとおじいちゃんを守ろうとしてくれたんです。お母さんはぼくを大切にしてくれて……ぼくのために……」

ずっとがまんしていた想いに耐えられなくなったのか、少年はそこで涙声になった。溢れる涙を手の甲でぬぐい、洟をすすり上げながら、声を絞りだす。

「ぼくのお母さんはあのひとです。あのひとだけなんです。だれにもわかってもらえなくても……ぼくが……ぼくが、いちばんよく知ってるのに……」

少年は声をあげて泣いた。被告席にいる千紗子も泣いた。静まりかえっていた傍聴席のあちこちから、すすり泣きの声が聞こえた。

結審の日が訪れた。

「被告人は証言台のまえへ」

裁判長にうながされ、里谷千紗子は中央の証言台のまえに立った。

「あなたに対する判決を言い渡します。主文、被告人を懲役十年に処する。未決拘留日数九十日をその刑に算入する。押収した小刀一本を没収する……」

それから裁判長は認定事実と判決理由を読みはじめた。

判決理由では、千紗子が自首をしたこと、少年を大切に世話していたことには情状酌量の余地はあるものの、酒気帯び運転および自動車運転過失致死傷罪を免《まぬか》れようと目論《もくろ》み、少年を誘拐したうえ、記憶をなくした少年に嘘を植えつけて惑《まど》わせ、我が物にしようとした事実は身勝手きわまりない、と厳しく断罪した。

また、少年の義父・犬養安雄に対しても、救命の可能性があったにもかかわらず、みずから小刀を持って執拗に被害者を刺した行為は、明確な殺意のもとにおこなわれた、きわめて残忍な犯行と言わざるを得ないとした。

犬養安雄と真紀の児童虐待の疑いについては、少年自身が記憶をなくしているため証言できないことや、少年の体の傷痕が虐待によるものと確定できないこと、ほかに証拠となるものがないことから、虐待された少年を救おうとしてかくまった、という弁護側の主張は退けられた。

犬養安雄が千紗子を脅して乱暴を働いた、という弁護側の主張についても、その証言者が少年ただ一人であることから、証拠としての客観性がないと判断され、認められなかった。

それでも酌量減軽があり、検察の求刑より短い懲役となった。その理由について弁護士は、少年の証言が裁判員の心を動かしたからだろうと言った。裁判員制度ではなく裁判官だけだったら、減軽はなかったかもしれないと弁護士は言った。

退廷するとき、千紗子は傍聴席の久江と亀田《かめだ》に頭を下げた。久江は泣きじゃくりながら、手を合わせて彼女を拝んでいた。自分の罪をかぶってくれた千紗子への、感謝と懺悔《ざんげ》の気持ちがこみ上げたのだ。千紗子は微笑《ほほえ》んでわずかに首を横に振った。それから彼女は、もういちど亀田に頭を下げた。いかめしい亀田の顔がやわらぎ、しっかりうなずいた。

出口へ向かおうと歩きだしたときだった。千紗子は傍聴席の後方に、かつての夫の姿を見つけた。夫は困惑《こんわく》したような表情を浮かべ、じっと見つめてくるのだった。彼女はつかのま、そのまなざしに射すくめられたように立ち尽くした。そして、深々と頭を下げた。刑務官にうながされるまで、千紗子は頭を下げつづけた。そして彼女は、かつて愛し憎んだ男を顧《かえり》みることなく、法廷をあとにした。

里谷孝蔵は民間の有料老人ホームに入所した。久江が探してきた施設だった。環境が一変したせいか、孝蔵の病状は急速に進行した。事件当時もまともなコミュニケーションが困難になっていたが、それがさらに進み、乳児が言うような「あーうー」などの喃語《なんご》が混じった、脈絡《みゃくらく》のない言葉を発するようになった。歩行や座位も困難になり、一日の大半をベッドで横になって過ごすようになった。孝蔵は一日じゅうぼんやりした状態だったが、亀田や久江が訪ねてきたときだけは、ほんのわずかな明かりが、頭なのか心なのか、どこか彼の奥のほうで、ゆらゆらと灯るようだった。

亀田と久江は足しげく孝蔵のもとを訪れた。久江は、子どもの世話や地元の自治会の用事があるため、毎週というわけにはいかなかったが、亀田は、診療のない日はかならずホームを訪れ、孝蔵と話をした。ホームのスタッフたちには、二人の会話が成り立っているようには聞こえなかったが、それでも、二人の心が通じ合っていることはわかった。

亀田は終始穏やかに笑っていて、意味の通らない孝蔵の言葉にも、それを理解しているようにうなずくのだった。孝蔵もときおり笑い声をあげた。何がおかしいのか、赤ん坊のように笑いつづけていることもあった。そんなときの孝蔵は、とてもしあわせそうに見えた。

老人ホームに入所してから一年を経ずに、孝蔵は他界した。嚥下《えんか》が困難になり、誤嚥《ごえん》性肺炎になったのが死因だった。

亀田は孝蔵の墓を、上山《かみのやま》集落にある阿弥陀堂《あみだどう》の墓地に建てた。孝蔵の妻・八重《やえ》子《こ》の遺骨も、奥平《おくひら》の墓から移した。それは孝蔵の遺言だった。といっても、孝蔵自身、それを書いたことなどすっかり忘れていたのだが。亀田と久江が遺品の整理をしているとき、脇置《わきおき》の抽斗《ひきだし》のなかに、墓の移転を望むメモを見つけたのだった。

亀田は、孝蔵の葬儀や相続に関するいっさいを千紗子から委任され、その任を粛々《しゅくしゅく》と果たした。

彼はときどき孝蔵の墓に花を手向《たむ》け、草刈りや墓の掃除をした。その帰りにはいつも、住むひとのいなくなった家を訪れ、窓を開けて空気を入れ替えたり、掃除をしたり、傷んだ箇所を修理したりと、まめに手入れをした。離れの部屋には、千紗子が住んでいた東京のアパートから運んできた荷物が置いてあった。彼女がいつ帰ってきてもいいように、亀田は家を守っているのだった。

裁判ではあれほど息子・洋一への愛情を語り、涙さえ見せた真紀だったが、結審してすぐ洋一を実家にあずけ、次男を連れて新しい男と暮らしはじめた。

洋一が自分を犬養洋一だと認めなかったことが、彼を捨てた理由のひとつだった。

あんたはあたしの子なんだよ、と真紀がいくら言っても、洋一はそれを受け入れなかった。彼はもう、真紀がよく知っている彼ではなかった。常に怯《おび》え、なんでも言いなりになる、からかい甲斐《がい》のある子どもではなかった。たしかに、ひとが変わったようだった。真紀はそんな洋一に苛立《いらだ》ちをつのらせた。

真紀は洋一が大切に持っていたノートを奪いとり、ガスコンロの火で燃やした。それは赤くめらめらと燃えあがり、真っ黒な灰になった。

「こんなもの後生大事に持って、あたしへの当てつけかい？」と真紀は言った。「お生憎《あいにく》さまだったね、あたしがおまえの母親なんだ。それが現実なんだよ。おまえがおぼえていようがいまいが、そんなこと関係ないんだよ。いいかげん、あきらめな。おまえは騙《だま》されてたんだ。バカだからね。あいつは嘘つき女だよ。ぜんぶ嘘っぱちなんだよ！　こんなもの信じて、ほんとバカだよ、最高のバカ！」

真紀は流し台のまえで仁王立ちになり、勝ち誇ったように笑った。だが、彼女は知らなかったのだ。ノートに書かれた記述を抹消《まつしょう》することはできても、洋一の頭と心に刻みこまれた記憶は、彼女がどうあがいても消せないということを。

真紀はいちど洋一に写真を見せた。その写真には、彼女と洋一が写っていたが、それは洋一が生まれたばかりのときに撮られたものだった。その写真のほかに、洋一が写った写真は一枚もなかった。

生後間もない赤ん坊の顔を見て、それが自分であると確信できる者などまずいない。洋一は、これは自分ではないと言い張った。かたくなで反抗的な彼の目つきや態度が、真紀にはがまんならなかった。彼女は洋一に手をあげ、足蹴《あしげ》にし、ときには安雄がやっていたように、洋一の腹や背にタバコの火を押しつけた。なんとしても屈服させたかった。自分の足もとにぬかずかせ、犬のように服従させたかった。

「あんた、あたしのこと、鬼だと思ってんだろ?」

「いいえ。思っていません」

「嘘つけ! こんなことされて、鬼だと思わないわけないだろ。この嘘つき。嘘をつく人間は、人間のクズだよ」

　彼女は嘘をついた罰だといって、洋一に罰ゲームをさせようとした。いままで何度もそうやって罰ゲームをさせていたのだ。

　服に汚れがついている、姿勢がわるい、浴槽に髪の毛が残っていた……罰ゲームをさせる理由などいくらで見つけられた。次はどんな罰ゲームをさせようかと考えるのが、真紀と安雄の楽しみのひとつでもあった。

　それまで無抵抗に罰ゲームを甘受していた洋一だったが、いまでは拒《こば》むようになっていた。熱湯風呂に三秒間浸《つ》かるように言っても、三回まわってワンをしろと言っても、尻の穴に割り箸《ばし》を入れろと言っても、裸で尻文字を書けと言っても……何を言っても洋一は拒否し、無理やりさせようとしても抵抗した。

　かつての洋一はひ弱で、すぐにねじ伏せることができた。しかし、戻ってきた洋一は力強く、彼女が撥ね飛ばされることさえあった。そんなときの洋一の目には、意志の力が感じられた。真紀はそういうまなざしを向けてくる子どもが嫌いだった。意のままにならない洋一などなんのおもしろみもなく、ストレスの種になるばかりだった。

「恐ろしい子だよ」と彼女は洋一に言った。「父親を刺すなんてね。ああ、恐ろしい。あたしも、いつあんたに刺されるかわかったもんじゃないよ」

真紀は洋一を敬遠《けいえん》しはじめた。親の言うことをきかない子どもを、なぜ苦労して育てなきゃいけないのかと、愚痴《ぐち》をこぼすようになった。そんなときに、新しい男ができた。彼女は洋一を実家に連れていき、そのまま彼を残して去っていった。

真紀の両親は洋一を歓迎しなかった。娘に無理やり押しつけられた子どもだった。それでも、しかたなく養育した。洋一に三度の食事をあたえ、学校にもかよわせた。夫婦で小さなスナックを営んでいた彼らは、昼夜が逆転した生活を送っていたので、それ以上の世話をする時間的余裕がなく、経済的な余裕もなかった。

祖父母は親切ではなかったが、かといって、ひどい仕打ちをすることもなかった。ときには、洋一に同情的な態度を見せることもあった。機嫌のいいときには、彼をゲームセンターや競艇場《きょうていじょう》に連れていった。機嫌のわるいときには、いらぬ苦労を押しつけられたと文句を言い、彼を邪険に扱った。ときには怒鳴《どな》り散らすこともあった。

祖父母はしだいに、洋一に苛立つようになっていった。いつまで経《た》っても、彼がかたくなな態度を変えなかったからだ。

洋一は、自分が里谷拓未であることをやめようとしなかった。祖父母に対しても、他人行儀な話し方をし、「洋一」と呼ばれると、「ぼくは拓未です」と応えた。かわいげのない、強情な子だった。

「だったら、あんたはあたしらの孫じゃないことになるよ。孫じゃないなら、あんたを養う義理なんか、ないんだからね。それでもいいのかい？」

いくら脅しても、洋一の態度は変わらなかった。祖父母はあきれ、いつしか彼を「よその子」と言うようになった。

「よその子、あずかってんだよ。うちのバカ娘が勝手に連れてきた、よその子。まいったね、うちにはそんな余裕ないってのにさあ」

祖父母は苦笑しながら、店の客たちにそんなことを言うようになった。

いちど野々村久江が、彼らに連絡を入れたことがあった。

洋一が真紀のもとに戻って暮らしていた頃、久江は何度か彼と密かに会っていた。

久江は最初、犬養真紀に会い、洋一と会う許可を得ようとしたが、けんもほろろに追い返された。それで洋一の下校時に彼を待ち、再会を果たしたのだった。彼女は洋一のことが心配だった。ふたたび虐待を受けていないかと気にかけていた。洋一は真紀の仕打ちについては何も話さなかった。久江と会っているときは、いつも元気な笑顔を浮かべ、千紗子の話を聞きたがった。

久江は千紗子と手紙のやりとりをしていた。いちど面会に行ったのだが、三親等以内の肉親のみ面会できるのだと説明され、刑務所にそんな規則があることをはじめて知った。手紙の授受も同様だったが、こちらは許可がおりた。面会についてた、身元引受人となった亀田に特別許可がおり、彼から千紗子のようすを聞いていたのだ。

亀田から聞いた話を洋一に話してやり、千紗子の手紙を見せてやった。手紙は検《けん》閲《えつ》があるため、洋一の話題には触れていないが、それでも、千紗子のようすが文面から知れるのがうれしいのか、洋一は目を輝かせて手紙を読んだ。彼は自分も手紙を出したいと言ったが、二人の関係上、それが許可されないことを久江は説明した。

洋一は孝蔵のことも心配していた。久江は、老人ホームで暮らす孝蔵のようすを話して聞かせた。

久江は洋一のことを、あいかわらず拓未と呼んだ。そう呼ばれるたびに、彼はうれしそうに笑うのだった。彼にとって久江は、自分が洋一ではなく拓未であることを受け入れてくれる、唯一の存在だった。

しかし、真紀が彼を実家にあずけ、アパートをひき払ったため、二人の密会に終止符が打たれた。洋一の消息がつかめなくなった久江は、近隣住民から話を聞き、真紀の実家が蒲田《かまた》でスナックを営んでいると知った。店の名前から探し当て、洋一の祖父母に電話をかけたのだった。

久江は、祖父母から真紀の居場所を聞くつもりだった。まさか洋一がそこで暮らしているとは思わなかったのだ。洋一が祖父母宅にいると知ると、洋一に会いにいっていいかと訊ねた。だが、電話に出た洋一の祖父はやんわりと断った。

「やっとあの子は記憶を取り戻したんですよ」と祖父は言った。「こっちでちゃんと面倒《めんどう》みてますから、放っておいてもらえませんか。もう、うちの孫にかまわないでください」

それが嘘だと、久江にわかるはずもなかった。祖父母のもとで暮らしているのなら、虐待を受けることもないだろう。彼が記憶を取り戻し、新しい人生を踏み出したのなら、もうかかわらないほうがいい。久江はそう考え、洋一との接触を絶《た》った。

彼女の決心で、洋一は孤独になってしまった。久江には、それを知る由もなかった。

祖父母とのあいだに深い溝をつくった洋一は、学校でも孤独だった。

洋一は以前かよっていた学校でいじめを受けていた。かつての彼は、みすぼらしい身なりをして、陰気《いんき》で、何をされても抵抗できない弱虫だった。洋一の事故の報を聞いたクラスメートたちは、まだ生死の確認ができていないにもかかわらず、彼の机の上に菊の花を飾り、線香を立てて葬式ごっこをした。

復学した洋一を待っていたのは、以前よりもひどいいじめだった。生徒たちは、彼が生きていたことを残念がり、失望させた罰を彼にあたえた。そして、記憶を失ったままの洋一をからかい、さんざんにバカにした。そのいっぽうで、洋一の態度が以前と違うことに戸惑ってもいた。洋一はもうおどおどしていなかった。いやなことはいやだとはっきり言った。直接的な暴力を受けているときでさえ、相手を見据えた。その目に怯える生徒も少なからずいた。やがて、洋一が父親を刺したという噂《うわさ》が校内に広がり、洋一にちょっかいを出す者はいなくなった。

祖父母の家に移ることになり、洋一は転校した。新しいクラスメートたちは、彼を頭のおかしな転校生だと見なし、いじめがはじまった。

クラスの生徒たちは、わざわざ彼を犬養洋一とフルネームで呼んだ。いじめの中心グループとなった男子たちは、彼を押さえつけ、彼が「ぼくは犬養洋一です」と言うまで順番にデコピンをした。しかし、洋一は屈しなかった。数限りないデコピンを受け、額が腫《は》れあがり、皮が剝《む》けて血が滲《にじ》みだしても、彼は自分の名を里谷拓未だと言いつづけた。だから最後には、パンツを剝《は》ぎとられたり、油性マジックで顔に〈イヌカイヨウイチ〉と落書きされたりするのだった。

　クラスメートたちは罰や刑が大好きだった。直接参加していない者でさえ、それを見てへらへら笑った。彼らは真紀や安雄と同じだった。ひとはなぜ、だれかが罰せられて苦しむ姿を見るのが好きなのだろう？　なぜ楽しいと思うのだろう？　洋一には理解できなかった。

　彼が楽しいと思うのは、だれかの笑顔を見ているときだった。それを見て、自分が笑っているときだった。澄んだ渓流で釣りをしたり、釣った魚をみんなで食べたり、夏祭りで金魚すくいをしたり、花火をしたり、静かに仏像を彫《ほ》ったり、母親に抱きしめられたりするときだった。

　教科書に「バカ」「死ね」と落書きされ、上履きの内底に接着剤を塗られ、体操服を便器に押しこまれ、給食の味噌汁に大量のホッチキスを入れられた。いじめはどんどんエスカレートしていった。身も心もボロ雑巾《ぞうきん》のようになりながら、それでも彼は、自分が犬養洋一であることを否定しつづけた。

　祖父母はとうとう彼に愛想《あいそ》を尽かした。教師やクラスメートたちのように、祖父母まで彼を変人だと見なし、頭のおかしな子だと思うようになった。ついに祖父母は児童相談所へ行き、収入が少ないことや、昼夜逆転の生活をしていること、また、持病があることを理由に、これ以上彼を養育できないと訴えた。児童相談所の職員は真紀に連絡をとったが、彼女も生活苦であることを理由に洋一の養育を拒否した。

洋一は、児童養護施設に入所することになった。

それを機に、彼の人生は好転した。

施設では、記憶障害のある彼を大学病院で検査させる方針を決めた。その一方で、彼の事情と意志を汲《く》み、便宜的に里谷拓未と呼ぶことにした。また、学校側にも相談し、了解を得て、里谷拓未として新しい学校にかようこととなった。戸籍は犬養洋一のままだが、事実上、彼は里谷拓未として生きることを許された。

千紗子へ手紙を出せないことは久江から聞いていたので、拓未はせめて孝蔵に連絡をとりたいと思った。できれば会いにいきたい。施設の職員はみな親切だから、それを許してくれるのではないかと彼は期待した。

拓未の相談を受けた職員は、さっそく五合《ごごう》町役場に勤める野々村久江に連絡をとった。彼女に訊けば孝蔵の居場所がわかると拓未から聞いたからだ。久江は老人ホームの名前も住所も、拓未に教えていなかった。万が一、彼がホームを訪ねたりしたら、変わり果てた孝蔵の姿にショックを受けると思ったからだった。

施設からの電話で、久江は事実を知った。少年がいまも、自分は里谷拓未だと信じていることに彼女は驚いた。少年が家族から捨てられ、千紗子と孝蔵をいまも慕《した》っていることを知ると、久江は少年に会いにいくことに決めた。

この電話を受けたときには、孝蔵はすでに他界していた。久江は施設の職員に頼んで拓未の外泊許可をもらうと、彼を孝蔵の墓へ連れていった。亀田も同行してくれた。墓参りを済ますと、その夜は二人で孝蔵の家に泊まった。

久江は、千紗子が刑期を終えて出てくるまでのあいだ、自分が拓未の親代わりになろうと考えた。

亀田も同じことを考えていた。「ぼくは、ほら、子どもを育てたことがないから。ちょっと真似事をしてみたいんだ」照れくさそうに言ったが、亀田は本気だった。拓未を養子にしたい、と彼は久江に言った。

亀田は、孝蔵や千紗子をずっと見守ってきたひとだった。千紗子の身元引受人になり、孝蔵の家も墓も守ってくれている。親代わりになるには申し分のないひとだと久江は思った。拓未は男の子だから、将来の指針となるような男性に育てられたほうが、彼のためになるとも考えた。

亀田は千紗子の同意を得て、拓未を養子にした。このとき亀田は、「洋一」という名の改名を申請した。養子の記憶が戻らず、自分の名が「拓未」だと信じているため、改名の必要があると主張したのだ。

いわく――

養子の症状は全生活史健忘で、外傷性や心因性の要因が考えられるが、継父と実母による虐待の痕跡《こんせき》があることから、心因性の解離症状が主因と考えられる。また、比較的短期間に回復することが多い症例にもかかわらず、いまだ回復の兆候がないことから、本人の受けた精神的ダメージが極度に大きく、自己の精神を守るために、心理的自殺をはかったと考えるのが妥当である。心の崩壊を防ぐため、犬養洋一という自己から遁走《とんそう》したのであるから、その名を依然として有している状態は、今後の精神形成を阻害する潜在的素因となりかねない。しかも、実の家族が彼の養育をすでに放棄したのであるから、つらい過去を想起させる「洋一」という名を、これ以上強要することに妥当性はなく、改名の申請をするものである——

亀田はこの申請書のほかに、医学的見地からの詳細な解説とデータ、虐待があったと推察される根拠なども添付し、家庭裁判所に提出した。

通常では戸籍の改名が困難なケースだが、亀田の理論武装が巧みだったことに加え、医師としてのキャリアが物を言い、所見の信頼性が評価されて、戸籍改名が認可された。

こうして、「洋一」は「拓未」となった。

千紗子が出所するまでのあいだ、彼は「亀田拓未」として生きることとなった。

出所すれば千紗子の養子となり、晴れて「里谷拓未」になる。亀田とは仮の親子関係だった。それでも、形式上の関係は別として、亀田と拓未は実の親子のような、あるいは、祖父と孫のような、そんな人間関係を維持していくのだろうと予感させるものがあった。

　亀田の住む家の二階が、拓未の部屋になった。そこから拓未は学校にかよった。中学生になると、学と同じ学校になった。おとなしい拓未とやんちゃな学。二人は好対照な性格だったが、なぜか気が合うようだった。

　学は野球部にはいったが、拓未は部活動をやらなかった。学校が終わると、家の隣にある診療所へ行き、亀田の指示のもと、こまごまとした用事を手伝った。看護師のおばさんも、患者として訪れる老人たちも、みな拓未をかわいがった。

　拓未は亀田の往診についていくこともあった。とくに何をするわけでもないが、亀田の医師としての誠実な仕事ぶりを見るのが好きだった。亀田も、拓未にそんな目で見られることをよろこんでいるようだった。

　拓未は亀田にいろいろと質問をした。あのひとはどんな病気で、いまどんな処置をしたのか、あれはどういう薬で、どんな効き目があるのか。亀田は拓未のこまごまとした質問をうるさがらず、丁寧《ていねい》に、できるだけわかりやすく答えてやった。拓未は亀田の説明を興味深げに聴き、まるでスポンジに水が滲《し》みるように吸収していった。

休日には亀田と釣りをしたり、山歩きをしたり、買い物をしたりしたが、学とつるんで遊ぶことも多かった。

学校では強面《こわもて》で幅を利かせはじめた学だったが、なぜか拓未には一目《いちもく》置いているようで、タクちゃん、タクちゃん、と慕う姿は滑稽《こっけい》にも見えた。学は気づいていたのかもしれない。一見気弱そうに見える拓未が、自分とは比べものにならないほど、芯《しん》の強い男だということに。

亀田が孝蔵の家へ保守に行くときには、かならず拓未もついて行った。そんなときには、亀田は拓未に教えてもらいながら仏像を彫るのだった。拓未は一人でもときどき自転車を漕《こ》いで孝蔵の家へ行き、工房で仏像を彫って過ごした。

高校生になっても、そうした穏やかな日々は変わらなかった。

拓未は県立の進学校へバスでかよい、学は工業高校へ自転車でかよった。学は不良への道を一直線に突き進んでいたが、拓未といるときだけは、無邪気でやんちゃでおっちょこちょいな学のままだった。彼にとって拓未といる時間は、素顔の自分でいられる大切な時間のようだった。

「十八にもなる男子がツラ突き合わせてよお、こんな山んなかで水遊びしてんなんて、まじダッセェなあ」

水から上がった学は、水滴をしたたらせながら岩の上に胡坐《あぐら》をかき、真上から降り注《そそ》ぐまぶしい陽射しに目をほそめた。しかめっつらをしてみせるが、沢へ行こうと拓未を誘ったのは学のほうだった。

崖《がけ》の上から白く泡立つ水が勢いよく流れ落ち、滝下の深い溜《た》まりにゆったり広がって、やがてせまい岩場をぬって流れてゆく。沢を囲むごつごつした岩肌の上には、緑濃い木々がそびえ、木洩《こも》れ陽《び》がきらきら輝いている。二人の頭上では、川音に混じって蟬《せみ》の鳴き声が染み入るように響いていた。

「タクちゃん、まだつまんねえ仏像なんか彫ってんの？」

「うん」

「受験生なのに余裕だなあ」

濡れた腹をぼりぼり掻《か》きながら、学が言った。拓未は岩の隙間から顔を覗《のぞ》かせた沢蟹《さわがに》の動きを見ていた。彼の体はすっかり乾いていて、そろそろ水に飛びこもうかと思っていたところだった。

「仏さまはどんなひとでも救ってくれるんだって」

「ばっかじゃね」

「医者もそうだよ」

「医学部、受験すんだろ？」

「うん」

「すっげえな」

学はあきれたように言い、岩の上にごろんと仰向けになった。涼《すず》やかな風が沢に吹きわたり、木々の梢を揺らした。

「かあちゃんから聞いたよ」

顔に当たる陽光を手のひらでさえぎりながら、学は言った。

「なに?」

「仮釈放《かりしゃくほう》っつんだっけ?」

「ああ……うん」

「明日だろ?」

「うん」

「よかったな」

「うん」

沢蟹はふたたび岩の隙間にもぐり込んでいった。拓未は立ち上がり、まぶしい太陽を見上げてから、足もとの岩を蹴って水に飛びこんだ。飛沫《しぶき》が大きく撥ねあがり、乾きはじめた学の体に雨のように降りかかった。

◆

千紗子は仮出所までの二週間を釈前房で過ごした。ここは仮出所する者だけが過ごす場所だった。釈前房には、千紗子のほかに三名の仮出所者がいた。

朝食後、二時間ほど階段や廊下の掃除をし、そのあとすぐに入浴。昼食後は一時間ほど、幹部刑務官による出所教育がおこなわれる。それが終われば、あとは各々の部屋で、九時の消灯時間まで自由に過ごすことができる。

釈前房に転房するさいには、洗顔・入浴用品以外の私物はすべて押収される。筆記具も封筒も例外ではなく、手紙の発信はできない。千紗子は久江に手紙を出そうと思っていたが、あきらめるしかなかった。身元引受人の亀田には、刑務所から仮出所日が通知されるので、亀田が久江に伝えてくれるはずだ。

服役中、千紗子は毎日、久江が送ってくれた拓未の写真を眺めていた。それらの写真は、まさに拓未の成長記録だった。久江からの手紙が届くたびに、拓未は目に見えて大きくなっていった。

誘拐した犬養洋一の写真だとわかれば、検閲でひっかかってしまう。だから久江は手紙の文面を工夫し、身元引受人である亀田の息子の写真として、拓未の写真を送ってくれていた。嘘ではあるが、完全に嘘とは言いきれない行為だった。拓未は亀田の養子として、周囲の温かい人々に見守られながら成長したのだから。

久江から届く拓未の写真が、千紗子の心を支えた。

亀田と渓流釣りをしている姿があった。久江に背後から抱き上げられている姿があった。キャンプや花火を楽しんでいる姿、診療所の看護師や患者たちに囲まれている姿、悪ぶっている学と水着姿で肩を組んでいる姿、ホクチを持った桑野《くわの》と一緒に笑っている顔、工房で無心に仏像を彫る顔、雪の玉を投げつけられている顔、満開の桜の下で眠っている顔……。

一枚一枚写真をめくりながら、千紗子は微笑み、涙を流すのだった。

送られた写真のなかには、拓未が彫りあげた観音菩薩《かんのんぼさつ》像の写真もあった。素人《しろうと》が彫ったとは思えない精巧な細工で、かつて孝蔵を連れていった仏像展で見たものと比べても、遜色《そんしょく》ない出来栄えに見えた。これが親の贔屓目《ひいきめ》というものだろうか。

そう思うと、おかしくて笑いがこぼれた。

拓未が彫った観音菩薩像の写真を飾り、千紗子は毎日、祈りと懺悔《ざんげ》をした。拓未がすこやかに成長することを祈り、犬養安雄の霊が成仏することを祈った。そして、みずからの罪を懺悔した。出所したら、自分も仏像を彫ろうと決めていた。それがどれほどの罪滅ぼしになるのかわからないが、そうしたいと思っていた。

犬養真紀へ謝罪の手紙を何通か出したが、宛先不明で戻ってきてからは、その後の所在がわからず、出すことができなくなった。あれから九年、真紀からの返信はとうとう届かなかった。

別れた夫から一度だけ手紙が届いた。収監されて間もない頃だった。千紗子は開封せず、処分してくれるよう刑務官に頼んだ。封筒のなかにはきっと、夫のやさしい心がはいっているのだと思った。それだけでじゅうぶんだった。封筒を開けてしまえば、感謝の気持ち以上の感情が湧きだしてしまいそうで、こわかった。

釈前房では写真を見ることができなかったが、拓未の姿も、彼が彫った仏像の姿も、心に刻みこまれていた。だから、祈りと懺悔は欠かさなかった。日記だけは中断せざるを得ず、心のなかで純に話しかけた。

午後から就寝までの時間は長く退屈だった。それまで工場の労役で忙しく立ち働いていたから、よけいにそう思えるのだろう。釈前房のなかでできることといえば、官本や新聞を読んだり、テレビを観たりすることだけだった。楽をさせてもらっているのだから、文句は言えない。それに何より、もうすぐ拓未に会えるのだから。千紗子は仮釈放の日を指折りかぞえた。

そして――その日を迎えた。

私物を受けとり、刑務官に連れられて、千紗子は仮出所式をおこなう場所へ移動した。身元引受人の亀田がすでに来ていた。亀田はすっかり髪が白くなり、かつてのいかめしい顔つきが、柔和《にゆうわ》な顔になっている。彼は千紗子の顔を見ると、微笑んでうなずいた。

　やがて刑務所長ほか数名の刑務官が入室し、「気をつけ」の号令がかかった。「礼」の号令で敬礼する刑務官たちに、千紗子は頭を下げた。そのあと、仮釈放の説明と注意事項があり、刑務所長の短い話があった。式はそれで終了した。ものの十分ほどだった。

　玄関まで刑務官に付き添われ、亀田とともに建物を出た。庭先の花壇がきれいに手入れされていた。赤や白や黄色のポーチュラカやマリーゴールドが夏の陽を浴びている。色鮮やかな花々を眺めながら門まで歩いていくと、久江の姿があった。

　千紗子は門番に頭を下げ、刑務所の敷地から外に出た。その感慨に浸る間もなく、久江が抱きついてきた。

「ごめんね」

開口《かいこう》一番、久江はそう言った。彼女はもう涙を流していた。

「久江、歳とって涙腺ゆるくなったんじゃない？」

「もう、チサったら」久江はいったん体を離し、ふくれっつらをしてみせた。「それが九年ぶりに再会した親友への第一声なの？」

「ごめんごめん」

千紗子は自分が泣き崩れてしまいそうだったから、わざと茶化したのだ。無理して笑いながらも、目の奥に熱いものがこみ上げてくるのを抑えられなかった。

久江はまた「ごめんね」と言った。「あたしの分までチサにつらい想いをさせて」

「そんなこと、もういいよ」

「よくないよ。あたしが自分の罪を告白していれば、もっと早くに出られたのに」

久江はまた千紗子に抱きつき、背中にまわした腕に力をこめた。千紗子のうなじに顔を押し当て、嗚咽を洩らしつづける。

「久江には感謝してるの」千紗子は言った。「拓未のこと、ほんとにありがとうね。あなたのおかげよ。あなたがいてくれたから、拓未もわたしも、いまのしあわせがある。心から感謝してるわ」

千紗子は久江の髪を撫《な》でながら、亀田に目を向けた。千紗子の荷物を持つ亀田は、慈愛に満ちた目で二人を見守っていた。

「みんなが拓未を立派に成長させてくれた」千紗子の声は震えた。「ほんとに、ほんとに、感謝してる。ありがとう」

最後は涙声になってしまった。ひくひくと洟をすすり上げ、久江を強く抱きしめた。

「やっと、ほんとの親子になれるね」久江が言った。

「うん」

「ねえ、チサ。おぼえてる?」

「なに?」

「いつだったか、あんた、こんなこと言ったんだ」久江は大きく洟をすすった。「拓未にはもう、新しい想い出がいっぱいあるから、楽しい想い出がいっぱいあるから、いやな想い出がはいり込む隙間なんてない、って」

久江は千紗子の両肩をつかみ、体を離して千紗子の目を見つめた。

「そのとおりだったわ」久江は微笑んだ。「あの子、もう絶対、いやな記憶を思い出すことなんてないよ」

「でもなんだか、あの子に会うのがこわいわ」

「なに言ってんのよ。この日をずっと待ってたんでしょ?」

久江は千紗子の肩を揺すった。

「さあ、とっとと帰るよ」

久江に肩をどんっと叩かれ、千紗子はよろめいた。

「そのまえに、保護観察所に出頭しなきゃいけないんだぞ」

亀田に言われ、そうだった、と久江は舌を出した。

「さっさと済ませて、はやく帰ろうよ」

塀のまえに停めてある車に向かって、久江は早足に歩きだした。千紗子は亀田と目を見合わせて笑った。

千紗子は足を踏みだした。それは、新しい人生への第一歩だった。

道の左手に小さな隧道《すいどう》が見えた。薄暗い森のなかへはいっていく小路に、長さ五メートルほどの、照明もない、せまい隧道があった。そこをぬけてすぐハンドルを右に切り、勾配《こうばい》のきつい未舗装《みほそう》の悪路をのぼる。鬱蒼《うっそう》と茂る林のなかを、久江の運転するワゴン車は揺れながら進んだ。坂をのぼりきったところで、林の奥に赤錆《あかさび》の浮いたトタン屋根が見えた。番地などあってないような場所だった。土地の者でなければ、こんなところに家があるとは思いもしない。

だが、千紗子は知っていた。この場所に、我が家があることを。

前庭に車を乗りいれると、林で囲まれた奥に、古ぼけた平屋の木造家屋があった。縁側には物干し台があり、玄関脇の大きな柿の木が屋根にまで枝を広げ、青く未熟な実をつけている。物干し台の手前には、素焼きの地蔵や木彫りの仏像がずらりとならんでいる。

はじめてこの家を訪れたとき、千紗子にはその仏像たちが、まるで陣を張って外敵の侵入を阻止しているかのように見えたのだった。でも、いまは違う。仏さまたちが勢ぞろいして、笑顔で出迎えてくれているようだった。

居並ぶ仏さまたちのなかに、父のオブジェが混じっていた。それは父と拓未と三人で、思い思いに色を塗った、あの奇妙でカラフルなオブジェだった。オブジェの横には、母の遺骨を混ぜて焼いたという、不格好《ぶかっこう》で愛らしい観音菩薩像があった。賑《にぎ》やかなお出迎えだった。どの顔も笑みを浮かべ、よろこんでくれている。それらはみな、父の手で姿をあらわした仏さまたちだった。

「ただいま」

千紗子は仏さまたちに向かって、そして、居間から立ち上がって縁側に出てきたひとたちに向かって、つぶやいた。

久江は庭の真ん中で車を停め、亀田が後部座席から身を乗りだしてきた。「桑野のばあちゃんも来てくれたんだなあ」とうれしそうに言う。

縁側に出てきたひとたちはみな、笑顔で手を振っている。ちりちりのパンチパーマをかけ、眉毛を剃《そ》った若者は学だ。桑野のおばあさんはすっかり腰が曲がっていたが、元気そうに見えた。そして、凛々《りり》しい顔つきをした痩身《そうしん》の青年がいた。青年は学にどんと背中を押され、縁側から飛びおりた。

そのときには、千紗子もシートベルトをはずしていた。もどかしい手つきで助手席のロックをはずし、ドアを開け、転がり出るように車から降りる。

庭を駆けてくる青年に、千紗子も駆け寄った。気持ちが先走り、前のめりになって、千紗子はよろけた。青年の手が、転びそうになった千紗子を受け止めた。二人は向き合い、たがいの目を見つめ合った。長い距離を走ったわけでもないのに、青年は肩で息をしていた。

「おかえり」

はにかんで、青年は言った。

「ただいま」

千紗子はすでに涙で顔がぐちゃぐちゃだった。それが恥ずかしくて、微笑んでみせた。青年も笑った。夏の陽射しのようにまぶしい笑顔だった。

「おじいちゃんも待ってるよ。墓参り、行こうよ」

青年の言葉に、千紗子はうなずいた。

二人が出かけているあいだに、祝宴《しゅくえん》の用意をしてくれることになった。みんなの笑顔に見送られ、千紗子と拓未は照れながら家を出た。

夕陽を背に、ときどき腕がふれ合いながら、阿弥陀堂への道をのぼってゆく。二人は足並みをそろえ、寄り添いながら、一歩一歩を踏みしめるように、その歩みの確かさを噛《か》みしめるように、まえに進んだ。夕陽が二人の長い影を、背後の道に映しだしていた。その影はもう、拓未のほうが長いのだった。

終章　最初の記憶

その女のひとは、ジュン、ジュン、と何度も言っていた。とてもつらそうな、苦しそうな顔をしていたけど、とてもきれいで、やさしそうなひとだった。ここがどこなのか、どうしてここにいるのか、このひとはだれなのか、まるでわからなかった。でも、なぜか不安はなかった。

体のあちこちが痛んだけれど、真新しい布団《ふとん》は心地よかったし、ぼくの胸の上に横たわるほそい腕も、その重さと温かさが心地よかった。女のひとの寝顔はぼくの顔の間近にあった。吐く息が鼻に吹きかかるほどに。そのひとが荒い息をつくたび、少し甘いような匂いが吹きかかった。

女のひとは眠りながら涙を流していた。頰《ほお》を伝う涙が、一粒、一粒、ゆっくり落ちて布団を濡らしていた。窓から射しこむ朝陽を受けて、涙はきらきら光って見えた。とてもきれいだと思った。ぼくは、頰から涙が流れ落ちていくさまを、じっと見ていた。

女のひとの息はどんどん荒くなり、ぼくの体にまわした腕に力が込められていった。少し痛かったけれど、がまんした。そのひとのほうがずっと苦しそうだったから。

やがてそのひとはぼんやりと目を開けた。まどろんだ目で見つめられ、ぼくはどうすればいいのかわからなくて、身を硬《かた》くした。

女のひとはいきなり目を見開いて、「じゅ……」と言いかけてやめた。まどろみから覚めたのだろうか、ぼくの顔をまじまじと見つめた。観察しているような目だった。それからそのひとは、笑みを浮かべた。やさしそうな顔が、いっそうやさしく見えた。でも、目尻から涙がぽろりとこぼれて、戸惑《とまど》った表情になった。

「夢見て、泣いちゃったみたい」

女のひとはまた笑みを浮かべた。

ぼくは何と言えばいいのか考え、「悲しかったの?」と訊いてみた。バカな質問だと笑われるかもしれない。ひょっとしたら、機嫌がわるくなって怒られるかもしれない。ぼくは不安になった。

でも、不安になる必要なんてなかった。

「うん。すごく悲しかった。でも、もう平気」

女のひとは手の甲で涙をぬぐい、顔いっぱいに笑みを広げた。

「気分はどう？」

女のひとの問いかけに、ぼくは目を伏せ、何も答えられなかった。

自分がどういう気分なのか、よくわからなかった。体のあちこちが痛くて気分はわるいのに、そのひとの腕に抱かれて横たわっているのは、とても気持ちがよかった。

そのひとの匂いも、そのひとの涙も、すっかり好きになっていた。窓から斜《なな》めに射しこんでくる朝の光も、窓の外から聞こえる蟬《せみ》の鳴き声も、鳥のさえずりも、ぼくの気分をよくしていた。

「驚いたでしょ？　こんなところで寝かされていて」

女のひとは微笑《ほほえ》みながら言った。声もとてもやさしいんだと、ぼくは気づいた。

「でも、心配することはないのよ。ここは安全な場所だから」

そう言われるまえから、わかっていたような気がする。でも、女のひとにそう言われて、はっきりわかった。ここがとても安全な場所なんだと。

「あなたはね、気を失って道で倒れていたの。それを見つけて、運んできたのよ。夜だったし、ケガをしてたから。だから、こわがらないでね」

　ぼくはまた目を伏せてしまった。どうしてもひとと目を合わせることを避けてしまう。目を伏せたまま、ぼくはうなずいた。女のひとはぼくの胸にのせていた腕を少し曲げ、手のひらでぼくの頬をそっと撫《な》でた。とてもやわらかくて、温かい手だった。

「どこか痛むところはない？」

　ぼくは首を振った。

「ほんとに？　遠慮《えんりょ》しないで正直に言ってね」

　ぼくはもういちど首を振った。

「ちょっとでも痛いとか、気分がわるいとか、なにか変だなあって思ったら、すぐ教えてね。いい？」

　女のひとが、ぼくのことをとても気遣ってくれているのがわかった。こんなに心配してくれるなんて、それだけで、なんだか涙が出そうなくらいうれしかった。ぼくは、「はい」と返事をした。

「約束よ」

「はい」

「じゃ、指きりしよう」

　女のひとが突然そんなことを言い出して、ぼくはうろたえた。立てた小指が目のまえに差しだされ、それをじっと見つめた。ほそくてかたちのいい小指だった。ぼくの指で触れていいものだとは思えなかった。触れるのがもったいないくらいに、きれいな指だった。

「約束したくないの？」

女のひとはぼくの態度を誤解したようだった。ぼくはあわてて首を振った。

「じゃあ、指を出して」

触れていいのだと言ってくれている。

それでもまだ迷いはあったけれど、ぼくは腕をのろのろと動かして小指を立てた。女のひとのきれいな指がぼくの指に触れたとき、ぼくの心臓は、自分でもびっくりするほど、どくんと動いた。

「指きりげんまん、嘘ついたら針千本のーます」

女のひとはやさしい目でぼくを見ながら、歌うように言った。それから少し顔をゆがめて、泣き出しそうな顔になった。でも、そのひとはもう泣かなかった。ぼくの頭の下に手を差しいれ、ぼくの頭を持ち上げて、枕の位置を直してくれた。そのあと、ぼくの髪をそっと撫でてくれた。

「ねえ、お名前、教えてくれない？」

ぼくはなぜだか答えられなかった。

「言いたくない？」

女のひとは微笑んでいて、やさしい口調だったけれど、ぼくは責められているように感じて、目を伏せた。

「じゃあ、忘れちゃったのかな」

女のひとはおどけた口調で言い、微笑みがもっと大きな笑みになった。

「いいのよ。無理に言わなくてもいいんだから」

笑顔のまま、ぼくの頬を包みこむように撫でてくれた。

こんなふうに言われたのは、はじめてだった。

頬から伝わる手のひらの温もりは、ぼくがずっと思い描いていた、心からそれがほしいと望んでいた温もりだった。

ぼんやりと感じていたものが、はっきりした気持ちになった。ぼくは伏せていた目をあげ、そのひとの顔を見つめた。自分からこんなふうにひとの顔を見るのは、おぼえているかぎりで、はじめてのことだった。

「どうしたの？」

やさしく微笑むそのひとに、ぼくは言った。

「……忘れた」

——これが、ぼくがはじめて母さんについた嘘だった。

解説

田口幹人《たぐちみきひと》

「良い結果をもたらす嘘《うそ》は、不幸をもたらす真実よりいい」という諺《ことわざ》がある。

嘘によってもたらされる良い結果があり、真実を知ることによってもたらされる不幸があるという意味を持つ。

「嘘つきは泥棒の始まり」という諺がある。

平気で嘘をつくようになると、盗みも平気でするようになる。嘘をつくのは悪の道へ入る第一歩であるという意味を持つ。

「嘘も方便」という諺がある。

嘘をつくことは悪いことだが、時と場合によっては必要なことがあるという意味を持つ。

「嘘から出た真《まこと》」という諺がある。

嘘として言っていたことが、偶然、結果として本当になってしまうという意味を持つ。

一生のうちで、一度も嘘をついたことがない人はいないだろう。「嘘をつかねば仏に成れぬ」という諺にもあるように、仏様でさえ嘘をつくことがあるのだ。ましてや人間も生きていくうえで大なり小なり嘘をつくものであり、嘘をつかない人間なんていない。

誰しも子供の頃、大人から「嘘をついてはいけない」と言われたことがあるだろう。しかし、嘘＝悪と教えられて育ったにもかかわらず、人は嘘をつく。

そもそも嘘とはなんだろうか。

欺《あざむ》く嘘があれば、偽《いつわ》る嘘もあり、人につく嘘があり、自分につく嘘もある。

嘘は、いろいろな意味を持っている。

「欺く嘘」は、誰かに虚偽《きよぎ》を信じさせ陥《おとしい》れるためにつく嘘だ。これは人を傷つける嘘である。子供の頃に言われた「嘘をついてはいけない」や、「嘘つきは泥棒の始まり」という諺にある嘘は、この欺く嘘のことを指している。この場合の嘘の対義語は「真実」なのだろう。

「偽る嘘」というものもある。人のためにつく嘘、誰かのためを思ってつく嘘だ。

建前やお世辞や社交辞令など、人間関係が円滑になるようにつく嘘などを、偽る嘘というのかもしれない。この場合の嘘の対義語は「正直」なのだろう。そういう意味で、「嘘も方便」や「嘘をつかねば仏に成れぬ」に使われている嘘は、偽る嘘だと考えることができる。

一方の「良い結果をもたらす嘘は、不幸をもたらす真実よりいい」という諺に使われる嘘は、欺く嘘にも偽る嘘にも属さない気がする。

そこには、二つの違いがあるのではないだろうか。

ひとつは、「嘘から出た真」と同じ使われ方をしている場合である。これは真実を対義語とした嘘であり、真実を覆《おお》い隠すものであるという意味合いを持つ。しかし、覆い隠す真実がある限り、嘘が真実になることはありえない。「嘘から出た真」は、偶然そうなる様をいうのであり、あくまでも偶然の産物なのだ。嘘をつき通せば真実になるのではない。それは、真実として振る舞っているだけなのだ。

もうひとつは、過去から現在、そして未来へと経過してゆく時間の流れの中で、欺く嘘は過去から現在において通じる嘘なのに対して、偽る嘘はこれから先にある未来に対してつく嘘だからではないだろうか。ついた側にとってもつかれた側にとっても、嘘をついてから経過した時間は、嘘に重さを与える。良い結果をもたらすつもりでついた嘘が、本当に良い結果をもたらすのか。不幸をもたらすはずの真実が、本当に不幸をもたらすのか。嘘をついた時点では判断がつかない。良い結果が未来の不幸への道に、不幸であるはずの真実が未来の良い結果へ通じる道に繋《つな》がっているかもしれないのだから。長い時間軸で結論を出さねばならない嘘もあるということなのかもしれない。それでも、人が人に嘘をつくことには変わりはない。たとえ嘘をつく相手が他人でも、自分であったとしても。

前置きが長くなってしまったが、本題に入ろうと思う。

本書は、推理作家・SF作家として作品を送り出してきた北國浩二による、家族のかたちと絆《きずな》を描いた家族小説である。

主人公は、かつて幼い息子を水難事故で亡くした絵本作家・里谷千紗子《さとやちさこ》。教師だった厳格な父親の孝蔵《こうぞう》と長年、絶縁状態にあった。独り暮らしをしている孝蔵が認知症を患ったという知らせを聞き帰郷するが、五年ぶりに再会した父親は、かつての厳格な面影は薄れ、実の娘に対して、「どなたかな？」と訊《き》いてくるような状態だった。変わり果てた父親を目の当《ま》たりにしても積年のわだかまりは消えず、憎しみながらも介護をすることになる。

ある日、久しぶりに再会した旧友と飲んだ帰り道、旧友が運転する車が少年をはねてしまう。少年を自分の自宅に連れ帰るが、意識を取りもどした少年は名前を尋ねても「忘れた」と答える。彼の身体に虐待《ぎゃくたい》の痕跡《こんせき》を見つけた千紗子は、自分の子供として育てることを決意し、その日から千紗子と孝蔵と少年の奇妙な共同生活が始まるのだった。

父と娘の関係を縦軸に、〝母と息子〟の関係を横軸に物語が進んでゆく。そこに、少しずつ新しい記憶を積み重ねてゆく少年と、日々記憶を失ってゆくことに苦しむ孝蔵の〝孫と祖父〟の関係が絡《から》み合ってゆく。認知症の症状が進む孝蔵の細やかな描写により、人間にとって記憶がどれほど大切なものなのか痛感させられた。

タイトルが物語るように、本書の重要なテーマは嘘である。ひとつの嘘がまた新しい嘘を生む。その連鎖は気持ちいいものではない。嘘の上に築いた人間関係の不安定さと、嘘をつき通さねば崩れてしまうことへの重圧が、物語全体に漂う張り詰めた空気感を生んでいる。

「嘘」によって始まった少年と千紗子の〝母子〟、そして認知症が進行する父親の三人は、しだいに家族のかたちを育《はぐく》んでゆく。そのひとときの幸せな生活に、破局の足音が近づいてくるのだが、それぞれの登場人物たちのその後は、ぜひ、本編を読み、見届けていただきたい。

単行本刊行時に、「二度読み必至」というキャッチコピーが本書を飾り、ミステリとしての要素に主眼を置かれて紹介されているのを目にした時の違和感を、今でも覚えている。ラスト一行に用意されている衝撃は、ミステリ小説がもたらしてくれる痛快な驚きからくる衝撃ではなく、胸の奥底に感じていた切なさが弾《はじ》けることによる衝撃だったからだろう。ミステリ小説としての驚きを感じるためにではなく、心の奥底から湧きあがってくる感情を感じるために、絶対にラストの一行を先に読まないでいただきたい。

純白の雪の上に雪が積み重なってゆく光景の美しさのように、幸の上に幸を積み重ねるためにつく嘘がある。

「良い結果をもたらす嘘は、不幸をもたらす真実よりいい」

そんな嘘ならだまされ続けたい。

（さわや書店フェザン店店長）

本書は、二〇一一年七月にPHP研究所より刊行された作品を
加筆・修正して文庫化したものです。

著者紹介

北國浩二（きたくに　こうじ）

1964年、大阪市生まれ。2003年、『ルドルフ・カイヨワの事情』で第5回日本SF新人賞に佳作入選、05年、同作を改題した『ルドルフ・カイヨワの憂鬱』でデビューした。他の著書に『サニーサイド・スーサイド』『アンリアル』『ペルソナの鎖』『ヘブンズスラム』『リバース』『名言探偵』がある。

PHP文芸文庫　嘘

2015年3月20日　第1版第1刷
2024年4月8日　第1版第3刷

著者　北國浩二
発行者　永田貴之
発行所　株式会社PHP研究所
東京本部　〒135-8137 江東区豊洲5-6-52
文化事業部　☎03-3520-9620(編集)
普及部　☎03-3520-9630(販売)
京都本部　〒601-8411 京都市南区西九条北ノ内町11
PHP INTERFACE　https://www.php.co.jp/
組版　朝日メディアインターナショナル株式会社
印刷所　図書印刷株式会社
製本所　株式会社大進堂

ISBN978-4-569-76316-3